CLÍMAX

CLÍMAX

CHUCK PALAHNIUK

Tradução
ÉRICO ASSIS

LeYa

Título original: *Beautiful You*

Este livro foi revisado segundo o Novo Acordo Ortográfico da Língua Portuguesa.

Produção editorial: Pólen Editorial
Preparação: Mariana Góis
Revisão: Clara Diament, Elisa Nogueira, Hed Ferri e Lizandra M. Almeida
Diagramação: Júlia Yoshino
Adaptação de capa original: Fabio Oliveira

Dados Internacionais de Catalogação na Publicação (CIP)
Angélica Ilacqua CRB-8/7057

Palahniuk, Chuck
Clímax / Chuck Palahniuk; tradução de Érico Assis. – São Paulo: LeYa, 2015.
224 p.

ISBN 978-85-441-0263-3
Título original: *Beautiful You*

1. Literatura norte-americana 2. Ficção I. Título II. Assis, Érico

15-0559 CDD–813

Índice para catálogo sistemático:
1. Literatura norte-americana

LEYA EDITORA LTDA.
Rua Desembargador Paulo Passaláqua, 86
01248-010 – Pacaembu – São Paulo – SP
www.leya.com.br

"Vamos desbancar um bilhão de maridos."

Enquanto Penny era violentada, o juiz simplesmente observava. O júri recuou horrizado. Os jornalistas se encolheram na tribuna. Ninguém no tribunal se apresentou em sua defesa. O estenógrafo continuou a digitar diligentemente, transcrevendo as palavras de Penny: "Alguém me ajude, ele tá me machucando! Mandem ele parar!". Os dedos ágeis estenografaram a palavra "Não!". O estenógrafo transcreveu um gemido, um grunhido e um grito, todos de longa extensão fonética. Depois veio uma lista de súplicas:

Os dedos dele registraram: "Socorro!".

E então: "Pare!".

Teria sido diferente se houvesse outras mulheres no tribunal. Mas não havia. Todas as mulheres tinham sumido do mapa nos últimos meses. A esfera pública estava despojada do sexo feminino. Todos que observavam Penny se debater – juiz, júri, plateia – eram homens. O mundo havia-se tornado um lugar de homens.

O estenógrafo digitou: "Por favor!".

E continuou: "Não, por favor! Aqui não!".

Penny era a única que se mexia. Sua calça estava arriada de qualquer jeito até os calcanhares. Suas roupas íntimas tinham sido arrancadas para expô-la a quem ousasse olhar. Seus cotovelos e joelhos debatiam-se, tentando livrá-la. Na primeira fila, os desenhistas traçavam linhas rápidas para retratá-la atracada a seu oponente, as roupas rasgadas agitando-se no ar, o cabelo desgrenhado a chicotear o nada. Mãos tímidas ergueram-se da plateia, cada uma agarrada a um celular, para conseguir uma foto furtiva ou segundos de vídeo. A gritaria de Penny paralisava a maioria dos presentes, sua voz dissonante ecoava pelo recinto em tudo o mais quieto. Não era mais o ruído do estupro de uma única mulher apenas; os redemoinhos reverberantes e estridentes daquele barulho sugeriam que se violentava uma dezena de mulheres. Uma centena até. O mundo inteiro gritava.

No banco das testemunhas, ela lutava. Esforçava-se para fechar as pernas e afastar a dor. Erguendo a cabeça, tentou fazer contato visual com alguém, com qualquer pessoa. Um homem pressionou as laterais da cabeça com as palmas das mãos, tapou os ouvidos e apertou os olhos, com o rosto vermelho como o de um garotinho assustado. Penny olhou para o juiz, que suspirou compassivamente diante de seu esforço, mas recusou-se a bater o martelo e pedir ordem. Um dos meirinhos abaixou a cabeça e balbuciou alguma coisa em seu microfone de lapela. Com o revólver ainda no coldre, ele apenas transferiu o peso de um pé para outro, estremecendo diante dos gritos.

Outros espiavam decorosamente o relógio ou as mensagens em seus celulares, como se tivessem vergonha por Penny. Como se Penny não devesse gritar nem sangrar em público. Como se o abuso e a agonia fossem culpa dela.

Os advogados pareciam murchar dentro dos caros ternos risca de giz. Remexiam papéis como se estivessem ocupados. Até o namorado de Penny permaneceu sentado, pasmo com a brutalidade daquela violação, absolutamente incrédulo. Alguém deve ter chamado uma ambulância, pois de repente paramédicos vieram correndo pelo corredor central.

Soluçando e usando as unhas para se defender, Penny esforçava-se para se manter consciente. Se conseguisse ficar de pé, se pudesse se erguer da cadeira, ela conseguiria correr. Fugir. O tribunal estava mais cheio do que ônibus em horário de pico, mas ninguém tentou conter seu agressor, nem o expulsar dali. Quem estava de pé deu um ou dois passos para trás. Todos que observavam começaram a recuar até onde as paredes permitiam, deixando Penny e o estuprador no vazio cada vez maior na frente da sala.

Os dois paramédicos abriram caminho entre a multidão. Ao chegarem até ela, Penny revidou, ainda ofegante, relutando. Eles a tranquilizaram e pediram que relaxasse. O pior já havia passado. Ela acalmou-se, encharcada de suor, tremendo de susto. Por todos os lados, um muro formado por rostos procurava espaços vagos em que seus olhos não encontrassem outros olhos tomados pela vergonha mútua.

Os paramédicos a colocaram na maca. Um deles envolveu seu corpo trêmulo com um cobertor, enquanto o outro prendia as cintas para mantê-la no lugar. O juiz finalmente bateu o martelo para pedir um recesso.

O paramédico que afivelava as cintas perguntou:

– Pode me dizer em que ano estamos?

A garganta de Penny ardia, esfolada depois de tantos gritos. Sua voz saiu rouca, mas ela disse o ano correto.

– Pode me dizer quem é o presidente? – perguntou o paramédico.

Penny quase disse Clarissa Hind, mas deteve-se. A presidenta Hind estava morta. A primeira e única presidenta dos Estados Unidos havia morrido.

– Pode nos dizer seu nome?

Os dois paramédicos eram, obviamente, homens.

– Penny – ela disse. – Penny Harrigan.

Os dois homens inclinados sobre ela ficaram pasmos ao reconhecê-la. As expressões profissionais se desfizeram por um instante para dar lugar a sorrisos de encantamento.

– Eu *achei* que você parecia familiar – disse um deles, triunfante.

O outro estalou os dedos, irritado porque as palavras não lhe vinham à mente. Ele se intrometeu:

– Você é a... você é *aquela moça*, do *National Enquirer*!

O primeiro paramédico apontou o dedo para Penny, amarrada, indefesa, observada por todos os olhares masculinos.

– Penny Harrigan! – berrou ele, em tom acusatório. – A "Cinderela do Nerd".

Os dois homens ergueram a maca à altura da cintura. A multidão se abriu para deixar que eles a conduzissem até a saída.

O segundo fez sinal de que a havia reconhecido.

– O cara em quem você deu o pé na bunda não era, tipo, o homem mais rico do mundo?

– Maxwell – afirmou o primeiro. – O nome dele era Linus Maxwell.

Ele balançou a cabeça, incrédulo. Não só Penny acabara de ser estuprada diante de um tribunal federal lotado, sem que nenhuma pessoa erguesse um dedo para deter o agressor, como agora os atendentes da ambulância tratavam-na como uma idiota.

– Deveria ter se casado com ele, moça – disse o primeiro, ainda surpreso, a caminho da ambulância. – Se tivesse casado com o cara, você seria mais rica que Deus...

Cornelius Linus Maxwell. C. Linus Maxwell. Devido a sua reputação de playboy, os tabloides costumavam chamá-lo de "ClíMax". O megabilionário mais megabilionário do mundo.

Eram os mesmos tabloides, aliás, que a haviam apelidado de "Cinderela do Nerd". Penny Harrigan e Corny Maxwell. Eles tinham se conhecido havia um ano, mas parecia uma vida inteira. Agora o mundo era totalmente diferente.

Um mundo melhor.

Nunca antes na história da humanidade houve época melhor para ser mulher. Penny sabia disso. Da infância à maturidade, ela repetira aquilo como um mantra: *Nunca antes na história da humanidade houve época melhor para ser mulher.*

O mundo dela tinha sido quase perfeito. Havia se formado recentemente em direito, entre os três melhores alunos da turma, mas rodara duas vezes no exame da Ordem. Duas! Não por insegurança, mas porque algo tinha começado a deixá-la apreensiva. Penny se incomodava com o fato de que, apesar das vitórias do feminismo, conquistadas a duras penas, ser uma advogada otimista e ambiciosa não parecia um feito tão triunfal. Não mais. Parecia algo tão audaz quanto ser dona de casa nos anos 1950. Algumas décadas atrás, a sociedade a incentivaria a não trabalhar, ser mãe e ficar em casa para cuidar dos filhos. Agora a pressão era para que ela se tornasse advogada. Ou médica. Ou cientista espacial. O que quer que fosse, a validação desses papéis tinha mais a ver com moda e política do que com a própria Penny.

Quando entrou na faculdade, ela se dedicou a buscar a aprovação dos professores do Departamento de Estudos de Gênero da Universidade de Nebraska. Trocara os sonhos de seus pais pelos dogmas de seus docentes, mas nem uma perspectiva nem outra eram naturalmente suas.

Na verdade, Penelope Anne Harrigan ainda estava sendo uma boa filha – obediente, inteligente, zelosa – que fazia tudo que a mandavam fazer. Ela sempre se submetera aos conselhos dos mais velhos, mas desejava algo além da aprovação dos pais reais e substitutos. Com desculpas a Simone de Beauvoir, Penny não queria ser a terceira geração de *nada*. Sem ofender Bella Abzug, ela não queria ser uma pós-*nada*. Ela não queria repetir as vitórias de Susan B. Anthony nem de Helen Gurley Brown. Queria poder fazer outras escolhas além de ser dona de casa ou advogada. Santa ou puta. Uma opção que não estivesse atolada no que restara de um sonho da era vitoriana. Penny queria algo muito mais radical do que o feminismo!

O que a incomodava era a ideia de que havia uma motivação mais profunda impedindo sua aprovação no exame da Ordem, aquela parte de seu inconsciente que não queria ser advogada, e ela continuava torcendo por um imprevisto que a resgatasse de seus sonhos pequenos, previsíveis. Suas metas continuavam sendo as mesmas das radicais do século anterior: ser advogada... e competir pau a pau com os homens. Mas assim como qualquer meta que vem de outra pessoa, aquela se tornara um fardo. Já tinha sido alcançada dez milhões de vezes por outras mulheres. Penny queria um sonho só seu, mas não tinha ideia de que sonho era esse.

Ela não se sentia realizada como a filha comportada, tampouco regurgitando a ideologia tacanha de seus professores. Era um alívio pensar que a maioria das garotas de sua geração estava passando pela mesma crise. Todas tinham herdado um legado de liberdade, e sua dívida para com o futuro era criar uma nova fronteira a ser derrubada pela próxima geração de mulheres, que, por sua vez, abriria novos caminhos.

Enquanto não surgisse um objetivo novo, singular e original, Penny continuaria a correr atrás de seu antigo sonho obstinadamente: um cargo inicial em um escritório de advocacia, a menina que comprava donuts, que arrumava as cadeiras e que estudava para o próximo exame da Ordem.

Mesmo agora, aos 25 anos, ela estava preocupada que fosse tarde demais. Nunca confiara em seus impulsos, em seus instintos. Entre seus maiores medos estava a possibilidade de que nunca descobrisse nem desenvolvesse seus maiores talentos e intuições. Seus *dons.* De que sua vida fosse desperdiçada em perseguir metas predeterminadas pelos outros. Em vez disso, ela queria ter o poder e a autoridade – uma força primitiva e irresistível – que transcendessem os papéis de gênero. Ela sonhava em brandir uma magia pura que precedesse a própria civilização.

Ao mesmo tempo em que criava coragem para fazer sua terceira tentativa do exame da Ordem, Penny trabalhava no Broome, Broome & Brillstein, o escritório mais prestigiado de Manhattan. Na verdade, ela não era exatamente sócia do escritório, mas também não era uma estagiária. OK, de vez em quando ela corria até o Starbucks no térreo para buscar meia dúzia de *lattes* e cappuccinos de leite de soja, mas não todo dia. Havia dias em que ela tinha de buscar cadeiras para uma reunião importante. Mas ela não era uma estagiária. Penny Harrigan não era advogada, ainda não, mas também não era uma mísera estagiária.

Os dias demoravam a passar na BB&B, mas às vezes acontecia algo empolgante. Hoje, por exemplo, ela tinha ouvido trovões ecoarem entre as torres do centro financeiro. Era o barulho de um helicóptero pousando na cobertura. No heliponto daquele prédio, sessenta e sete andares acima, alguém incrivelmente importante estava chegando. Penny estava no térreo, equilibrando uma caixinha de papelão com meia dúzia de cafés fervendo. Esperava o elevador observando seu reflexo no aço polido das portas. Penny não era linda, mas também não era feia. Não era nem alta, nem baixa. Seu cabelo era legal, bem-cuidado e fazia volume nos ombros de sua blusa da Brooks Brothers. Seus olhos castanhos eram grandes, sinceros. No segundo seguinte, seu semblante claro e sereno desapareceu.

As portas do elevador se abriram e um bando de homens parrudos, todos de ternos azul-marinho idênticos, saiu como uma equipe de futebol americano. Como uma ofensiva que protege o *quarterback*, a estrela do time, eles abriram espaço com os ombros, empurrando a multidão impaciente à espera dos elevadores. Forçada a dar licença, Penny não pôde deixar de esticar o pescoço para saber quem eles escoltavam. Quem tinha uma das mãos livres a ergueu, com o celular em punho, gravando vídeos e tirando fotos acima da cabeça. Penny não conseguiu enxergar em meio àquele ataque de sarja azul, mas conseguiu olhar para cima e ver o famoso rosto nas telas dos aparelhinhos. O ambiente se encheu de cliques eletrônicos, somados ao burburinho e à estática dos *walkie-talkies*. Por trás de tudo, o som abafado de um choro.

A mulher nas telinhas dos infinitos celulares secava o rosto com a ponta de um lenço de linho e renda já manchado de lágrimas e rímel. Mesmo usando óculos de sol enormes, o rosto era inconfundível. Se ainda restasse alguma dúvida, ela foi solucionada com a safira azul hipnotizante que pendia entre os seios perfeitos. Caso se pudesse confiar nas capas de revistas à venda nos caixas dos supermercados, era a maior e mais perfeita safira do mundo, de quase duzentos quilates. A pedra adornara o pescoço de rainhas do Antigo Egito, de imperatrizes romanas, de czarinas russas. Penny não conseguia imaginar por que uma mulher que usasse tal joia estaria chorando.

De repente, tudo fez sentido: o helicóptero trazia a megacelebridade ao topo do prédio enquanto a beldade traumatizada debandava pelo térreo. Os sócios seniores estavam coletando depoimentos. Era o caso da megapensão.

A voz de um homem se projetou entre a confusão:

– Alouette! Alouette! Você ainda o ama?

Uma voz feminina berrou:

– Você o aceita de volta?

A multidão parecia prender a respiração, fazendo silêncio para aguardar uma revelação divina. A beldade chorosa, enquadrada pelos visores de centenas de celulares, documentada de todos os ângulos e direções, ergueu seu queixo elegante e disse:

– Não serei rejeitada. – Facetada em todas aquelas perspectivas, ela engoliu seco. – Maxwell é o melhor amante que já tive.

Ignorando uma nova torrente de perguntas, a equipe de segurança abriu caminho em meio aos curiosos até chegar às portas que davam acesso à rua, onde uma fila de limusines os aguardava. Em um instante, o espetáculo acabou. A mulher no centro de tanto alvoroço era a atriz francesa Alouette D'Ambrosia. Vencedora de seis Palmas de Ouro e de quatro Oscar.

Penny mal podia esperar para escrever um e-mail aos seus pais contando a cena. Essa era uma das vantagens de trabalhar na BB&B. Mesmo que o trabalho fosse apenas buscar café, Penny ainda estava contente de ter saído de casa. Em Nebraska, nunca veria estrelas do cinema.

O comboio partiu. Todos ainda olhavam para a direção em que tinha seguido quando uma voz conhecida gritou:

– Ô, Omaha!

Era sua colega do escritório, Monique, que estalava os dedos e acenava para chamar a atenção de Penny. Comparada a Monique, com suas unhas de porcelana cravejadas de cristal austríaco, madeixas compridas e trançadas com miçangas e penas, Penny sempre se sentia um pardalzinho descorado.

– Cê viu? – Penny gaguejou. – Era a Alouette D'Ambrosia!

Monique abriu caminho até Penny aos berros:

– Omaha, era pra você estar no 64º andar! – Ela agarrou Penny pelo cotovelo e a puxou na direção do elevador. Os copos de café quente sacudiram e quase transbordaram.

– O velho Brillstein reuniu a equipe, e eles só querem saber de uma coisa: mais e mais cadeiras!

Penny estava certa. Era o depoimento. *D'Ambrosia vs Maxwell:* a megapensão em litígio. Todos sabiam que era um processo frívolo. Golpe de marketing. O homem mais rico do mundo havia namorado a mulher mais linda do mundo durante 136 dias. Nem um dia a mais ou a menos. Penny sabia dos detalhes do caso devido às filas no mercadinho. Em Nova York, os caixas são tão lentos e ranzinzas que se pode ler o *National Enquirer* de cabo a rabo enquanto se espera para pagar pelo potinho de sorvete derretido de creme crocante. Segundo os tabloides, o bilionário dera àquela mulher a maior safira do mundo. Eles passaram as férias nas Ilhas Fiji. Fiji, o auge do glamour! Então se separaram. Se fossem outras pessoas, o assunto acabaria por aí, mas os olhos do mundo inteiro estavam voltados para os dois. Provavelmente para poupar seu orgulho ferido, a ex-namorada rejeitada agora exigia a compensação de cinquenta milhões de dólares por abalo emocional.

Enquanto entravam no elevador, uma voz animada gritou do lobby:

– Aê, caipira! – As duas garotas se viraram e avistaram um jovem de terno risca de giz correndo na direção delas. Desviando das pessoas, ele estava a poucos metros e gritou: – Segura o elevador!

Em vez de atender o pedido, Monique acionou o botão de fechar as portas. Apertou tantas vezes com seu dedão adornado que parecia pedir socorro em código Morse. Penny morava na Big Apple havia seis meses e ainda não conhecera alguém que apertasse o botão do elevador menos de vinte vezes. As portas bateram a centímetros do nariz aquilino do jovem advogado, deixando-o para trás.

O nome dele era Tad, e flertava com Penny sempre que a encontrava. "Caipira" era um apelido carinhoso, e Tad era bem o que a mãe de Penny chamaria de "partidão". Penny não concordava muito. Achava que ele só prestava atenção nela porque era um degrau para chegar a

Monique. É o que qualquer homem faz para ganhar pontos com a menina bonita: bajular a cadelinha gorda e suja que andava com ela.

Não que Penny fosse fedida. Nem exatamente gorda. E nem que Monique se importasse com Tad. Com todo o seu charme e extroversão, sua mira estava nos investidores em fundos de alto risco ou em oligarcas russos recém-empossados. Ela dizia sem qualquer remorso, a quem quisesse ouvir, que queria morar numa *town house* no Upper East Side e passar o dia inteiro na cama comendo bolacha recheada. Com um longo suspiro de alívio, totalmente fingido, ela falou:

– Ô, Omaha, cê devia deixar o Tad meter o Tadinho dele aí dentro!

Penny não se encantava nem um pouco com as piscadelas e os assobios dele. Sabia que era o patinho feio. O degrau.

Dentro do elevador, Monique avaliou os trajes que Penny escolhera para o trabalho, moveu o quadril e girou o indicador. Não sobrava espaço para mais nenhum brilhante nos dedos da moça. Monique franziu os lábios, destacando os tons de roxo no gloss:

– Menina, eu amo essa sua silhueta retrô! – disse ela, jogando as tranças com miçangas para trás. – Eu amo que você não se importe com suas coxas grossas.

Penny aceitou o elogio com certa hesitação. Monique era uma colega de trabalho, o que não queria dizer "amiga". A vida aqui era diferente da do Meio-Oeste. Em Nova York, você tinha que se conformar.

Na cidade grande, cada gesto era premeditado para ostentar. Cada detalhe na aparência feminina demonstrava status. Penny abraçou a caixa de papelão na qual estavam os cafés quentes como se fosse um ursinho de pelúcia com cheiro de baunilha. Não se sentia à vontade.

Monique olhou para o lado, tendo um sobressalto ao ver alguma coisa no rosto de Penny. A julgar pela expressão da colega, no mínimo era uma tarântula fazendo ninho.

– Quem sabe em Chinatown? – disse Monique, dando um passo para trás. – Lá elas resolvem esses pelos de lobisomem que tão brotando em volta da sua boca. – Ela completou com um sussurro teatral: – Elas fazem um precinho que até você pode pagar.

Na fazenda de seus pais, lá em Shippee, Nebraska, Penny já vira habitantes do galinheiro se bicarem e sangrarem até a morte de um jeito mais sutil. Era evidente que alguns espécimes humanos femininos nunca tinham recebido o memorando que explica a existência de uma irmandade entre as mulheres.

As portas se abriram assim que elas chegaram ao 64º andar. As duas foram recebidas pelos focinhos de quatro pastores-alemães farejadores de bombas. Uma guardinha corpulenta tomou a frente para revistá-las com um detector de metais.

– Estamos confinadas a partir deste andar – explicou Monique. – Já que você-sabe-quem tá no prédio, eles vão evacuar todos os andares daqui até a cobertura. – Atrevida como sempre, Monique pegou Penny pelo cotovelo e reiterou: – As cadeiras, garota. Pega, pega!

Era um absurdo. A BB&B era o escritório mais poderoso do país, mas as salas nunca tinham lugares suficientes para todos. Como numa dança das cadeiras, quem chegava atrasado à reunião tinha que ficar de pé. Pelo menos até que um subalterno como Penny fosse providenciar mais assentos.

Enquanto Monique corria até a reunião para ganhar tempo, Penny tentava abrir cada porta. Todas trancadas. Os corredores estavam estranhamente desertos. Penny via pelos vidros as cadeiras que cada colaborador havia deixado em segurança em sua respectiva mesa. No ar rarefeito dos andares executivos nunca se ouvia barulho, mas este era de dar medo. Não se ouvia o eco de vozes ou de passos pelas paredes de lambris nem pelos quadros com paisagens do vale do rio Hudson. As garrafas de água Evian haviam sido descartadas com tanta pressa que ainda borbulhavam.

Ela tinha quatro anos de formação em política de gênero e dois anos de direito e estava ali buscando cadeiras para gente preguiçosa ou metida demais para levar sua própria cadeira para a reunião. Era degradante. Essa parte Penny deixaria definitivamente fora do e-mail para os pais.

Seu celular começou a vibrar. Mensagem de Monique: "CRIATURA, CADÊ AS CADEIRAS?!". A essa altura, Penny corria entre os corredores. Equilibrando a caixa de cafés em uma das mãos, ela simplesmente empurrava as portas, pegando nas maçanetas só para ver se giravam. Frenética, só lhe restando um arremedo de esperança, corria desabalada e sem fôlego de um escritório trancado ao seguinte. Uma maçaneta girou. Ela não esperava. A porta se abriu. Ela perdeu o equilíbrio. Desabando com uma onda de café quente, ela caiu em algo que, de tão macio, parecia grama. Esparramada, de barriga no chão, ela viu de perto os verdes, vermelhos e amarelos entrelaçados de belíssimas flores. Muitas flores. Havia caído num jardim. Passarinhos exóticos empoleirados entre rosas e lírios. Exatamente em frente a seu rosto pairava um sapato preto engraxado. Um sapato masculino com a ponta posicionada como se fosse lhe dar um chute nos dentes.

Não era um jardim de verdade. Os passarinhos e flores não passavam de desenhos em um tapete oriental. Tingido e tramado em pura seda, era o único daquele estilo em toda a BB&B. Penny sabia de quem era o escritório. Ela se viu refletida no couro escuro do sapato: o cabelo encharcado de café pendendo sobre os olhos, o rosto vermelho, a boca escancarada e ela ainda caída no chão, sem fôlego. Seu peito arfava. A queda havia levantado sua saia, deixando sua bunda de fora. Agradeceu aos céus pela calcinha de algodão que estava usando. Se fosse uma tanguinha mais atrevida, teria morrido de vergonha.

Seus olhos acompanharam o sapato preto até chegar a um tornozelo forte e sinuoso embainhado por meia xadrez. Nem o desenho verde e dourado da meia conseguia disfarçar os músculos que havia por baixo. Além disso, havia a bainha da calça. Desse ângulo baixo, o olhar de Penny acompanhou a prega pronunciada na flanela cinza até o joelho. O corte e o caimento meticulosos definiam os contornos dos músculos. Compridas. Pernas de quem joga tênis, pensou Penny. Dali, a costura interna da calça levou seus olhos para uma protuberância considerável, como um punho forte envolvido pela suave flanela.

Ela sentiu a umidade quente entre si e o chão. Estava chafurdando entre os copos. Um litro de leite de soja desnatado com café com leite com chai com café com espuma embebia suas roupas e destruía o tapete do escritório, cujo valor ela não saberia estimar.

Mesmo no couro polido e sombrio do sapato, Penny viu o vermelho de suas bochechas se intensificar ainda mais. Engoliu em seco. Uma voz rompeu o transe.

Era uma voz masculina. O tom parecia resoluto, mas era suave como o carpete de seda. Tão agradável quanto confuso, ele repetia:

– Já fomos apresentados?

Os olhos de Penny ergueram-se para atravessar o véu de seus cílios compridos e trêmulos. Ao longe via-se um rosto. Nos pontos mais distantes daquela visão em flanela cinza viam-se as feições que ela tanto conhecia dos tabloides do mercadinho. Os olhos azuis e a testa entremeada pela penugem infantil de cabelos loiros. O sorriso carinhoso que fazia uma covinha em cada bochecha barbeada. A expressão era suave e tranquila como a de uma boneca. Não havia uma ruga sequer em sua testa, nem nas bochechas; nada que sugerisse que algum dia ele houvesse se preocupado ou franzido o rosto. Penny sabia, pelos tabloides, que ele tinha 49 anos. Não havia nem pés de galinha para provar a frequência de seus sorrisos.

Ainda esparramada no chão, Penny, ofegante, pronunciou-se.

– É você! – ela guinchou. – Você é ele! Quero dizer, você é você! – Ele não era um cliente do escritório. Pelo contrário, ele era o réu no caso da megapensão. Penny imaginou que estivesse lá para prestar depoimento.

Ele estava sentado num assento de convidado, uma das poltronas Chippendale esculpidas em alto-relevo e estofadas com couro vermelho. O cheiro de couro e graxa de sapato era pungente. Diplomas enquadrados e coleções de livros com encadernação de couro forravam as paredes do escritório.

Atrás dele via-se uma mesa de mogno com o brilho escarlate de um século de polimento e cera. Do outro lado da mesa estava uma figura corcunda, cuja cabeça calva brilhava quase tão vermelha, cheia de manchas senis. Seus olhos cintilavam de raiva. Lábios finos, paralisados, revelavam a dentadura manchada de tabaco. Em todos os diplomas, certificados e prêmios, grafados em delicada caligrafia gótica, lia-se o nome Dr. Albert Brillstein.

Em resposta delicada aos balbucios de Penny, o homem mais jovem perguntou sem enrubescer:

– E você seria...?

– Ela não é ninguém – rosnou o homem atrás da mesa, o sócio sênior da firma. – Ela nem deveria *estar* aqui! Não passa de uma secretariazinha. Que se deu mal *três vezes* no exame da Ordem!

As palavras foram como um tapa na cara de Penny. Atordoada, ela desviou-se dos olhos azuis e viu-se mais uma vez refletida no sapato do homem mais novo. Seu chefe tinha razão. Ela não passava de uma *office girl*. Uma ninguém. Uma jeca burra que se mudara para Nova York sonhando encontrar... seu destino? Qualquer coisa. A verdade brutal era que provavelmente ela nunca passaria no exame. Passaria o resto da vida organizando papéis e buscando café, e nunca lhe aconteceria nada de extraordinário.

Sem esperar que ela se levantasse, o Sr. Brillstein esbravejou:

– Saia! – Ele apontou o dedo ossudo e trêmulo para a porta e berrou: – Retire-se!

No bolso da saia, o telefone de Penny começou a tocar. Mesmo sem olhar, sabia que era Monique. E que Monique estaria devidamente impaciente.

Brillstein tinha razão. Ela não deveria estar ali. Deveria estar num subúrbio de Omaha. Casada com um Sigma Chi pacato, agradável. Já teriam dois filhos, o terceiro a caminho. Era sua sina. Deveria estar coberta de baba de bebê, não de espresso duplo.

Lá estava ela no reflexo do sapato, minúscula como Alouette D'Ambrosia encolhida pelas telas de celular. Penny sentiu as lágrimas empoçarem seus olhos e observou uma descer pelo rosto. Foi tomada pela autocomiseração. Usou a mão para limpar o rosto, torcendo para que nenhum dos homens houvesse percebido. Usou o carpete como apoio para tentar se levantar, mas a mistura de chantili, caramelo e calda de chocolate a havia grudado ao chão. Mesmo que conseguisse se pôr de pé, temia que o líquido houvesse deixado sua blusa transparente.

Apesar da cor alegre, os olhos azuis que a observavam eram tão focados e imóveis quanto uma câmera. Avaliavam-na. Gravavam-na. Ele era tão belo quanto ela, mas seu queixo era firme. Ele exalava autoconfiança.

Sr. Brillstein gaguejou:

– Sr. Maxwell, mal posso expressar meu pesar por essa interrupção. – Ele ergueu o telefone, teclou alguns números e disse: – Não se preocupe, pois essa jovem será expulsa do prédio imediatamente. – Ele berrou ao telefone: – Segurança! – A julgar pela veemência da voz, não seria um mero repúdio. Era como se os planos dele fossem jogá-la do telhado.

– Aceita minha ajuda? – perguntou o homem loiro, abaixando-se.

Brilhava em seu dedo um anel com uma grande pedra vermelha trabalhada em baixo-relevo. Mais tarde, Penny viria a descobrir que aquele era o terceiro maior rubi já encontrado no Sri Lanka. Havia pertencido a sultões e marajás, e agora surgia para resgatá-la. Seu brilho era ofuscante. Os dedos estavam surpreendentemente gelados. Uma força igualmente incrível a fez erguer-se quando os lábios, os lábios que ela vira beijarem estrelas do cinema e herdeiras de fortunas, disseram:

– Agora que você tem a noite livre... me daria o prazer de sua companhia para o jantar?

A vendedora da Bonwit Teller olhou para Penny com desdém.

– Posso ajudá-la? – perguntou com voz de escárnio.

Penny havia corrido cada metro das oito quadras entre o metrô e a loja de departamentos. Ainda não havia recuperado o fôlego.

– Vestido? – gaguejou. Mais resoluta, acrescentou: – Vestido de gala.

A atendente olhou-a de cima a baixo, sem perder um detalhe. Não eram os sapatos Jimmy Choo falsificados que ela havia comprado em um shopping de Omaha, direto da fábrica, nem a bolsinha com a alça desfiada e as manchas de torta. O casaco quase-Burberry pouco escondia que suas roupas estavam empapadas de café gelado e chantili grudento. As moscas haviam descoberto seu cheiro doce e a acompanhavam desde a plataforma lotada do metrô. Penny tentou espantá-las com um gesto delicado. Para um estranho, talvez parecesse louca. A análise da vendedora estava durando uma eternidade, e Penny lutou contra a ânsia de dar meia-volta no salto gasto e deixar a esnobe para trás.

A vendedora podia ser uma socialite de alguma parte nobre da cidade. Chanel dos pés à cabeça. Unhas impecáveis. Não se viam moscas escuras vergonhosas pairando sobre sua perfeita trança francesa nem na pele imaculada de sua testa. Após analisar Penny friamente, os olhos da atendente fitaram os dela. Em tom de indiferença, disse:

– Seria para alguma ocasião especial?

Penny começou a explicar a situação, mas de repente parou. O homem mais rico do mundo a havia convidado para jantar. Ele havia sugerido às oito da noite no Chez Romaine, o restaurante mais top da cidade, talvez do mundo. Reservas feitas com anos de antecedência. Anos! Combinaram de se encontrar lá mesmo. Até parece que Penny o deixaria ver seu quarto e sala no sexto andar, sem elevador, dividido com duas colegas. Era óbvio que ela estava prestes a explodir, morrendo de vontade de contar a alguém. Boas notícias não parecem verdadeiras até você contar para umas dez amigas. Mas aquela estranha desconfiada na seção de vestidos da Bonwit Teller nunca iria acreditar. Essa história, tão absurda, só ajudaria a confirmar a impressão de que Penny era uma mendiga maluca e que só fizera a vendedora perder seu precioso tempo.

Uma mosca pousou na ponta de seu nariz. Penny a espantou e se esforçou para manter a calma. Ela não era uma lunática. Não ia sair correndo. Tentando acalmar o medo na voz, ela disse:

– Gostaria de ver o transpassado da Dolce & Gabanna dessa temporada, o que tem a cintura drapeada.

Como se fosse um teste, a vendedora estreitou o olhar e perguntou:

– Em crepe de chiffon?

– Em seda – Penny respondeu rápido. – Com a barra assimétrica. – As longas filas no mercado haviam valido a pena de novo: Jennifer

Lopez havia usado esse vestido no tapete vermelho do Oscar no ano anterior.

A mulher mediu o corpo de Penny com os olhos e perguntou:

– Tamanho 48?

– Pode ser 40, por favor – Penny rebateu. Sabia que as moscas estavam no seu cabelo, mas ela as tratava como pérolas negras do Taiti.

A atendente sumiu para procurar o vestido. Penny quase rezou para ela não voltar. Aquilo tudo era uma loucura. Ela nunca havia gastado mais de cinquenta dólares num vestido, e o que ela pedira para ver não podia custar menos de cinco mil. Com algumas digitadas no celular, ela confirmou seu limite no crédito. Se comprasse o vestido, usasse duas horas no jantar e o devolvesse pela manhã, ela teria uma história para contar pelo resto da vida. Não conseguia pensar em mais nada além daquela noite. Seria uma aposta, um salto no escuro. Cornelius Maxwell era conhecido por seus gestos galantes. Era a única explicação. Vira-a humilhada, caída no tapete diante de seu chefe enfurecido, e por isso estava tentando preservar sua dignidade. Era cavalheirismo, nada mais.

Pelo que Penny lia nas revistas de fofoca, Cornelius Maxwell era famoso por sua gentileza. Eles não eram assim tão diferentes. Ele nascera em Seattle, de mãe solteira e enfermeira. Seu sonho sempre fora ser alguém na vida, para sustentá-la com tudo a que tivesse direito. Mas ela morreu num acidente de ônibus. Aconteceu quando Cornelius estava na graduação na Universidade de Washington. Um ano depois, ele fundou a DataMicroCom na sua república de estudantes. Um ano depois, estava entre os empreendedores mais ricos do mundo.

Entre as mulheres glamourosas que primeiro se relacionaram com ele estavam Clarissa Hind, candidata improvável ao senado pelo estado de Nova York, eleita graças ao apoio financeiro e às conexões políticas dele. Antes de terminar o primeiro mandato, ela já aspirava ser a mais jovem senadora que o estado já elegera para a capital do país. Em nada atrapalhava o fato de a mídia idolatrar o casal: a majestosa senadora e o ousado bilionário do mercado de alta tecnologia. Contando com o dinheiro dele e a própria determinação, Clarissa venceu de lavada. Para encurtar a história, três anos atrás ela havia realizado não apenas o próprio sonho, mas o de milhões de norte-americanas: fora eleita a primeira presidenta dos Estados Unidos.

Ao longo do percurso, Corny Maxwell fora um cabo eleitoral incansável, sempre a elogiando, sempre a apoiando em público e em particular. Mas os dois não chegaram a se casar. Havia rumores de um aborto natural e de que ela o convidara para ser vice. Porém, assim que a eleição acabou, os dois divulgaram um comunicado à imprensa para anunciar o fim do relacionamento. Dividindo o púlpito da coletiva de imprensa, a presidenta eleita e seu elegante consorte reafirmaram a afeição e o respeito que ainda mantinham um pelo outro, embora o romance houvesse acabado.

Penny sabia que esse tipo de sucesso dependia de trabalho duro e sacrifício, mas as fotos dos paparazzi faziam tudo parecer descomplicado. A presidenta Hind fora a inspiração de Penny para se tornar advogada. Ela tinha medo de sonhar? E se Corny Maxwell estivesse atrás de uma nova pupila? Não era absurdo que ele houvesse visto algum potencial inato em seus olhos. A noite poderia ser um teste, e, se ela passasse, Penny Harrigan talvez estivesse sendo preparada para assumir um papel muito importante no cenário mundial. Estava prestes a entrar no círculo mais restrito do planeta.

Sua divagação foi interrompida por uma mosca zumbindo em sua boca. Os devaneios na seção de vestidos da Bonwit Teller se transformaram em tosse e engasgo.

Foi merecido. Ela estava se deixando levar pela fantasia. O futuro sabe como partir seu coração quando você deposita nele expectativas demais. Veja só Linus C. Maxwell, que ainda sorria depois de uma sucessão de romances fracassados. Depois de Clarissa, ele se envolvera com a família real britânica. Nada menos que uma princesa, e nem era uma das feias congênitas. Nem das sujinhas. A princesa Gwendolyn era linda. Era a terceira na linha de sucessão, a dois passos de ser rainha. Mais uma vez, parecia a combinação perfeita de aristocracia europeia e know-how tecnológico ianque. O mundo ficou aguardando a data do casório. Então, o rei foi alvejado por um anarquista, e lá estava Corny para apoiá-la no funeral de seu pai. E quando um acidente bizarro – um satélite saiu da órbita e caiu sobre a Terra – matou o herdeiro, irmão de Gwendolyn, sua coroação foi dada como certa.

Corny Maxwell poderia ter sido um príncipe com vida mansa no Palácio de Buckingham, mas a história se repetiu. O magnata e a aristocrata findaram a relação como amigos. Por duas vezes ele escapara de um casamento com mulheres extremamente poderosas.

Segundo os boatos, ele se sentia ameaçado por mulheres de maior status que ele. Os jornais sensacionalistas o detestavam. Mas Penny suspeitava, assim como muita gente, que C. Linus Maxwell seria para sempre o órfão à procura da mãe, alguém a quem ele pudesse cobrir de carinho e presentes caros.

Nenhuma das ex-namoradas de Maxwell parecia ter sofrido com o relacionamento. Clarissa Hind passou de novata recatada no cenário político a líder internacional. Gwendolyn era meio que uma novilha, bonitinha, mas acima do peso. Durante o relacionamento, ela emagreceu e desde então passou a ser um ícone fashion. Até Alouette tinha enfrentado os próprios demônios: os tabloides publicavam sempre suas aventuras com bebidas e drogas. O amor de Maxwell a deixara limpa, algo que várias reabilitações – por mandado judicial – não haviam conseguido.

No meio da Bonwit Teller, o celular de Penny começou a vibrar. Era Monique. Sem pedir cadeiras dessa vez, Monique havia mandado um SMS: "ME LIGA!". Toda a BB&B já devia saber da novidade. Uma parte de Penny queria que ninguém soubesse, tamanha era a vergonha de ser vinculada à presidenta Hind, à rainha Gwendolyn e a Alouette D'Ambrosia. Penny vasculhou a memória atrás dos casos que haviam acontecido nesse meio-tempo. A poeta ganhadora do Nobel. A herdeira de uma poderosa siderúrgica japonesa. A baronesa da imprensa. Até o momento, o sapatinho de cristal não coubera em nenhum desses pés. Penny tentou não pensar naquilo, mas o que ela fizesse entre aquele momento e a meia-noite talvez decidisse o resto de sua vida.

Antes que Penny pudesse responder à mensagem de Monique, a atendente voltou, trazendo uma peça de chiffon de seda vermelha. Ela arqueou a sobrancelha retocada a lápis com ceticismo e soltou:

– Então é esse... Tamanho 40. – Ela fez um sinal para Penny acompanhá-la ao provador.

Presidenta Penny Harrigan. Sra. C. Linus Maxwell. Sua imaginação ia longe. No *New York Post* de amanhã, seu nome estaria em negrito entre as celebridades da Página Seis. Amanhã, a esnobe ali saberia que ela não é mentirosa. Toda a cidade saberia seu nome. Mas, acima de qualquer coisa, ela usaria aquele vestido com muito, muito cuidado.

Eram três da tarde. O jantar era às oito. Ainda havia tempo para depilar as pernas, arrumar o cabelo e telefonar para os pais. Talvez assim a situação ficasse mais próxima da realidade.

Correndo atrás da vendedora, Penny perguntou, nervosa:

– Vocês têm política de devolução do valor total da compra, né? – Ela cruzou os dedos para o zíper fechar.

Kwan Qxi e Esperanza eram as colegas ideais para dividir um quarto e sala apertadinho em Jackson Heights. Meses antes, enquanto a mãe de Penny a ajudava a fazer as malas para sua mudança para o outro lado do país, a sábia senhora insistira em toda sua sapiência:

– Encontre uma chinesa e uma latina seja lá do país que for para rachar o aluguel.

Pode parecer que os pais de Penelope são monstros retrógrados e racistas, mas eles só queriam o bem da filha. Imaginavam que, num lar com diversidade racial e cultural, haveria menos chance de uma menina roubar a maquiagem da outra. Cosméticos são caros, e compartilhá-los pode levar a infecções. Era um conselho sensato, pois herpes e percevejos estão em toda parte. Era um conselho de pessoas de bem a ser seguido.

Apesar das boas intenções dos pais provincianos de Penny, as integrantes desse trio intercultural, totalmente diferentes, tinham mais em comum do que imaginavam. Logo já estavam dividindo roupas, segredos e até lentes de contato. Os limites eram mínimos. Até o momento, essa familiaridade casual não fora problema.

Esperanza era uma latina de sangue quente e seios empinados, cujos olhos negros cintilavam travessura. Era comum ela fingir impaciência com as tarefas mais simples – trocar uma lâmpada, por exemplo, ou lavar um prato – e gritar: "*Ay, caramba!*", e seu jeito caricato sempre fazia Penny morrer de rir. Óbvio que ela não era rígida demais para não ser capaz de fazer piada de si mesma. Esperanza conseguia jogar um *sombrero* enfeitado no chão da sala e começar uma animada dança em volta da aba do chapéu, prova de sua grande evolução rumo ao futuro pós-politicamente correto de sua identidade.

Kwan Qxi, tão calada, tão rígida, era o inverso da *señorita* de pavio curto. A asiática andava pelo apartamento sem emitir sons, tirando o pó dos rodapés... aparando seu bonsai... dobrando a ponta do papel higiênico num origami de surpresa para a próxima que usasse o banheiro; transformando, enfim, caos em ordem. Seu rostinho e atitude plácidos serviam como um calmante natural para Penny. Sua densa cortina de cabelos negros era uma maravilha comparada ao rabo de cavalo frisado e retrô que Penny usava quase todo dia.

Nas últimas horas antes do jantar no Chez Romaine, Penny implorou às duas meninas que contribuíssem com o que sabiam de melhor para deixá-la mais bonita. De Esperanza, ela queria pálpebras que brilhassem como o pôr do sol em Havana. De Kwan Qxi, queria um cabelo que pendesse como grandes feixes de seda. As colegas foram incansáveis no apoio, animando-a como damas de honra servindo à noiva nervosa. Juntas, elas a enfeitaram e a vestiram.

Resplandecente em seu vestido, Penny estava um deslumbre. Para fechar o look, Kwan Qxi desenterrou um elegantíssimo pingente. Era jade, brilhante, esculpido em forma de dragão, com duas pérolas nos olhos. Herança de família. Esperanza também desencavou seus brincos prediletos, em forma de uma pequena *piñata* incrustada de pedrarias. Acreditando ou não na história de que Penny ia jantar com o homem mais rico do mundo, as duas meninas estavam com lágrimas nos olhos diante da transformação da amiga.

O interfone tocou. O táxi que elas haviam chamado estava aguardando.

No último instante, Penny segurou o fôlego e foi buscar uma caixinha de metal que havia escondido muito tempo antes no banheiro. O estojo com seu diafragma. *Só um tiquinho de prevenção.* Não precisara dele desde seu baile de formatura da graduação. Enquanto procurava nos armários, ela ficou pensando se tanto tempo de desuso haveria estragado o anticoncepcional. Será que o látex teria ficado quebradiço, como acontecia com camisinhas? Ou se teria partido? Ou, pior, estaria todo cheio de mofo? Ela achou a caixinha prata no meio da bagunça de uma gaveta e prendeu a respiração antes de abrir. Estava vazia.

Batendo os pés e fingindo indignação, Penny foi falar com as meninas na cozinha. Ergueu o estojinho em tom acusatório. Seu nome, Penelope Harrigan, estava impresso na etiqueta, assim como o nome e o endereço do clínico geral da família em Omaha. Ela jogou a caixa no balcão, ao lado da torradeira enferrujada e com crostas de queijo, e anunciou:

– Vou apagar as luzes e contar até dez, ok? – Os rostos das duas outras não denunciavam qualquer reação. Não coraram nem tentaram evitar o olhar de Penny. – Não vou fazer perguntas – disse ela. Um toque no interruptor e o lugar ficou completamente escuro. Ela começou a contar.

Ouviu-se um som molhado e abafado, acompanhado de um suspiro e uma risadinha.

Penny contou:

– ... oito, nove, dez.

As luzes se acenderam. A caixa estava aberta e ali se via uma forma rosada. O diafragma reluzia, fresco e úmido, goticulado com os fluidos vaginais e sadios de sabe-se lá quem. Havia apenas um pelo pubiano agarrado ao contraceptivo, enroladinho. Penny anotou mentalmente que devia lavá-lo caso precisasse dele mais tarde.

Nunca falhava: o táxi chegou atrasado ao Chez Romaine. Engarrafamento no túnel, impossível conseguir sinal de celular. Mas tudo bem. O motorista não parava de pedir desculpas pelo retrovisor. E de dizer que ela estava deslumbrante.

Penny sabia que ele só queria ser educado. De tanto dinheiro que havia gasto naquela tarde, ela dizia para si que tinha que estar arrebentando. Para desprezo da vendedora, o vestido havia fechado perfeitamente e delineava seu corpo jovem. Os sapatos Prada, mais um luxo pensado na última hora, também estavam sensacionais. Mesmo assim, Penny sabia que nunca tivera uma beleza arrebatadora.

Pelo menos não havia mais moscas à sua volta. Já era uma vantagem. Em relação a morar no Meio-Oeste, tudo era uma vantagem.

Nebraska nunca combinara com Penny. Em Omaha, quando adolescente, ou mesmo quando era uma menininha em Shippee, ela sempre se sentira um peixe fora d'água. Por um lado, ela não tinha nada a ver com o pai e a mãe de corpos robustos, silhuetas em forma de pera, pés chatos e tortos. Enquanto eles tinham as sardas e os cabelinhos ruivos da diáspora irlandesa, Penny tinha pele de pêssego, pálida como leite. Os dois sabiam que ela estava louca para morar em Nova York.

Minutos antes, assim que entrara no táxi, ela havia ligado para contar a novidade. Quando a mãe atendeu o telefone, Penny perguntou:

– Tá sentada, mãe?

– Arthur! – a mãe berrou. – É sua filha no telefone.

– Tenho uma novidade muito incrível – disse Penny, mal conseguindo se conter. Ela ergueu o olhar para conferir se o motorista estava olhando. Queria que ele escutasse.

– Eu também! – a mãe exclamou.

Ouviu-se um clique e a voz do pai entrou na conversa.

– A horta da sua mãe deu um tomate que é a cara do Danny Thomas.

– Eu te mando uma foto – a mãe prometeu. – É um espanto.

– E você, meu docinho, o que você tem para nos contar? – perguntou o pai.

Penny fez uma pausa para dar mais efeito. Quando falou, garantiu que a voz fosse alta o bastante para que o taxista ouvisse:

– Tenho um encontro com C. Linus Maxwell.

Os pais não reagiram. Pelo menos não no mesmo instante.

O pai de Penny tomava o café da manhã sentado na privada para poupar tempo. A mãe sonhava em ter um colchão de água. No seu aniversário, eles lhe mandavam uma Bíblia com vinte dólares entre as páginas. Esses, em versão resumida, eram seus pais.

Penny tentou tirar alguma reação.

– Vocês sabem quem é o sr. Maxwell?

– Claro que sim, querida – a mãe respondeu, sem emoção. – Eu e seu pai não moramos mais em Shippee!

Penny esperava berros de alegria, suspiros de espanto, qualquer coisa. Por fim, o pai dela falou:

– Amamos você de qualquer jeito, Pen-Pen. Não precisa inventar disparates só para nos impressionar. – Ele estava chamando-a de mentirosa.

Nesse momento, o táxi entrou no túnel por baixo do rio. A ligação caiu. As colegas de quarto também não haviam acreditado, mas mesmo assim fizeram um rebuliço. Ajudaram com a sombra e com o delineador como se fossem madrinhas de casamento. No dia seguinte, todos acreditariam nela. Normalmente ela não dava tanta atenção à aparência. Não havia se arrumado apenas por causa de Maxwell. O mundo inteiro iria vê-la. Penny entraria naquele restaurante como uma pessoa qualquer, mas quando servissem a sobremesa ela já seria alguém. Até sua heroína, a presidenta Hind, saberia seu nome.

Penny notou dois homens num sedã preto, presos no mesmo engarrafamento. Assim como os guarda-costas que escoltaram Alouette D'Ambrosia, ambos vestiam ternos azul-marinho sob medida e óculos espelhados. A expressão severa não transmitia emoção. Nenhum voltou o rosto na direção de Penny, mas ela sabia que a dupla estava lá para espioná-la.

Desde suas primeiras lembranças, ela via homens estranhos iguais àqueles, sempre a seguindo. Às vezes eles vinham em carros que a acompanhavam lentamente ou estavam sentados no carro em frente ao seu colégio. Outras vezes caminhavam determinados em seu encalço, sempre a uma distância discreta. Sempre dois, às vezes três, todos de terno escuro e óculos espelhados. O cabelo era curto e penteado. Sapatos oxford engraxados, mesmo que a acompanhassem como cães de caça sobre duas patas pelo estádio dos Nebraska Cornhuskers, encharcado da chuva ou pelas praias do lago Manawa.

Em muitas tardes de inverno, enquanto ela voltava do colégio ao entardecer, seus acompanhantes seguiam seus passos por campos vazios, desviando de pés de milho derrubados pelo vento. Um levantava a lapela e sussurrava no microfone; outro erguia o braço para fazer sinal a um helicóptero que também acompanhava cada passo de Penny. De vez em quando, um dirigível grande e pesado pairava sobre ela, dia sim, outro também.

Desde que conseguia se lembrar, esses homens a espreitavam. Sempre em sua visão periférica. Estavam sempre ao fundo. Havia enormes chances de que hoje eles também jantassem no Chez Romaine, mesmo que nas mesas do andar de baixo, sempre atentos.

Ela nunca se sentira ameaçada por isso. No mínimo, sentia-se mimada e segura. Desde a primeira sensação de que estava sendo seguida, Penny imaginou que os homens fossem do Departamento de Segurança Interna. Os americanos puros, ela pensava, desfrutavam dessa mesma supervisão diligente. Ela estava tão encantada com os guarda-costas que passara a aceitá-los como anjos da guarda, papel que cumpriram mais de uma vez.

Numa noite de inverno rigoroso, ela cortou caminho por vários hectares de silagem podre ao voltar para casa. O céu estava escuro como um hematoma. O ar gelado tinha um cheiro pungente e agourento de putrefação. Em um instante, um tornado veio e transformou a paisagem em uma nuvem de terra fértil e gado leiteiro voador. Implementos agrícolas afiados retiniam por todos os lados ao seu redor. Pedras enormes de granizo bombardearam sua cabeça.

Penny achou que seria morta, mas uma força a derrubou nos canteiros, e ela sentiu algo pesado, suave mas insistente, pressionando seu corpo. O tornado perdeu a fúria em um instante. O peso sumiu, e ela soube que fora um de seus sentinelas anônimos. Com o terno risca de giz manchado de lama, ele retirou-se e foi embora sem nem aceitar um agradecimento. Mais que guardião passivo, ele fora um herói. Aquele estranho havia salvado sua vida.

Anos depois, quando Penny estava na faculdade, um Zeta Delta mamado a arrastara pelas escadas até um porão com chão de terra batida. Foi durante uma festa animadíssima no início do ano. Pensando bem, talvez ela houvesse prometido ao garoto mais do que tinha para dar. Contrariado, ele a jogou no chão e montou sobre ela, com um joelho de cada lado de seu corpo rebelde. As mãos musculosas começaram a rasgar seu vestido de algodão de estampa floral. Ele remexeu o zíper das calças cáqui, do qual saiu uma ereção vermelha e raivosa. Por mais temível que fosse a situação, Penny ainda era uma garota de sorte.

Graças aos céus, existiam os agentes da Segurança Interna, pensou Penny quando um estranho em terno de flanela cinza surgiu das sombras perto da parede do porão. Ele deu um golpe de caratê violento na traqueia do garoto. Com o quase estuprador engasgado, Penny saiu correndo em segurança.

Mesmo depois de dizer adeus a seu estado natal, os anjos da guarda ainda permaneceram em seu encalço. Na Big Apple, ela via o neon refletir em seus óculos enquanto eles a observavam a uma distância discreta. Na Bonwit Teller. Até na BB&B, onde eles usavam os óculos mesmo dentro do prédio. E ainda a protegiam. Eram agentes da segurança interna e, na cabeça de Penny, protegiam todo e qualquer americano. Sempre.

Enquanto ela estava perdida em seus pensamentos, o trânsito começou a fluir. O táxi já estava parando em frente ao toldo do Chez Romaine. Um manobrista veio abrir a porta. Penny pagou o táxi e respirou fundo. Conferiu a hora no celular: estava quinze minutos atrasada.

Deu a última conferida no vestido e nos braços. Nada de moscas.

Nas páginas do *National Enquirer,* Jennifer Lopez e Salma Hayek sempre caminhavam pelo tapete vermelho com um acompanhante.

Penny Harrigan não tinha opção. Não se via sinal de ClíMax. Havia uma multidão de fotógrafos contidos por uma corda de veludo, que apenas a olharam sem fotografá-la. Ninguém com um microfone tomou a frente para dizer como ela estava bonita e perguntar sobre o vestido. Outro carro chegou, o manobrista abriu mais uma porta, e sua única opção foi caminhar sozinha até a porta dourada do restaurante.

No salão, ela quis que o maître a notasse, mas não teve sorte. Ninguém a notou. Aguardavam ali homens e mulheres elegantes, alguns até que trouxessem seus carros, outros por uma mesa. O burburinho de risadas e conversas fez com que ela se sentisse ainda mais invisível, como se isso fosse possível. Ali, seu vestido estava no limite do aceitável. Suas joias atraíam olhares de perplexidade. Da mesma forma como quis correr da vendedora esnobe da Bonwit Teller, Penny mais uma vez teve vontade de dar as costas e sair correndo. Ela guardaria o belíssimo vestido vermelho na embalagem original e devolveria amanhã. Homens como Maxwell não saíam com garotas como ela.

Ainda assim, alguma coisa a incomodava. Ela desejou não ter se exaltado tanto em relação ao encontro. Suas colegas de quarto... seus pais... até o taxista... Todos achavam que ela era uma mentirosa. Tinha de provar que não era. Se ao menos um colunista de fofoca a visse com Corny Maxwell, ou alguém os fotografasse juntos, ela teria sua vingança. Foi essa ideia que a conduziu rumo à porta do salão principal. Ali, um lance de degraus acarpetados levava ao andar de baixo. Quem avançasse atrairia os olhares de todos os presentes naquele espaço amplo e abarrotado.

No último degrau, Penny sentia-se à beira de um desfiladeiro onde seu futuro a aguardava. Atrás, os ricos e poderosos já estavam encalacrados, dando marcha a ré como num engarrafamento. Ouviu um pigarro alto. Lá embaixo, o salão estava lotado, com todas as mesas ocupadas. No mezanino havia comensais ainda mais atentos. O lugar onde Penny estava, na escada, era como um palco.

No centro do salão, via-se um homem solitário, cujos cabelos loiros refletiam a luz do candelabro. Concentrado, ele tomava notas em uma caderneta sobre a mesa, com uma caneta prateada.

Penny sentiu o hálito de um estranho próximo ao seu ouvido. A voz obsequiosa sussurrou:

– Com licença, senhorita? – O falante fungou alto.

Todo o restaurante observava o homem sozinho a rabiscar, mas à moda discreta dos nova-iorquinos, fitando-o por cima do cardápio e espiando pelo reflexo das lâminas prateadas das facas de manteiga.

A voz obsequiosa ao ombro de Penny foi mais insistente:

– Precisamos deixar este espaço aberto. – E continuou: – Peço que me dê licença.

Paralisada, Penny queria apenas que o comensal solitário erguesse o olhar e a notasse, que reparasse como estava linda. A multidão que se formava atrás dela resmungou, inquieta. Ela não conseguia se mexer. O porteiro, o manobrista, alguém teria de vir levantá-la e carregá-la como um saco de batatas.

Por fim, o homem que escrevia na caderneta olhou para cima. Seus olhos se encontraram. Cada cabeça naquele salão cavernoso virou-se para acompanhar seu olhar. O homem levantou-se, e o burburinho diminuiu. Como se a cortina estivesse se erguendo na ópera, todos silenciaram.

Sem perder o contato visual, o homem veio até a escada e começou a subir na direção de Penny. A dois degraus, ele parou e ofereceu-lhe a mão. Assim como ela tinha estado abaixo dele no tapete do escritório, tentando se levantar, agora ele estava abaixo dela.

Ela aceitou a mão. Os dedos dele continuavam gelados, como ela se lembrava.

Assim como vira no *National Enquirer*, C. Linus Maxwell a escoltou. Como já fizera com tantas mulheres refinadas. Eles desceram os degraus e atravessaram o salão em silêncio. Ele puxou a cadeira para ela se sentar. Depois, sentou-se e fechou a caderneta. Nesse momento, as vozes ao redor voltaram a ganhar volume.

– Obrigado por ter vindo – ele disse. – Você está encantadora. Desta vez, Penny acreditou que era digna do elogio.

No instante seguinte, a mão de Maxwell veio em sua direção como se fosse lhe dar um tapa na cara. Foi tão rápido que o braço dele virou um borrão. Ela recuou.

Quando abriu os olhos, o punho cobria seu campo de visão, imenso, parado, os nós dos dedos tão próximos que quase tocavam a ponta de seu nariz.

– Desculpe-me pelo susto – ele disse –, mas acho que a peguei. – Abrindo os dedos, ele mostrou o corpo esmagado de uma mosca.

Na manhã seguinte, Penny passou meia hora em frente às portas ainda trancadas da Bonwit Teller. Ela não teria como pagar nem um dia de juros no cartão de crédito em cima do preço daquele vestido de gala. Mesmo que se atrasasse para o trabalho, tinha de devolver o vestido imediatamente.

Os contos de fadas nunca mostraram Cinderela levantando-se ao raiar do dia para devolver vestido e sapatos, temendo que uma vendedora desconfiada fosse achar defeito e se recusasse a reembolsar o valor integral.

Apesar do vinho e do prato extraordinários, o jantar não fora tão mágico. Foi impossível relaxar e se divertir dentro de um aquário onde todos os olhares estavam voltados em sua direção. O problema não era Maxwell. Ele fora extremamente atencioso, até demais, atento a cada palavra que ela dizia. Por várias vezes, ele abriu sua caderneta e anotou algumas palavras com caligrafia veloz, espaçada, como se estivesse copiando um ditado. Foi menos um encontro amoroso e mais uma agradável entrevista de emprego. Ele não compartilhou qualquer informação sobre si, pelo menos nada que ela já não soubesse pelas colunas de fofocas. Nervosa como estava, Penny soltou o verbo quase sem respirar. Louca para preencher qualquer possibilidade de silêncio, ela falou dos pais, Myrtle e Arthur, e de sua vidinha suburbana. Relembrou as horas que não passavam na faculdade de direito. Divagou sobre a grande paixão de sua vida, o *terrier* escocês Dimples, e sobre a morte dele no ano anterior.

Ao longo do monólogo, Maxwell sorriu com placidez. Ainda bem que vez por outra apareciam garçons que lhe davam um instante para fechar a matraca e recuperar o fôlego.

– Se a madame permitir... – disse o garçom com um floreio da mão coberta por luva branca –, o sushi kobashira é a especialidade da casa.

Penny sorriu triunfante.

– Parece uma delícia.

Max a olhou com dúvida.

– Você sabe que são vieiras aoyagi cruas, não é?

Penny não sabia. Aliás, Maxwell possivelmente salvara sua vida. Mesmo que ele não soubesse, ela tinha forte alergia a frutos do mar. Com uma mordida, cairia no chão inchada e inerte. O choque de Penny provavelmente transpareceu em seu rosto, pois ele imediatamente refez o pedido dela ao garçom:

– A senhorita vai querer o Frango Divan.

Graças a Deus alguém estava prestando atenção. Sua boca destrambelhada retomou o monólogo frenético.

Penny sabia o quanto estava sendo patética, mas mesmo assim não se continha. Até então, ninguém em Nova York chegara a demonstrar algum interesse por ela. Ela passara de pequeno milagre dos pais a uma menina triste e invisível. Quase todas as noites, ela se obrigava a caminhar pelas ruas até o bairro ficar em silêncio e estar exaurida o bastante para dormir. Vagava pelo Upper East Side sozinha, acompanhada somente pelos porteiros que ficavam atrás do vidro nas entradas dos prédios chiques e a viam passar. As imponentes *town houses*, os condomínios suntuosos: era o que todo mundo queria. Pode-se dizer que ela estava se adestrando a querer a mesma coisa, mas na verdade não queria. Penny apenas fingia querer as joias na vitrine da Cartier e os casacos de pele da Bloomingdale's.

Não queria apenas as pompas do sucesso; ela ansiava pelo poder de verdade. Até ela se achava *louca* em sua ambição.

Acima de tudo, Penny não queria o que as outras mulheres diziam querer. Elas pareciam possuídas na forma como vinham em enxames, desejando tanta coisa mundana. E isso a preocupava, fazia com que se sentisse banida de alguma colmeia. Se não desejasse os devidos galãs do cinema, as devidas velas aromáticas, temia que houvesse algo de errado com ela.

Diariamente, ela via advogadas e executivas mastigando números em fúria, vociferando exigências ao telefone. Nenhuma delas passava a impressão de ter evoluído. Não pareciam ter tomado o caminho mais difícil. Penny queria uma carreira que fugisse dos padrões instintivos da política de gênero.

Durante a sobremesa, Penny Harrigan admitiu: não sabia o que queria da vida. Ser advogada não era seu grande sonho. Quando adolescente, no Ensino Médio, ela ouvira de todo mundo – pais, professores, pastor – que toda pessoa precisa de metas de longo prazo e planos para chegar lá. Todos diziam que ela precisava dedicar a vida a alguma coisa. Ela optara pela carreira no direito como se houvesse sorteado um papelzinho dobrado de dentro do chapéu. Afora a presidenta Hind, ser advogada atraía Penny tanto quanto vestir um casaco de pele e levar dois cães *afghan hounds* com colar de diamantes para ouvir Verdi no Metropolitan. Para ser sincera, Penny não disse exatamente isso, mas sabia que alguma coisa iria acontecer e que um destino glorioso a aguardava em breve.

Maxwell não havia feito pergunta alguma sobre o assunto, mas ouvia atentamente. Assistia como se estivesse memorizando tudo o que ela dizia. Em dado momento entre os aperitivos e a salada, ele puxou a caderneta na qual fazia anotações enquanto a aguardava no restaurante. Abriu-a em uma página em branco. Retirou a tampa da caneta-tinteiro prateada e começou a escrever como se estivesse listando os medos de Penny. Ela não conseguia entender, pois sua letra era muito pequena, quase microscópica. Maxwell não parava de anotar. Ou era absurdamente grosseiro ou enormemente atencioso.

Ao perceber que suas palavras eram registradas, Penny ficou mais atenta, mas não foi capaz de calar o transbordar de seu nervosismo reprimido. Ela nunca havia expressado isso a ninguém: sua vida parecia ter estacionado. Depois de vinte e cinco anos de boas notas e bom comportamento, ela chegara a um beco sem saída. Alcançara seu potencial. Enquanto falava, Penny já estava ciente de que provavelmente nunca mais voltaria a ver aquele homem. Isso fazia dele um confidente seguro.

O alívio dela era evidente. Sob o olhar arrebatador de Maxwell, Penny corava. Ataviava-se. Incentivada pelos olhos atentos, ela balançou a cabeça para fazer os brincos de *piñata* dançarem. Ergueu uma das mãos ao peito, passando as pontas dos dedos pelas curvas sinuosas do dragão de jade. Os dois acessórios a lembravam da bênção que eram suas colegas de apartamento.

Os olhos de Max pareciam fascinados por cada gesto de Penny. Ele sorria, mas sem a interromper. Seus olhos nunca deixavam de acompanhá-la, mas sua mão não parava de escrever.

Parecia quase apaixonado. Era mais que encanto, mais que amor à primeira vista. Maxwell parecia enfeitiçado pelo som da voz de Penny, como se todo seu corpo começasse a se inclinar na direção dela, ansiando por ela. Algo em sua expressão dizia que ele passara a vida esperando esse momento.

Penny queria que o mundo prestasse atenção nela dessa mesma forma. Queria que todos soubessem seu nome e que a amassem. Pronto, ela havia admitido em alto e bom som. Mas não podia fazer nada que justificasse tantos louvores do público. Precisava apenas de um mentor, um professor, alguém que a descobrisse.

Em frente às portas trancadas da loja de departamentos, Penny erguia a sacola do vestido para não a arrastar na calçada. Lembrava de todos os pratos maravilhosos servidos no jantar. Tivera muito medo de deixar a comida cair no colo. Uma só manchinha e ela passaria os cinco anos seguintes pagando pelo descuido. Quando o porteiro da loja girou as chaves, ela correu para a seção onde havia comprado o vestido.

A vendedora que a ajudara havia menos de 24 horas já estava no caixa. Com a sacola na dianteira e a voz mais firme possível, Penny disse:

– Gostaria de devolver.

A vendedora pegou a sacola. Deitando o vestido no balcão, abriu o zíper e conferiu o plissado da seda rubra.

– Cheguei em casa e provei – disse Penny. Com uma mão, ela fez um gesto que torceu para que parecesse de desapego. – Está longe do que eu tinha em mente.

A vendedora revirou e alisou a saia, vistoriando costuras e bainha, e perguntou:

– Então você não chegou a usar?

– Não – respondeu Penny. Ela prendeu a respiração, com horror de que um pingo ou mancha de transpiração expusessem sua falácia.

A moça a pressionou, sem sorrir:

– Nem para um jantarzinho rápido?

Penny tinha certeza de que a moça havia encontrado um pingo de vinho. Uma mancha de musse de chocolate. Sentido o cheiro de perfume ou cigarro no tecido. Pode ter sido a imaginação de Penny, mas de repente a seção da loja ficou atulhada de clientes, vendedores, até um guarda, todos atentos a seu diálogo.

– Não – insistiu Penny. Agora ela estava transpirando.

– No Chez Romaine?

– Não – Penny soltou num chio.

A vendedora a fitou com um olhar austero e disse:

– Preciso te mostrar uma coisa.

Enfiando o vestido de volta à sacola, ela colocou a mão embaixo do balcão e tirou um jornal: o *New York Post* do dia. Na primeira página, a manchete: "Príncipe Nerd tira nova Cinderela do anonimato".

E ao lado do título havia uma foto colorida de Penny ao lado de Maxwell. Não havia como negar: ela estava usando o vestido.

– Espero que a senhorita não me leve a mal – disse a vendedora com expressão condenatória –, mas isso é inaceitável!

Penny fora pega no ato. Fez um cálculo de cabeça: com base no preço e nos juros atuais no seu cartão de crédito, ela poderia quitar o vestido por volta de seu quadragésimo aniversário.

– Por uma visibilidade como essa – disse a mulher –, a Dolce & Gabanna devia te *pagar* para vestir essas roupas.

Inclinando-se para a frente, em tom conspiratório, ela continuou:

– Prada. Fendi. Hermès. Eles são capazes de morrer por um destaque assim. – Ela piscou. – Deixa que eu falo com essa gente. Se você vai começar a acompanhar o Sr. Maxwell, dá pra ganhar uma fortuna promovendo certos estilistas.

Isso podia virar um problema. Maxwell havia perguntado se podia telefonar, mas a experiência de Penny dizia que ele só perguntara por educação. Não era garantia de um segundo encontro. Eles não haviam feito planos. Ela não ia dizer isso, mas era provável que nunca mais o visse.

Passando os olhos pela seção de vestidos, Penny notou que atraía olhares de estranhos por onde passava. Homens. Mulheres. Alguns uniformizados. Algumas em casaco de pele. Todos agarrados à edição matutina do *Post*. E todos radiantes ao vê-la.

A vendedora, tão hostil no dia anterior, esboçava um sorriso tímido. Com os olhos deslumbrados e vivos, ela suspirou. Pressionando a mão aberta contra o peito, como se quisesse aliviar uma palpitação, ela disse:

– Perdoe minha falta de profissionalismo, mas...

Mesmo sob a maquiagem pesada da atendente, Penny percebeu que ela estava corando. Estendendo a edição do *Post*, ela perguntou:

– Pode autografar a foto para a minha filha?

C. Linus Maxwell não telefonou no dia seguinte. Nem no outro dia. Uma semana se passou.

Penny continuou trabalhando e tentou desviar-se dos interrogatórios sobre o Chez Romaine.

Depois do expediente, Penny foi à agência do Chase Manhattan em Jackson Heights e alugou um cofre. Era preciso ter duas chaves. Ela observou o atendente do banco inserir a chave e girar. Ela usou sua própria chave, e ele a deixou a sós para abrir a caixinha de metal na saleta. Assim que ele saiu, Penny tirou uma coisinha pequena e rosada da bolsa e colocou-a no cofre. Em seguida, trancou-o e chamou o atendente. Suas colegas de apartamento não teriam outra chance de usar seu diafragma.

De volta ao apartamento, ela devolveu os brincos e o colar. Toda vez que seu telefone vibrava, fosse ligação ou mensagem, ela via Kwan Qxi e Esperanza a observarem com nervosismo. Mas era sempre uma mensagem da mãe ou do pai. Ou a vendedora da Bonwit Teller para dizer que ela havia ganhado um deslumbrante vestido Alexander McQueen ou um par de saltos Stella McCartney para a próxima noite de Cinderela.

Na fila do caixa do mercado, ela ficava esperando sua vez de passar seu sorvete, tentando ignorar as manchetes de tabloides que a fitavam. "Cinderela leva o cano!" Outra capa trazia uma foto imensa de Penny comprando sorvete sob o título "Cinderela rejeitada vai se entupir!". Era surreal. Lá estava ela comprando sorvete de creme crocante e olhando uma foto dela mesma, do dia anterior, na fila. Para piorar a situação, nas fotos mais recentes ela já parecia mais gorda! Todo mundo na loja a reconhecia e estava a postos para um tapinha no ombro ou para consolá-la. O caixa fez um gesto de que ela não precisava pagar.

– Fica por conta da casa, querida.

Ser alvo de pena em Nova York, a cidade impiedosa. A que ponto havia chegado?

Alguns dias depois, ela mal conseguia fechar o botão das calças. Guloseimas demais e de graça. Por isso ela foi pega de surpresa quando Tad a convidou para almoçar no Russian Tea Room. Lá, em um ambiente mais intimista e sofisticado, ele a fez rir com suas histórias divertidas sobre trotes de sua época em Yale. Tad ditou seu *curriculum vitae* completo, obviamente inseguro com uma comparação com seu belo bilionário. Vangloriou-se de ter sido capitão de remo da equipe. Para provar, vestia um blusão verde-claro com o logo da faculdade. Por mais tédio que ele lhe provocasse, Penny ainda estava grata. O falatório de Tad a distraía de sua atual humilhação pública e da aflição que a pressionava. Tad era aceitável – mais bonito que o loiro e insosso Max – e havia a possibilidade de que um jornalista perdido do *Post* tirasse uma foto deles para acompanhar a manchete "Cinderela volta ao jogo!".

Penny surpreendeu-se ao ver que estava segurando a mão de Tad sobre a toalha da mesa. Ela só queria que os espectadores achassem que ela e Tad estavam juntos, mas... aconteceu algo mágico. Ondas de energia. Química. Macumba. Os dedos dela já estavam profundamente entrelaçados aos dele. Ela começou a se perguntar se conseguiria chegar ao banco e abrir seu cofre antes de o banco fechar.

Penny não era recatada. Não fazia o tipo diretorinha de escola. A seu ver, as intimidades antes do casamento não eram pecado... Ela apenas nunca vira vantagem em ter sexo casual. Durante suas aulas de estudos feministas, descobrira que aproximadamente 30% da população feminina é totalmente não orgásmica, e parecia que ela se encaixava nesse percentual. Sorte que havia outros prazeres na vida. Dançar salsa, por exemplo. Sorvete. Filmes com Tom Berenger. Não fazia muito sentido dar chance a herpes, HPV, hepatite viral, HIV e gravidez indesejada em busca de uma realização sexual inalcançável.

Apesar de tudo, o encontro com Tad estava ótimo. Ela estivera errada sobre suas intenções. Bem errada, aliás. O ambicioso advogado a queria, não estava interessado em Monique. Era o que seus olhos diziam. Talvez ela estivesse equivocada a respeito do sexo. Com o cara certo, talvez pudesse encontrar o prazer arrebatador.

– Penny... – ele gaguejou.

– Sim. – Ela engoliu em seco. Para acalmar-se, recatadamente desviou o olhar para o cesto de pães. Quando ousou voltar os olhos para ele, ela repetiu:

– Sim, Tad?

Ele segurou firme a mão dela. Tad e seu Tadinho. O simples almoço estava virando aquilo que o tão falado jantar no Chez Romaine não fora: impulsivo... ardente... carregado de insinuações eróticas.

No fundo da bolsa, o celular de Penny tocou. O barulho a pegou de surpresa.

– Penny – Tad prosseguiu. – Eu sempre amei...

O celular tocou de novo. Penny tentou ignorar. Seu corpo todo ficou tenso.

Tad tomou coragem.

– Se você não está mais saindo com... – Seus lábios se enrugaram, e ele chegou mais perto. E mais perto. Ela sentiu o cheiro da deliciosa vitela russa que haviam provado há pouco.

Penny escapou do beijo. Não podia ignorar a chamada.

– Desculpe – gracejou ao encontrar o celular. Era o toque de Max.

Era uma injustiça. Penny tentava dizer a todo mundo que C. Linus Maxwell era mais que um garoto prodígio da internet. Muito mais! Ele gerenciava um grupo multinacional de empresas líderes na área de redes, TI, comunicação via satélite e serviços bancários. Determinada, ela explicou a Monique que os empreendimentos de Maxwell empregavam mais de um milhão de pessoas e serviam a muitas outras pessoas. A cada ano, sua fundação beneficente doava um bilhão de dólares para cada uma das doze causas de enorme relevância, combatendo a fome, curando doenças, promovendo os direitos das mulheres. Como a presidenta Hind podia atestar, a igualdade de gêneros era um sonho que vivia no coração de Maxwell. Ele administrava colégios no Paquistão e no Afeganistão, onde garotas poderiam batalhar por um futuro melhor. Financiava campanhas políticas que levavam mulheres aos cargos mais altos de todos os países.

Era isso, Penny dizia a todos, essa altivez e esse altruísmo que faziam de Maxwell mais que um nerd ricaço.

O que ela dizia para si era que gostava de estar ao seu lado. Era difícil convencer os outros, e mais difícil ainda convencer a si mesma.

No trabalho, Monique perguntou:

– Ô, Omaha, você tá usando diafragma? – Petulante, ela virou a cabeça, e as continhas de suas tranças chacoalharam.

Sem aguardar a resposta, ela continuou:

– Porque se tiver, arranca isso daí! Queima! Joga seu contraceptivo na privada e *deixa esse homem te emprenhar!*

O assunto não era da conta de Monique, mas após um mês de encontros Penny ainda não tinha ido para a cama com Maxwell. Os pais dela ligavam tarde da noite. Penny suspeitava de que queriam pegá-la no flagra. Ela atendia sonolenta:

– Que horas são?

Ao telefone, interurbano, a mãe berrava:

– Como que você não ama esse homem? Ele é muito rico!

Na extensão, o pai emendava:

– *Finge que ama!*

– Seu pai e eu ainda nem conhecemos Maxwell – transbordava a mãe –, mas já o consideramos família!

Penny desligou. Tirou o telefone da tomada e voltou a dormir. Não queria ser uma mulher fácil. Já vira muitas colegas de faculdade de véu e grinalda. Muitos casamentos haviam chegado à fase tenebrosa dos "encontros de casais", e só para casais, como prisão perpétua em uma penitenciária onde visitas conjugais são coisa rara. Ricos ou pobres, ela e Maxwell ainda eram duas pessoas que precisavam de paixão mútua para dividir a vida.

Aquilo nunca saía de sua mente: nenhum dos famosos casos de Maxwell havia durado mais que 136 dias. Não podia ser por acaso. Todos haviam durado exatos 136 dias.

E não era como se Maxwell a pressionasse a fazer sexo. Ele era tão desprendido, tão agradável, mas tão distante que Penny começava a se perguntar se Alouette D'Ambrosia estava mentindo quando disse que ele era o maior amante que já conhecera. A bela francesa já devia ter se deitado com homens melhores, mais carinhosos, mais ardentes. Maxwell não podia ser tachado de agressivo. Ele pouco fazia além de observar, ouvir e fazer anotações na caderneta. Nas festas em iates, mulheres que Penny nem conhecia a encaravam. Supermodelos finas como palito riam de suas coxas de mulher comum, jogando suas cabeças para trás, incrédulas. Os homens tinham olhares sinistros. Presumiam que ela havia enfeitiçado Maxwell com seus dotes eróticos. Seus olhos devassos sugeriam cenas de sodomia desenfreada e felação experiente. Seria engraçado contar a eles que o homem mais rico do mundo a havia levado para esquiar em Berna e a touradas em Madri, mas nunca para a cama.

Penny não era virgem quando ela e Maxwell se conheceram. Ela transara com meninos na faculdade. Alguns, mas um de cada vez. *Só* meninos. E *nunca* por trás! Não era depravada, nem vagabunda. Seus namorados quase sempre eram riquinhos conservadores, que brincavam de cavalheirismo abrindo a porta do carro para ela. Traziam arranjos de orquídeas, que amarravam em seu vestido com dedos trêmulos. Até onde ela sabia, todo homem achava que dançava bem e era bom de cama. Na verdade, a maioria só sabia um passo – geralmente o bate-cabeça – e entre os lençóis era como um macaco de documentário cutucando um formigueiro com um graveto.

Ela tivera algumas experiências, mas nunca um orgasmo. Não um *orgasmo*-orgasmo, que faz a terra tremer, que deixa os dentes dormentes, o tipo de orgasmo sobre o qual sempre lera na revista *Cosmopolitan*.

Quando se formou em direito, Penny já não era mais virgem, e tampouco estava a fim de sossegar.

Em Paris, numa festa fechada no último pavimento da torre Eiffel, Penny teve a oportunidade de conhecer Alouette D'Ambrosia pessoalmente. Com seu jatinho particular à disposição, Paris parecia tão próxima quanto o centro de Manhattan. Maxwell conseguia buscá-la em praticamente qualquer lugar do mundo para um jantar tranquilo e devolvê-la ao espartano apartamento de Jackson Heights antes da meia-noite. Ver sempre a mesma tropa de rostos ressentidos e luxuriosos do jet set internacional, noite sim e outra também, em festas e estreias, fazia o mundo parecer menor. Mesmo no topo da torre Eiffel, com a cintilante Paris a seus pés, Penny bebericava uma taça de champanhe, tímida demais para interagir com os outros, que faziam e aconteciam. A noite estava quente, mas Penny sentiu um calafrio na espinha, exposta pelo decote profundo de seu vestido Vera Wang. Maxwell, sempre muito atencioso, fora chamado a outro lugar, e ela percebeu olhares hostis sobre ela. Olhou em volta para ter certeza. Como raios laser, eles vinham do terraço da torre. Era a estrela de cinema, a vencedora de quatro Oscar. Fora indicada mais uma vez e era a favorita para levar o quinto prêmio em questão de semanas. A mulher que Penny vira em fragmentos nas incontáveis telinhas de celular. Agora ela era uma só e parecia imensa.

O confronto era iminente. Todos os convidados assistiam exultantes à aproximação de Alouette. Ela andava em círculos, espreitando a presa. Movimentava-se como uma pantera num corpete de couro negro que delineava todas as suas curvas. Suas narinas, tão delicadas, inflavam. Com os dentes à mostra, ela estava pronta.

A vendedora da Bonwit Teller fizera o prometido e apresentara Penny a estilistas da alta-costura, que a vestiam divinamente. Porém, em comparação a essa predadora, a essa devoradora de homens, ela se sentia uma mendiga. Como sempre, resistiu à ânsia de fugir do campo de batalha. Bem que Maxwell podia voltar logo. Monique saberia se defender de uma amazona em fúria. Jennifer Lopez e Penelope Cruz estariam a postos para dar um pau naquela francesinha metida. A Penny só ocorria se virar e aguardar o impacto.

– Ratinha – disse uma voz com sotaque carregado, que Penny ouvira em vários filmes.

As pontas das unhas se cravaram no ombro de Penny e a puxaram devagar, virando-a até que visse com quem estava falando. A feição elegante estava distorcida pelo ódio.

– Tá assustada, ratinha? – Alouette D'Ambrosia projetou o queixo. – Não? Pois deveria. Você está correndo um sério risco.

Penny apertou sua taça com mais força. Se a situação chegasse às vias de fato, ela jogaria o doce espumante nos olhos da atriz. E sairia correndo feito louca.

– Não importa o que você faça... – disse Alouette. Seu dedo longo, com a unha perfeita, foi apontando para o rosto de Penny, e ela alertou: – Não durma com Max. *Nunca* transe com Maxwell.

A multidão ficou visivelmente frustrada quando a estrela de cinema virou-se e foi embora. As pessoas lhe davam passagem. Antes de alguém dar um pio, ela já havia entrado no elevador e sumido.

Para Penny era evidente que Alouette estava louca de ciúme. A deusa francesa ainda era perdidamente apaixonada por Max. Penny riu consigo mesma. Ela, a simples Penny Harrigan, causava ciúmes na *sex symbol* mais sedutora do mundo. Um minuto depois, Maxwell estava de volta atrás dela. Como sempre, anotava algo na caderneta, viajando no seu mundo particular.

Penny não disse nada, então ele perguntou:

– Está tudo bem?

Ela descreveu a cena que ele havia perdido. Como Alouette a havia abordado. Como a atriz a havia ameaçado.

Uma expressão estranha cruzou o rosto inexpressivo de Maxwell. Era algo que Penny nunca tinha visto, raiva misturada a outra emoção. Quem sabe amor. O vento cálido despenteou os cabelos dele.

Seja lá o que fosse, ela não poderia resistir. Fosse pela atração física ou a possibilidade de irritar Alouette, Penny não conseguia resistir à ideia de dormir com Max. Pegou-o pela mão.

– Hoje não vamos pegar o avião. – Ela levou as mãos gélidas até sua boca, beijou-as e disse: – Vamos ficar aqui e voltar a Nova York pela manhã.

Na cama, o toque de Maxwell era tão preciso que parecia clínico. Seus dedos pareciam pontas de compasso querendo medi-la. Como médico ou cientista, elas agarravam-na como se quisessem medir sua pressão. Muitas vezes, ele parava no meio de uma carícia, inclinava-se para sua mesinha de cabeceira e anotava algo em sua misteriosa caligrafia aracnídea.

Naquela primeira noite em Paris, Penny percebeu que estava levemente bêbada, nua na cama enquanto ele se ajoelhava entre suas pernas abertas.

A mesinha de cabeceira tinha uma coleção de objetos curiosos. Havia garrafas de cristal com várias faces, parecendo frascos de perfume, cada uma com um líquido em cor vívida. Pareciam imensos rubis, topázios e esmeraldas. Lembraram Penny da imensa safira que vira no pescoço de Alouette D'Ambrosia. Entre as garrafas coloridas havia béqueres de vidro comum e tubos de ensaio iguais aos que Penny associava às aulas de química do Ensino Médio. Havia uma caixinha de papelão, semelhante às de lenços descartáveis, mas que parecia cheia de luvas de látex, sendo que uma delas brotava, pronta para ser arrancada. Viu também um pote com várias opções de camisinhas. Entre os objetos estava a caderneta de Maxwell. Óbvio que estava lá, era quase um apêndice. O último objeto que Penny conseguiu identificar foi um pequeno gravador digital, do tipo que um executivo atarefado usaria para ditar pensamentos. O item mais próximo era uma garrafa de champanhe.

Maxwell já estava ereto, mas não parecia muito ciente de seu estado de excitação. A centímetros da nudez de Penny, ele estava um pouco inclinado para fora da cama. Primeiro, ele abriu a garrafa de champanhe e derramou um pouco da bebida num béquer. Era rosado e espumante. Champanhe rosê. Passou o béquer para Penny. Erguendo a garrafa, ele fez um brinde:

– À inovação e ao progresso. – Eles beberam. – Não tome tudo de uma vez, querida.

Maxwell estalou os dedos para indicar que queria o béquer de volta. Serviu mais um gole de champanhe e deixou a garrafa de lado. Com grande atenção, começou a escolher entre os frascos de cristal. Colocou um pouquinho deste e um pouquinho de outro entre os xaropes coloridos no béquer de vinho rosê. Ele vinha e voltava em sua caderneta, como se consultasse uma receita em código.

Concentrado no trabalho, Maxwell devaneava:

– As pessoas são tão perdidas. Dedicam-se a estudar tudo, exceto o mais importante. – Seus lábios se contraíram até formarem um sorriso torto. – Estudei os aspectos mais delicados do reino dos sentidos. Aprendi muito com médicos e anatomistas. Dissequei cadáveres, tanto de homens quanto de mulheres, para entender a mecânica do prazer.

Remexendo o béquer para misturar perfeitamente o conteúdo, Maxwell franziu as sobrancelhas e perguntou:

– Você já teve um orgasmo?

– Claro! – Penny respondeu rápido. Até demais. Era mentira e soou como mentira.

Maxwell sorriu maliciosamente e prosseguiu:

– Fui aprendiz dos maiores especialistas em sexo deste mundo. – Não havia vanglória nas palavras, apenas firmeza e determinação. – Estudei com os xamãs tântricos do Marrocos. Dediquei-me a dominar a energia *kundalini*. Para entender o coeficiente de fricção entre diferentes tipos de pele, consultei os químicos orgânicos mais importantes do planeta.

Os olhos de Penny perambulavam pelo corpo nu de Maxwell. Ela sabia, conforme o *National Enquirer*, que ele tinha 49 anos. Tinha idade para ser seu pai, mas sua silhueta enxuta lembrava a de um inseto. Cada membro era definido e bem proporcional, como o de uma formiga ou vespa. Sua pele clara e lisa era tão sob medida quanto suas roupas, sem uma ruga ou gordura visível. Ela procurou sardas ou verrugas nos ombros, nas mãos, mas não encontrou. Da forma como falava de sua busca sexual, esperava que tivesse piercing nos mamilos. Um torso tomado de tatuagens ou cicatrizes de jogos de tortura. Mas não havia pista alguma. Era uma pele imaculada, tesa, na medida certa para recobrir a musculatura.

– Minha receita especial – disse ele, oferecendo o béquer para Penny. Era o espumante com substâncias misteriosas.

Borbulhava menos, mas ainda parecia champanhe rosê. Tinha um cheiro doce, delicioso. Parecia morango. Penny olhou desconfiada para o béquer cheio e disse:

– Quer que eu beba?

– Não exatamente – disse Maxwell. De uma gaveta na mesa, ele retirou uma coisa que parecia um brinquedo de borracha. Era uma bola ovoide feita de borracha vermelha, quase do tamanho de uma laranja. De uma ponta da bola saía uma espécie de cânula branca e comprida. – Uma seringa vaginal – continuou Maxwell, erguendo-a para que Penny a inspecionasse. Ele demonstrou como a cânula soltava-se da bola, mostrando um furo na borracha no qual derramou a mistura. Enquanto rosqueava a cânula de volta, Penny entendeu o que ele tinha em mente.

– É uma ducha? – ela perguntou, nervosa.

Max assentiu.

Penny contorceu-se, desconfortável.

– Você acha que eu não sou limpa?

Maxwell esticou os dedos dentro de luvas de látex e disse:

– Não deixe isso cair na sua pele.

Ela não gostou do que ouviu. Ele queria injetar aquele negócio dentro dela?

– Não se preocupe. – Ele deu um risinho abafado. – É um estimulante, e dos mais leves. Você vai adorar. – Ele passou a cânula fina por entre as pernas dela.

A cânula deslizou para dentro.

– Você vai gostar – disse ele, começando a comprimir a bola de borracha. A seringa.

Penny sentiu o espumante gelado e efervescente a preenchê-la.

Com a mão livre, Maxwell manteve-a parada, fazendo pequenos movimentos carinhosos em círculo na sua barriga. Seu corpo estava gelado e tenso como seus dedos.

Quando o recipiente ficou vazio, Maxwell retirou-o. Usou uma toalha macia e limpa para secar a gota rosa que escapou.

– Boa garota – ele disse. – Só deixe aí dentro mais um minuto. – Ele mordeu a ponta da embalagem de uma camisinha e colocou-a. – Você está indo muito bem.

Penny tentou não imaginar a digníssima presidenta Hind sujeitando-se à limpeza do champanhe mágico.

Ainda ajoelhado entre as pernas abertas dela, ele disse:

– Eu te amo por você ser tão comum.

Se era um elogio, Penny já tinha ouvido melhores.

– Por favor, não se ofenda – ele disse com toda delicadeza. – Observe. Você possui uma vagina perfeita. De livro. Seus *labia majora* são exatamente simétricos. Sua crista perianal é magnânima. Seu *frenulum clitoridis* e sua *fourchette*... – Ele parecia sem palavras, levando a mão ao coração e suspirando alto. – Em termos biológicos, os homens dão grande valor à uniformidade. As proporções de sua genitália são ideais.

Sob aquele olhar, Penny sentiu-se menos mulher e mais um experimento. Um ratinho de laboratório.

Maxwell não melhorou a situação ao emendar:

– Mulheres de sua faixa etária e status econômico são o público-alvo da maior parte dos bens industriais no mundo.

Alguma coisa, talvez a ducha, deu-lhe a sensação de que seus dentes estavam se desmanchando na boca, que os ossos das pernas estavam derretendo.

– Isso vai aumentar seu prazer. – Ele forçou as pernas dela com os joelhos para que se abrissem mais. Sua ereção pairou sobre ela, já acomodada no preservativo. Desenrolando mais uma camisinha sobre a primeira, Maxwell balbuciou algumas palavras.

Enquanto falava, ele dirigiu mais uma vez o olhar à seleção de garrafas borbulhantes no criado-mudo. Escolheu uma e soltou gotas de um líquido claro na palma da mão. Acrescentou pingos de outras duas garrafas.

– O pH de sua pele é levemente ácido. Estou misturando o lubrificante exato para suas necessidades eróticas.

Ele espalhou lentamente o óleo ao redor de sua vulva, com cuidado para os dedos não a penetrarem demais. Espalhou a última parte em seu órgão sexual ereto.

Penny começou a rir, mole como uma boneca de pano.

Ele pegou mais uma coisa na mesinha. Era o gravador digital. Apertou um botão e disse:

– Se não se importa, gostaria de registrar nossas sessões para pesquisa. – Uma luzinha vermelha brilhou no aparelho. Começando a ditar, Maxwell disse: – Com base no comportamento, por assim dizer, *lúdico* do elemento, é seguro dizer que a ducha vaginal está tendo efeito máximo.

E então ele a montou, introduzindo sua rigidez contra a pressão do líquido. Ele estava empurrando-o para dentro dela, mexendo e agitando a preparação.

Penny arfava. Ela gritou, tanto de incômodo quanto de prazer. Sentiu a umidade escapar e molhar os lençóis. Sentia o líquido dilatar-se dentro de seu corpo. Contorceu-se em vão, tentando fugir da sensação. Quanto mais o prazer tomava conta dela, mais Penny entendia por que Alouette ficara tão amargurada, tão raivosa. Seja lá o que fosse o líquido rosa, as nádegas pulsantes e a ereção de Maxwell pareciam forçá-lo a entrar ainda mais em seu corpo. Aos poucos, suas pernas ficaram tão relaxadas que ela podia jurar que estava voando. A sensação chegou a seus braços. Seus seios pareciam intumescidos. Sua mente abriu-se para aceitar um prazer que ela não sabia existir.

Ela mal tinha noção de que Maxwell estava ali. Enquanto as coxas dele batiam contra ela, seu olhar inexpressivo observava as reações no rosto de Penny. Ele lambeu os dedos e delicadamente torceu-lhe os mamilos, focado como se abrisse um cofre. Sem perder um movimento, pegou sua caneta e fez mais uma anotação na caderneta.

Maxwell acariciou a parte interna das coxas e o clitóris de Penny. Com as coxas, fez ajustes milimétricos de ângulo e velocidade dos impulsos. Medindo a reação dela, calibrou a profundidade de cada ataque. Dirigindo-se ao gravador, disse:

– O assoalho pélvico do elemento relaxou *in extremis*. – Ele passou sua mão envolta em látex pela parte inferior das costas dela, tateando sua espinha até descobrir o que procurava. Naquele ponto, as pontas de seus dedos intensificaram a massagem.

– Para você entender – explicou Maxwell –, estou usando dois dedos para comprimir sua artéria de Hibbert anterior. É uma técnica tântrica simples que um iogue do Sri Lanka fez a gentileza de me ensinar. – Ele falava como um guia de excursão tagarela e levemente desdenhoso. – Restringindo o fluxo sanguíneo profundo para sua virilha, deixo seu clitóris dormente. – O que quer que ele estivesse fazendo, não precisava olhar. Seus dedos sabiam por onde ir. Seus olhos continuaram fixos nos dela.

– Seus comentários são muito importantes para o processo – disse Maxwell. Sua voz parecia aveludada, mas Penny tentou se concentrar. – Entende o que digo? – ele perguntou. – Faça que sim com a cabeça se entender.

Penny fez que sim.

– Você precisa se preparar. Não tenha medo. Não tenha medo de gritar. Você precisa deixar que o prazer atravesse seu corpo. – Ele nivelou os olhos. – Se você impedir o fluxo de prazer, pode acabar morta.

Penny fez que sim. Ela mal fazia parte do mundo. Enquanto afogava-se no prazer, não havia passado nem futuro. Nada existia além daquele momento de ápice das sensações. Não havia outro mundo fora a energia que atravessava seu corpo.

– Em um instante, quando eu libertar a pressão, o sangue fluirá por sua *uris major* e você terá a maior satisfação que já experimentou. – Com esse aviso, Penny sentiu as pontas dos dedos deixarem sua espinha. Uma coisa, alguma coisa clara e enorme relampejou dentro dela.

– Grite! – ordenou Maxwell. – Não contenha o êxtase. Não seja tola e puritana, Penny! Grite!

Mas Penny não conseguia gritar. Uma fila de obscenidades avolumou-se em sua garganta, mas ela manteve os dentes cerrados. Seus membros se sacudiram e se debateram sem controle. Uma torrente de baboseiras animalescas e impropérios ameaçou fervilhar de sua boca. O gravador ainda captava tudo. Ela engoliu os uivos. Uma mão gelada tocou-a no pescoço e ali ficou.

Maxwell proclamou:

– Para registro, a frequência cardíaca do elemento é ligeira e irregular. – Ele falava com o gravador. – Sua respiração é extremamente superficial, e há indicações de que ela adentra o coma erótico induzido.

Penny sentiu que ia morrer. A visão que tinha dele congelou e começou a escurecer nos cantos. Maxwell procurou alguma coisa no criado-mudo. Com a almofada do dedão envolta em látex, ele ergueu uma das pálpebras caídas de Penny e iluminou sua íris.

– A dilatação da pupila está vagarosa – disse ele. Ao longo de toda a experiência, suas coxas continuavam em movimento, introduzindo e removendo sua ereção dura como aço.

– Por que o sexo deveria ser de outra forma? – comentou Max. – Tudo, o cinema, a música, a pintura, é cuidadosamente calculado para nos manipular, para nos excitar. – Ele lambeu dois dedos e passou-os como uma tesoura em Penny, com toques rápidos contra suas partes íntimas intumescidas. Essas pequenas surpresas enchiam Penny de mais prazer, deixando sua mente vazia. Não importava o que estivesse pensando, ela esquecia em um instante. – As drogas são projetadas para ter a maior eficiência possível – ele disse. – Por que não deveríamos dedicar a mesma atenção às minúcias do sexo?

Penny tremeu como um criminoso na cadeira elétrica. Seus membros sacudiram, e sua pele convulsionava como um fantoche nervoso. Sua língua saltou da boca e lambeu o nada.

– Não me abandone, Penny. – Ele a acompanhava atentamente. – Você vai entrar em choque.

Penny sentiu algo se acomodar sobre sua testa.

– A temperatura do elemento está caindo... trinta e sete graus... trinta e seis... – Era um termômetro de testa. Os lábios gelados de Maxwell tocaram os seus. Seu hálito morno preencheu sua garganta e inflou seus pulmões. – O elemento parou de respirar – pronunciou ele. Os pulmões dele mais uma vez encheram os dela, assim como seu pênis a preenchia. – Estou tentando ressuscitar o elemento. – Em meio a tudo isso, Penny mal percebia que ele ainda a comia com a mesma cadência de estocadas longas e suaves. Monitorava sua frequência pelo pescoço. – Use minha respiração – ele ordenou. – Use minha respiração para gritar. Expresse sua exaltação. – Com a voz calma e inexpressiva, ele disse: – Não morra quando tanto prazer ainda a aguarda...

Agora Penny sabia por que os tabloides o chamavam de "CliMax". Seria a primeira e última vez que Penny veria Maxwell nu. Haveria muito sexo por vir, talvez até demais, mas nada que envolvesse os órgãos sexuais dele.

Assim que Maxwell pediu licença para ir ao banheiro, Penny voltou a gravação e tentou achar seu grito. Queria apagá-lo. A obscenidade que saíra de sua boca era degradante. Ela parecia possuída por um demônio, completamente fora de si. Não era uma pessoa, mas o uivo de um animal no cio ladrando às luas de tempos primevos.

Se ela podia confiar em ClíMax, aquele acesso bestial salvara sua vida. Com ele, ela permitira que a tensão de um orgasmo com risco de morte a invadisse sem deixar danos permanentes. O propósito da mulher, afirmava ele, não era ser recipiente, mas um canal de transmissão. Para que saísse viva, todas as sensações deviam atravessá-la.

Entre as maratonas de excitação que culminavam em orgasmos explosivos, Maxwell dava aulas a Penny. Ele introduziu um dedo e, sem mudar sua expressão, disse:

– Essa é sua uretra. – Girando o dedo, continuou: – E essa... é sua esponja uretral, mais conhecida como "Ponto G".

A excursão dos dedos fez calafrios atravessarem seu corpo.

Ele besuntou as mãos com um gel rosa, com cheiro de rosas, para em seguida inserir dois dedos.

– Quando massageio a parede posterior de seu lago seminal...

Penny não tinha como ver, mas aparentemente era o que ele havia feito, pois ela se contorceu com alegria desmesurada. Seja lá o que Max estivesse fazendo, ela automaticamente empurrava suas coxas na direção da mão dele, querendo mais.

– Essa é sua esponja do períneo, uma massa de tecido erétil que conecta o nervo pudendo ao clitóris.

Penny nem precisava olhar para saber que seu clitóris estava rijo. Intocado, ele doía de tão intumescido e pulsante.

Massageando tudo que encontrava, Maxwell estimulava o clitóris sem tocá-lo.

– A esponja do períneo é o motivo pelo qual as mulheres podem atingir o orgasmo fazendo sexo anal. – Ele deslizou o terceiro e quarto dedos para dentro.

– Grande garota. Sua vagina está "inflando". Durante a excitação – explicou ele –, a vagina interna expande-se, alongando-se para criar um beco sem saída depois do colo do útero. – Agora sua mão inteira estava lá dentro.

Penny olhou para baixo e viu apenas o pulso suave e branco sumir dentro dela. Ao ver a cena, soltou um gemido.

Os olhos de Maxwell tinham um aspecto vítreo, distante, sem focar coisa alguma. Era evidente que estava explorando um mundo oculto com as mãos.

– Creio que esse seja seu colo do útero – disse ele. – Se eu aplicar pressão constante...

Os dedos de Penny foram involuntariamente à boca e ela mordeu uma junta. Ganiu. Fechou os olhos, envergonhada pelo choro que saía do fundo da garganta. Era um terror ser seduzida tão além de seu controle racional. Era tão assustador quanto ela imaginava que fosse um ataque cardíaco. Mas ela não queria parar.

Com a voz embargada de admiração e surpresa, Maxwell disse:

– Mas é excepcional! Você sempre ejacula assim?

Penny abriu os olhos e espiou. Um filete de um fluido tremelicante saía da parte superior de sua boceta. O líquido escorreu pelo braço de Maxwell até pingar de seu cotovelo.

– Desculpa – ela falou baixinho, tomada de vergonha.

– Mas por quê? – perguntou Maxwell, torcendo a mão nas profundezas dela.

– Estou fazendo xixi em você.

Ele riu. Com a mão livre, colheu uma gota do líquido. Esfregou-o entre dois dedos, levou os dedos ao nariz e cheirou. Depois, provou com a ponta da língua.

– Enzimas – pronunciou-se – das suas glândulas de Skene. Por isso vêm de sua uretra e não de sua vulva. – Ele levou os dedos úmidos à boca de Penny e perguntou: – Quer experimentar seu próprio gosto?

Excitada como estava, ronronando e debatendo-se como um bicho, Penny não conseguiu lamber os dedos. Não precisou.

Ele enfiou os dedos na boca dela. Amordaçou-a. Sufocou-a. O gosto de suas secreções era metálico e salgado. Durante uma breve eternidade ela não conseguiu falar nem respirar.

A voz de Maxwell era de reprovação.

– Achei que havia dito que estava usando um diafragma.

Não estava. O diafragma de Penny estava em Jackson Heights, guardado em segurança num cofre do banco Chase Manhattan. Penny não queria ficar grávida. Só não tinha planos de transar naquele dia.

Os dedos saíram de sua boca e deixaram-na inspirar mais uma vez.

– Não pense que pode me enganar, senhorita Harrigan. – Os dedos ainda passeavam dentro dela, mapeando seu mundo oculto. – Quando e se eu me casar com alguém, será por amor. Fiz uma vasectomia há muitos anos.

Penny queria explicar-se, mas estava exausta. Em vez disso, ela caiu para trás, entregando-se mais ao prazer enquanto ele acariciava suas glandes clitorianas. Ele descreveu como o corpo do clitóris prolongava-se até a pele. Com uma leve pressão, fez o caminho do eixo até o ponto em que se divide, o qual chamou de "crura". Esse caminho bifurcado, explicou Maxwell, envolvia a cavidade vaginal.

Ele falou mais. Um prolongado e prolixo registro de viagem sobre uma terra que Penny nunca visitara, uma aula de história sobre o mundo que havia dentro dela.

Maxwell explicou que os médicos, desde a época de Hipócrates até os anos 1920, recebiam instrução formal para levar as pacientes ao "paroxismo". Usando dedos e óleo, realizavam um procedimento-padrão conhecido por médicos e parteiras para tratar a histeria, a insônia, a depressão e uma série de outras doenças comuns às mulheres. *Praefocatio matricis*, o nome. Ou "sufocar a mãe". Até o vetusto Galeno recomendava a manipulação vigorosa da vagina até ela expelir prontamente o acúmulo de líquido.

Vibradores, afirmou ele, estavam entre os primeiros eletrodomésticos a utilizar eletricidade. Em 1893, um homem chamado Mortimer Granville havia feito grande fortuna ao inventar um vibrador a pilha. Havia uma ampla gama de brinquedinhos sexuais à venda em revistas de circulação nacional e no catálogo da Sears-Roebuck. Foi só depois de aparecerem nos filmes pornográficos grosseiros dos anos 1920 que os consolos vibratórios viraram motivo de vergonha.

Galeno. Hipócrates. Ambroise Paré. Penny não conseguia acompanhar a sequência de nomes e datas. Depois do século dezesseis ela caiu no sono. Sonhou que estava despencando do alto da torre Eiffel. Caía porque Maxwell a empurrara.

Quando acordou, o lado de Maxwell na cama estava vazio. A porta do banheiro estava fechada e ela ouviu de longe o barulho de água corrente.

Teria sido Betty Friedan ou Gloria Steinem? Penny não se lembrava, mas sabia que uma delas havia escrito sobre a "trepada sem culpa", uma variedade ideal de sexo fisicamente gratificante que não impunha obrigação emocional. Transar com Maxwell encaixava-se perfeitamente no que a autora tinha em mente. Penny sentiu-se fraca, como se estivesse gripada. Mas durou apenas alguns minutos; logo depois estava faminta. Comeram e treparam, depois comeram e treparam outra vez. Infinitamente. Sem culpa.

Era oficial. Penny Harrigan nunca tivera um orgasmo de verdade. Não igual à sensação emocionante que Maxwell conseguira criar em seu corpo voraz. Pelo menos dessa vez as descrições de fogos de artifício e convulsões que ela tanto lera na *Cosmopolitan* pareceram meias-verdades, não um exagero.

Acariciando o púbis de Penny, Maxwell disse:

– Gostaria de te depilar... Os testes ficariam mais precisos.

Ela aquiesceu. Sem problema. Já tinha feito depilação total e usado cera para usar biquíni no último feriado.

– Dessa vez, os pelos não voltarão. – Ele utilizou uma fórmula especial compartilhada ao longo dos milênios por tribos uzbeques, uma loção de aloe vera e purê de pinhão que a deixaria eternamente lisa como uma criança.

Penny olhou com tristeza para seus cachinhos tosquiados entre os lençóis. Disse a si mesma que nunca gostara de ser peluda.

O que Maxwell aparentemente mais apreciava no sexo era encontrar formas de coagi-la a obter a máxima satisfação. Parecia ser sua única fonte de prazer. Sempre que Penny perguntava se ele queria gozar, ele dava de ombros e dizia:

– Quem sabe na próxima vez. – Depois da primeira relação, ele nunca mais viria a tirar nem a camisa. Logo passou a vestir um jaleco para não sujar as roupas.

Para uma mulher linda como Alouette, acostumada a levar os homens à loucura, o fato de Maxwell não gozar deve ter sido enlouquecedor. Penny tentava não pensar na francesa deslumbrante que ameaçara sua vida, mas não era tarefa fácil. Alouette tivera 136 dias de intimidade com Maxwell. Gwendolyn também tivera 136 dias. O *National Enquirer* jamais mentia. A menos que tivesse contado errado, Penny achava que tinha 103 dias pela frente. Se o sexo continuasse naquele ritmo, não tinha certeza de que viveria tanto tempo. Mas que jeito maravilhoso de morrer!

Se pelo menos ela conseguisse encontrar a gravação de seu uivo, se a encontrasse e apagasse, sua felicidade seria plena. A porta do banheiro ainda estava fechada. Lá dentro, a água continuava a correr.

Pegou o gravador no criado-mudo e voltou a gravação. Apertou o play e ouviu: "... não seja tola e puritana". Penny sentiu-se hipócrita, mas não queria que outro ser humano ouvisse o monte de baixarias que transbordou de sua boca. Apertou o play mais uma vez e finalmente ouviu um grito.

Com o chuveiro a toda pressão, ela torcia para que Maxwell não percebesse o que estava fazendo.

Alguém estava gritando em francês. Não que Penny entendesse o idioma, mas imaginava o que era dito com base em sua experiência. Era Alouette sob influência do champanhe rosê com os ingredientes secretos. Ela avançou a apertou o play.

– Não me abandone, Penny – disse a gravação.

Enquanto ela ouvia, encantada, o aparelho em suas mãos soltou um toque estridente. Não era somente um gravador, era um telefone! Penny ficou tão assustada que quase o deixou cair no chão; resolveu então devolver o telefone ao criado-mudo, onde ele continuou a tocar e tocar. Quando tentou ver o nome de quem ligava, leu apenas "Número Privado".

Penny deu um salto da cama. Bateu na porta do banheiro.

– Max, seu celular! – Tentou girar a maçaneta, mas estava travada. Ela ouvia o chuveiro e uma voz cantando uma música desconhecida. Alguns toques depois, foi vencida pela curiosidade. Ela levou o telefone ao ouvido e disse:

– Alô?

Silêncio.

A porta do banheiro se abriu e Maxwell saiu, com uma toalha enrolada na cintura e cabelo encharcado. Ao vê-la atendendo seu telefone, suas sobrancelhas uniram-se em fúria, e ele estalou os dedos, com um sinal para ela desligar.

– Alô? Corny? – perguntou uma voz feminina. Uma voz conhecida. – Max... – disse ela. – Não foi culpa minha – justificou-se. – Fique calmo, por favor.

Penny entregou o telefone a Maxwell. Ela ainda ouvia a voz falando alto, nervosa, implorando. Ele levou o telefone ao ouvido e escutou, atento. Aos poucos, seus olhos começaram a vagar pelo chão. Quanto mais tempo a pessoa do outro lado falava, mais sua expressão nervosa se transformava em preocupação, deixando-o pensativo.

– Não tem problema – disse ele. – Os ingredientes ativos não estão na relação de substâncias nocivas ou controladas pelo governo. – Ele ouvia e balançou a cabeça. – Bom, então indique um novo presidente para a FDA. Escolha alguém que *consiga* agilizar a aprovação dos produtos.

A ligação era de uma pessoa que Penny já vira na televisão. Era uma voz que trazia à mente um corte de cabelo alinhado, ao nível do ombro. Tailleur azul. Colar de pérolas. Uma mulher falando atrás de uma floresta de microfones em entrevistas.

Ainda ao telefone, com os olhos em Penny, Maxwell disse:

– Estou na fase final de testes. Estamos ajustando a produção para lançar no verão. No mês que vem estaremos em quinhentos mil pontos de venda. – Ele deu as costas a Penny e entrou no banheiro. – Você sabe o que está em jogo. Não me obrigue a tomar atitudes que farão você se arrepender.

A porta se fechou. Talvez para abafar o diálogo, ele ligou o chuveiro na potência máxima.

A menos que Penny estivesse enganada, a mulher ao telefone era a presidenta dos Estados Unidos, Clarissa Hind.

Penny ficou pensando em qual seria a fantástica invenção que já estava em fase de testes.

Peripécias sexuais sem hora para acabar fariam parte da rotina de seus próximos dias e noites. Max sempre tinha um brinquedo, uma poção, um lubrificante magnífico para mostrar a ela.

Ele a levava ao clímax até suas costas doerem e suas pernas perderem totalmente o controle. Instigava-a de maneira delicada, dizendo:

– Estamos quase lá, falta apenas mais um ajuste. Não podemos perder o cronograma.

Sua mão sondava as partes internas de Penny.

– Estou procurando seu plexo pudendo. Deveria estar bem *aqui*.

Em outras ocasiões, frustrado em sua exploração, ele usava a mão livre para desdobrar atrás dela um diagrama de anatomia, que usava como mapa. Era canhoto e mantinha os dedos plantados na vagina como se estivesse marcando a página de um livro. *Você está aqui*. Com uma mão lá dentro, usava a outra para alisar os vincos do diagrama e traçar um dedo pela rota enquanto balbuciava:

– Os ramos dos *nervi pelvici splanchnici* bifurcam-se *aqui*, perto de seus *nervi erigentes*... – Ao achar o que queria, ele mexia em algo profundo dentro dela e exclamava, triunfal: – Penny! Sabia que seu plexo coccígeo está dois centímetros deslocado para a frente? – Tateando às cegas, ele complementava: – Não se preocupe. Parece estar dentro dos parâmetros.

Vez por outra, ele usava algum instrumento de prazer que estivesse em testes. Apoiava-o em um canto do criado-mudo e torcia levemente o metal ou o plástico. Às vezes, usava um par de alicates, normais ou de pressão, que deixava na gaveta da mesinha. O pior era quando ele batia várias vezes o instrumento contra a mesa, arruinando a elegância do móvel até conseguir a curva desejada.

Nessas ocasiões, o quarto parecia aquelas fotografias em sépia do laboratório de Thomas Edison que Penny vira em Menlo Park. Ou da oficina de Henry Ford. De sua parte, Penny sentia-se menos uma namorada e mais uma assistente de laboratório. Como Dr. Watson ou Igor. Ou o cão de Pavlov. Enquanto Max prosseguia em suas experiências, conduzindo-a a mais convulsões e espasmos de prazer, apesar de seu humor, de sua indiferença e de seu despeito crescentes, Penny tinha uma leve esperança de que ele gritasse "Eureca!".

Maxwell ficava imerso em sua tarefa, focado como um relojoeiro suíço ou um neurocirurgião. Muitas vezes, requisitava a seu camareiro ou mordomo que trouxesse uma bandeja com instrumentos esterilizados para que não se desconcentrasse do procedimento.

– Paquímetro! – bradava, estendendo o antebraço, e o subordinado batia a ferramenta contra sua mão aberta. – Suor! – berrava, e o criado passava uma toalha de papel para limpar as gotas de transpiração em sua testa.

Havia vezes em que Max descia a cabeça abaixo dos joelhos dela, com uma lanterninha entre os dentes e uma lupa de joalheiro presa ao olho, como um explorador. Seu rosto afrouxava com a concentração.

– Escolhi você porque você nunca havia tido um orgasmo – explicou Max. – Os homens sabem. Você estava adormecida, e ninguém até então a havia despertado. É o perfil típico das mulheres que tento ajudar.

Ele começou a ler algo em uma folha impressa:

– "Por tempo demais, as mulheres foram privadas do prazer que se encontra dentro de seu próprio corpo." – Era um *press release.* – "Eu acredito, assim como muitos profissionais da área médica, que grande parte dos transtornos mentais e físicos que acometem as mulheres ocorre porque acumulam um estresse que poderia ser liberado de forma fácil e rápida com o devido instrumental..."

Mesmo aos ouvidos ingênuos de Penny, o discurso parecia uma sequência de eufemismos. Segundo Maxwell, tinha que ser assim. Ele vendia sexo. Ainda mais controverso era vender às mulheres os meios para alcançar uma experiência sexual melhor do que jamais tiveram com homens. Para alguns, esse anúncio pareceria um jargão ininteligível, um comercial antigo de um sabonete íntimo. Mas, para outros, no caso homens que davam valor apenas à sua cobiça sexual, era um discurso que soaria como o fim do mundo.

Os dois estavam sentados na cama. Ultimamente, estavam sempre na cama. Penny nunca vestia mais do que um robe, e só o fazia para receber as refeições gourmet trazidas pelo mordomo.

– "E é por isso" – Maxwell prosseguiu – "que temos o prazer de apresentar a linha de produtos de beleza Beautiful You..."

C. Linus Maxwell estava se preparando para expandir sua vasta corporação e adentrar o campo das vaginas vazias. Todos aqueles géis e líquidos de tom perolado no criado-mudo. A ducha mágica de champanhe rosê. Os líquidos calibrados para modular o coeficiente de fricção. Ele levaria tudo aquilo às consumidoras femininas e solitárias.

As embalagens seriam cor-de-rosa, mas não de maneira ofensiva. A linha seria vendida sob a marca guarda-chuva Beautiful You. Manipulando seu smartphone com os polegares, Maxwell mostrou a Penny um protótipo dos anúncios, com as palavras "Beautiful You" curvas em arabescos brancos. Um slogan abaixo de cada anúncio dizia: "Melhor que amor". A ducha, explicou Maxwell, seria vendida como pó solúvel em pequenos envelopes, a ser misturado com água ou champanhe. Era apenas um dos diversos produtos de beleza chocantes de tão inovadores. Logo toda mulher teria orgasmos avassaladores a preços módicos.

Todos os estudos e pesquisas sobre o erotismo que Maxwell fizera com swamis, médicos e cortesãs e todos os segredos sexuais do mundo ancestral: era isso que ele estava prestes a vender para a mulher contemporânea. Toda garota, de Omaha a Oslo, muito em breve estaria experimentando os orgasmos desenfreados que Penny descobrira havia pouco. Era um assombro imaginar como aquilo mudaria o mundo. Como os casos anteriores de Maxwell haviam demonstrado, com a devida satisfação sexual as mulheres podiam desabrochar, perder peso, vencer as drogas. A realização pessoal de todas as mulheres começaria em questão de semanas.

Nos últimos dias, isolada na cobertura parisiense de Maxwell, Penny já perdera três quilos e meio. Dormia como um bebê. Nunca se sentira mais relaxada e tranquila.

Confessava apenas a si mesma certo orgulho por ter dado sua contribuição, pequena que fosse, ao projeto. Max ainda ajustava algumas receitas. Aparava algumas arestas. Em um futuro próximo, meninas exatamente como ela, garotas normais que não tinham um corpo fora de série nem um rosto muito bonito, teriam acesso ao prazer absoluto até então reservado apenas às estrelas do cinema.

Enquanto via fotos de protótipos de brinquedos eróticos, lubrificantes e camisolas, Penny perguntou:

– Por que "Beautiful You"?

Maxwell deu de ombros.

– Os "criativos" do marketing disseram que esse nome teve o melhor resultado nos testes. E é fácil de ser entendido em qualquer lugar.

Jovem ou idosa. Gorda ou baixinha. Bilhões de mulheres aprenderiam a amar seus corpos. Beautiful You seria uma bênção para toda a humanidade feminina. Penny sabia que se os produtos para consumo de massa tivessem metade da potência dos protótipos que ele vinha experimentando nela, C. Linus Maxwell rapidamente duplicaria sua fortuna. De brincadeira, ela perguntou:

– Você já não tem dinheiro suficiente?

Mais uma vez, o sorriso triste cruzou seus lábios.

– Não se trata de lucro – ele respondeu. – Não ao preço que tenho em mente.

Era pela mãe, Penny imaginou. Não era o sonho de todo garotinho honrar a mãe sofredora? A mãe de Maxwell havia lutado para dar a seu garoto uma chance no mundo e morrera antes que ele pudesse demonstrar sua gratidão. Dava um certo arrepio a ideia de que ele honrava a mãe distribuindo sexo de qualidade para as mulheres... Sua motivação era nobre e comovente.

Um pensamento ocorreu a Penny. Não era da sua conta, mas ela perguntou:

– Você ainda sente saudades? De sua mãe?

Ele não respondeu. Voltou a ler seu *press release* em silêncio.

Impulsiva, ela prostrou-se para lhe dar um beijo na bochecha.

– Por que isso? – ele perguntou.

– Por ser um filho tão querido.

E mais uma vez, o sorriso descorado, furtivo, de um garotinho órfão e solitário.

– Não é o *Spanish Fly*. Nem se compara – ele insistiu.

Em uma rara aparição em público, os dois foram jantar em um restaurante chique na vizinhança de St. Germain, no sexto *arrondissement*. Como sempre, a mesa à luz de velas que ocupavam era o centro das atenções. Até os parisienses, quase sempre reservados, fitavam-nos descaradamente.

O mítico afrodisíaco conhecido como *Spanish Fly*, explicou Maxwell, era feito com a cantárida, um coleóptero verde-esmeralda. O inseto, quando seco e moído até formar um pó bem fino, podia ser misturado a uma bebida para provocar uma inflamação severa do trato urinário. Era esse o mítico efeito que supostamente levava as mulheres a implorar por sexo. Na realidade, era tão empolgante quanto uma urticária interna.

– Isso aqui será diferente – disse Maxwell, girando uma cápsula rosa entre os dedos.

Ele retirara a invenção de seu bolso por um instante apenas. Assim como todos os seus brinquedinhos, a bolinha rosa era um produto da linha Beautiful You. Aproximadamente do tamanho de um ovo de codorna, ela parecia uma bala, algo que deveria estar em cestas de Páscoa. Tinha cor de chiclete.

Penny tirou o objeto das mãos dele.

– Então é para eu engolir?

Maxwell riu com a pergunta inocente. Fez uma negativa e disse:

– Não, minha cara. É um supositório vaginal com uma fórmula aperfeiçoada para incrementar o desejo feminino.

Ele ficou observando Penny girar a continha rosa entre os dedos.

– Perceba a leve viscosidade do revestimento. É uma camada de silicone impregnada com um suave estimulante de ervas. Se o pênis adentrar a cavidade vaginal e encontrar essa continha, os dois parceiros compartilharão do prazer de seu efeito.

Penny apertou a bolinha entre os dedos. Era macia. Parecia extremamente pesada na palma de sua mão. Ela deu um sorriso travesso, ergueu o guardanapo do colo e secou delicadamente os cantos da boca. Perguntou ao garçom que passava:

– *Excusez moi*, onde fica o *toilette*?

Ao retornar do banheiro, Penny viu sua nêmesis: Alouette. Ela estava sentada em um lugar discreto, a um canto, acomodada de forma que não chamasse atenção. Seu rosto parecia abatido, mais magro do que Penny se lembrava. Os olhos pareciam mais fundos.

De alguma forma, as experiências no quarto haviam acalmado Penny e renovado sua autoconfiança. Audaciosa, ela caminhou até a mesa da rival. A pílula rosa já estava dentro de si, fazendo o efeito que Maxwell havia projetado. Penny mirou a mulher desfigurada e disse:

– Alouette, como você está bem!

– Não, não estou – retrucou a atriz. – Estou uma merda, e é tudo culpa de Max.

Penny estreitou o olhar.

– Está me seguindo?

Alouette suspirou. Passou os dedos de uma das mãos pelos cabelos compridos e encorpados.

Penny não pôde deixar de notar os fios que saíram entre os dedos. Já havia alguns fios caídos na mesa e no estofado.

– Meu primeiro impulso foi salvá-la, ratinha – começou Alouette –, mas agora vejo que você foi reduzida a uma vadia idiota.

Penny estremeceu diante dos termos.

– Apesar de meu aviso, você deixou que Maxwell a enfeitiçasse. – Os olhos de Alouette encheram-se de pena. Não havia rancor em sua voz. – Você já foi alguém, mas como foi veloz em jogar fora seus sonhos para se tornar mais uma sedenta *conass.*

Penny virou-se para ir embora, mas Alouette perguntou:

– Ele já te ofereceu a bolinha negra?

– Que bolinha negra? – Penny perguntou, séria.

A atriz apenas sorriu com ironia.

– Talvez isso seja divertido – ela escarneceu.

Quando Penny voltou à mesa, Maxwell não se levantou para puxar-lhe a cadeira. Fez sinal para ela chegar mais perto e estendeu-lhe a mão. Ele segurou a mão dela carinhosamente por um instante. Beijou-a e soltou algo em sua palma. Ela abriu a mão e lá estava a bolinha negra. De tamanho e formato idênticos à primeira. A única diferença era a cor.

– Rosa para sua vagina – disse Max. – Negra para seu doce ânus. É melhor simplificar. Toda a linha de produtos Beautiful You usará esse mesmo sistema de cores.

Obediente, Penny fez sua segunda visita ao toalete.

As pílulas começaram a fazer efeito antes mesmo de seu retorno à mesa. Maxwell puxou a cadeira para ela e voltou à sua, do outro lado da mesa. Começaram a estudar os cardápios.

A sensação começou com um ardor delicado na virilha. Depois, uma cólica luxuriosa. Cresceu até parecer que algo voraz e com dentes macios mastigava suas estranhas, devorando-a por dentro.

Ela inspirou tão alto que chamou a atenção de outras pessoas. Penteados elaborados viraram-se para olhá-la. Para manter as aparências, ela levou um guardanapo à boca e fingiu que tossia. Melhor acharem que ela tinha tuberculose do que saberem que fora acometida por uma sequência de orgasmos múltiplos.

– Não se preocupe – disse Maxwell. – Não haverá dano permanente. O revestimento de silicone é muito macio.

Algo se retorceu e se debateu, entranhado dentro dela.

– As duas continhas são ímãs naturais – explicou Max. – Eu não pude entregá-las ao mesmo tempo porque a atração entre elas é muito forte. – Ele ergueu a caneta e se preparou para tomar nota. – A antiga tribo peruana dos chichlachas chamava-as de "pedrinhas casadas": uma vez que as duas se encontram é quase impossível separá-las.

Ele explicou que a continha negra estava instalada na parede anterior do reto de Penny e a rosa estava alojada na parede posterior da vagina. As bolinhas, mesmo revestidas de silicone e inseridas em orifícios distintos, haviam se encontrado. A fina camada de músculo entre as duas cavidades, com sua farta rede de terminações nervosas, estava sendo comprimida e massageada por dois potentes ímãs. Eles apertavam o mais sensível ponto entre os dois.

Saboreando a reação dela, o gênio maligno fez sinal para um garçom.

– Apenas sua sensível esponja do períneo separa as continhas. Você está indefesa. Seu sistema nervoso erógeno está sob ataque.

Para não gritar, Penny começou a morder sua unha meticulosamente tratada. Seus mamilos ficaram tão duros que os seios pareciam prontos a levitar do bojo de seu sutiã.

– Você ainda é jovem – disse Maxwell. Ele estudou a reação dela com cuidado. – Entenderei caso não consiga lidar com todo o potencial do corpo feminino. – Ele estava zombando dela, fazendo-a suportar essa provação em público. Enquanto casais elegantes jantavam e batiam papo ao lado deles, ondas orgásmicas de energia sexual arrebatavam Penny.

Um garçom aproximou-se da mesa e perguntou:

– Gostaria de fazer seu pedido, madame?

Era como se planetas estivessem em colisão em sua pélvis, traçando órbitas confusas dentro dela. Grandes mares agitados, uma erosão em sua sanidade. Ela cruzou as pernas com força na vã tentativa de travar o jorro que viria.

Em tom pensativo, Maxwell disse ao garçom:

– Hoje a moça vai querer um bife enorme. – Dirigindo-se a ela, acrescentou: – Ou prefere uma suculentíssima porção de língua?

Mesmo com os espasmos estremecedores de êxtase dominando seu corpo, Penny sentia a ponta do pé de Maxwell subindo por sua perna. Do tornozelo ao joelho, aquela suave rigidez passeou até cutucar a virilha dela. Penny lembrou-se do momento em que eles se conheceram, quando, esparramada no tapete, viu seu rosto desgrenhado refletido na ponta engraxada do sapato. Ela não conseguia falar. Suas mãos trêmulas tocaram a saia do vestido e perceberam que estava ensopada. O guardanapo em seu colo também. Sem dar atenção ao garçom, ela empurrou o pé de Max para o lado e tentou se levantar. Agarrando-se ao espaldar das cadeiras e perturbando seus endinheirados ocupantes, ela foi aos tropeços até o banheiro. As pernas tremiam, enfraquecidas pelos espasmos de prazer. Quando estava quase na porta, seus joelhos cederam e ela caiu. Estava exausta. Com o cabelo caído diante do rosto, ela engatinhou os últimos passos e refugiou-se no santuário de azulejos. Em segurança no cubículo, ela subiu a saia úmida e introduziu dois dedos dentro de si. Sentia a pílula rosa, mas não conseguia pegá-la. O silicone escorregava.

Arqueando as costas, Penny enfiou dois dedos no ânus e tentou encontrar a bolinha negra, mas foi em vão.

Uma voz atrás dela disse:

– Você não vai conseguir tirar sozinha. – Era Alouette. A estrela de cinema a havia acompanhado até o banheiro. Ela ficou parada, em pé, assistindo ao dilema erótico de Penny. – No ano passado, eu estava nesse mesmo banheiro. Quem salvou minha sanidade foi um cumim. Rapaz de coragem. Como se fosse veneno de uma víbora, ele sugou a bolinha negra de meu *derrière*.

Inclinando sua virilha para a frente, Penny implorou:

– Por favor. – A voz era quase um ganido.

Alouette avaliou a vulva nua e deu um curto assobio.

– Então é essa a atração que Maxwell tem por você, ratinha. É a boceta mais bonita que já vi na vida. – Ela lambeu os lábios. – Gloriosa.

As secreções de Penny pingavam no chão e começaram a formar uma pequena poça.

– Relaxe – aconselhou Alouette. – Apenas o fluxo intenso de seus fluidos poderá fazer a pedrinha do amor escorrer de onde está! – Alouette ajoelhou-se nos azulelos e segurou as coxas de Penny. Pressionando sua boca de estrela de cinema com força contra a vagina transbordante da jovem, ela começou a chupar. Penny se precipitou ao seu encontro, cavalgando naquele rosto tão belo como se fosse uma sela. Conseguia sentir os dedos de Alouette explorarem seu reto.

A enchente de estímulos aos poucos cedeu. Alouette ergueu a mão que estava na virilha de Penny e cuspiu a continha rosa no vaso. Sem sua parceira, a bolinha preta saiu com facilidade, presa entre os dedos da atriz, e ela a segurou no ar para Penny ver antes de jogá-la na água. Os dois ímãs grudaram-se com uma força incrível, e Alouette deu descarga. Avaliando os estragos na *masque* de Penny, ela disse:

– Não me agradeça, ratinha. Um dia você vai desejar que eu a houvesse deixado morrer de prazer. – Enquanto ia a um espelho para retocar o batom, ela disse: – Já é tarde demais para você. Em breve você será mais uma escrava.

Quando não estavam em banquetes de comidas exóticas em meio a pessoas ilustres, eles eram levados pelo chofer de Maxwell em Paris a seu *château* no vale do Loire. Lá ela vagava pelos enormes salões, examinando antiguidades inestimáveis que haviam pertencido a muitas celebridades antes de Max. Havia algo de solitário em ser famoso. Ela passeava pelos jardins do *château* enquanto seguranças com metralhadoras a observavam do telhado e câmeras documentavam cada um de seus passos.

Penny deixara as articulações dos dedos em carne viva de tanto abafar os gritos de êxtase. Se permitisse que aquilo continuasse durante alguns meses, achava ela, teria uma overdose de prazer que a deixaria satisfeita para a vida toda. Ela podia refletir por um instante sobre questões de altíssima relevância, como a fome no Sudão, mas aí Max enfiava-lhe secretamente algum novo produto e sua mente ficava vazia. A euforia apagava tudo. Não lhe sobrava energia para preocupar-se com a carreira jurídica, nem com o tenebroso futuro de seus pais envelhecendo no Nebraska. Nem com a mudança climática global. Ela ficava totalmente fechada em seu corpo, no momento da sensação de glória. Não havia passado, nem futuro, e só Max conseguia mantê-la naquele lugar. Com seu toque, o mundo vinha abaixo. Não existia nada fora Paris, fora sua cama, fora seu clitóris pulsante.

Ela estava ganhando tudo o que sempre lhe disseram que a faria feliz – roupas Gucci, sexo avassalador, fama –, mas a cada dia sentia-se mais infeliz. Não ajudava o fato de que as pessoas esperavam que ela estivesse em êxtase. Ninguém queria ouvir os problemas de uma Cinderela frustrada; ela tinha a obrigação de viver feliz para sempre. Mas isso... Nada ali era a grande missão de vida que ela esperava encontrar.

Ela começou a fazer as contas, quase nervosa para que o relacionamento chegasse ao fim. Faltavam apenas 87 dias.

Penny sabia que deveria estar vivendo bem na sua idade, abrindo-se para os outros, tendo desventuras. Desejava encher a cara em alguma das festas de arromba onde a amiga Monique provavelmente estaria naquele exato momento. Aceitaria até uma festa da Sigma Chi com tonéis de cerveja e garotos de fraternidade usando suas ereções contínuas para ameaçar as colegas.

Na cobertura ou no *château*, quando estavam a sós, Max nunca queria conversar. Só queria testar suas invenções tântricas. Penny justificava esse comportamento dizendo a si mesma que ele estava sob pressão. Com apenas um mês para o lançamento da linha Beautiful You, tudo precisava estar perfeito. Mesmo assim, ela ainda tentava aliviar a tensão. Contava piadas, fazia elogios a seus carros, cabelo, roupas, mas ele mal dava ouvidos à bajulação.

Nem as famosas lojas da capital francesa a animavam, depois de semanas entrando e saindo das elegantérrimas butiques. Os maiores estilistas disputavam Penny. Independentemente do que vestisse, eles lhe diziam que estava fabulosa. Chegavam a lhe oferecer comissão para vestir suas marcas em eventos importantes. Tudo era muito falso. Ela sabia que estava horrível e que eles só queriam aparecer. Seu pescoço era muito curto e muito grosso. Seus seios eram muito pequenos e, além disso, assimétricos. Suas coxas eram muito grossas. Os espelhos dos ateliês não mentiam.

Antes de ficar famosa, algumas pessoas em Nova York haviam criticado seu corpo na caradura, mas pelo menos haviam dito a verdade. A única parte realmente bonita de sua anatomia eram as partes íntimas. E Penny não tinha como pedir a Christian Lacroix para desenhar um vestido que realçasse esse aspecto.

Durante as compras, ela procurava presentes que pudessem entreter Max, o que era difícil, muito difícil. O que dar a um homem que tem tudo? Que tem *todo mundo?* A única coisa que parecia agradar Maxwell era quando um protótipo ou nova fórmula levava-a a níveis mais altos de prazer. Quanto maior a excitação de Penny, maior o interesse dele. Ao perceber isso, Penny resolveu dar-lhe um presente da única forma possível.

Em uma noite, quando determinado aparelho – um brinquedo que parecia uma pinha projetada para alargar-se dentro do corpo dela, baseado em uma quinquilharia pré-colombiana – não funcionou, Penny não deixou que ele soubesse. A sensação havia sido boa, mas não mais do que isso. Penny preocupou-se que pudesse estar saturada. Talvez estivesse sofrendo alguma espécie de fadiga em seus transmissores de prazer. Quando percebeu a frustração de Max, restou-lhe apenas dar um gás em sua performance. Então, saracoteou pela cama como um leão-marinho e bateu os braços. Latiu como um cachorro e cantou como um galo.

No ápice do orgasmo falso, apesar de bem-intencionado, Maxwell lhe disse:

– Pare.

Ele olhou para ela, impávido. Puxou a corda de seda que prendia o brinquedo e o deslizou entre as pernas de Penny. Como uma criança mimada, Maxwell enrolou o cordão no aparelho e disse:

– Não pense que algum dia poderá mentir para mim. Um cientista é, em primeiro lugar, um ávido observador. Sua frequência cardíaca em momento algum superou as 105 batidas por minuto. Sua pressão sanguínea nem mudou desde que começamos.

Claramente frustrado, ele soltou o instrumento falho sobre o criado-mudo.

– O que mais aprecio em você é sua crítica sincera e sem filtros. – Ele apertou um botão para chamar o mordomo. – Paremos por hoje. Essa noite foi um desperdício.

Maxwell pegou o controle remoto e ligou a televisão. Um barulho de tiros e pneus derrapando preencheu o enorme quarto. Sem tirar os olhos da tela, ele disse:

– Você nunca, nunca mais deve fingir comigo. – Sem tirar os olhos da TV, ele disse: – Se eu quisesse resultados falsos, continuaria a fazer testes com prostitutas.

Na mesma noite, algo fez Penny despertar de repente. Um ruído abafado. Ela prendeu a respiração e ouviu apenas o silêncio de seu quarto na cobertura. O ar-condicionado fazia as cortinas da janela dançarem. Max estava deitado ao seu lado, dormindo entre os lençóis de seda, com seu relógio de cabeceira a registrar três horas e dezoito minutos. Antes que pudesse voltar à terra dos sonhos, o som voltou. Era um murmúrio em voz masculina.

Maxwell falava enquanto dormia. As palavras não passavam de gemidos. Pareciam: "Fonte". Talvez duas palavras: "Foi ele". Penny não tinha certeza. Apoiou-se no cotovelo para se aproximar. Ele resmungou de novo: "Filme".

Ela chegou mais perto. Muito perto. Como se um alarme tivesse disparado, ele gritou com a voz áspera de pânico:

– Phoebe! – O acesso deixou Penny atordoada. A palavra ficou pairando em sua mente. *Phoebe.* Em seguida, ele ficou em silêncio.

Aparentemente, quem via a cara não via o coração de C. Linus Maxwell. Dentro daquele peito frio e científico batia um coração de verdade. Se ao menos ele pudesse dividir seus segredos, cogitou Penny, esperançosa, quem sabe a relação deles pudesse ir além da maravilha sexual e virar um romance de verdade.

A mesquinhez de Maxwell sempre a surpreendia. Por fora, ele ainda era um garoto, um *geek* obcecado por ciência. Um tirano distante, que sufocava suas emoções e afetos. Sua pele era inodora e fria como metal, como os robôs em filmes de ficção científica. Mas quando ele a estimulava...

Quando Max a estimulava, a sensação era como ouvir um tenor na Ópera de Paris ou como jantar *al fresco* a iguaria italiana mais deliciosa. Mesmo que Max não a amasse, Penny não tinha defesa quando ele excitava suas glândulas. Apesar da frieza e da crueldade, momentaneamente ela sentia-se apaixonada. Quando seus apetrechos Beautiful You revolviam a paixão dentro dela, Penny fitava aqueles olhos azuis, tão distantes, e não desejava mais nada no mundo. Era como se Maxwell a houvesse enfeitiçado.

Penny queria acreditar que fazer amor era mais do que ativar terminações nervosas até que substâncias químicas desabaladas esguichassem por seu sistema límbico. Ela sabia que o amor de verdade era duradouro, era uma coisa da alma, algo que podia sustentar, nutrir uma pessoa. O "amor" que Max gerava parecia evaporar tão logo extinguia-se o orgasmo. Apesar da reação deliciosa, os produtos Beautiful You eram nada além de um substituto para o amor, bem potente, aliás.

Seu maior medo era de que as mulheres do mundo não notassem a diferença.

No dia seguinte, ela teve um lapso de inspiração e resolveu telefonar para a mãe em Omaha.

– Como está Paris? – a mãe perguntou, só para puxar assunto. – Me diga que sua menstruação atrasou!

– Como você sabe que estou em Paris? – Penny a desafiou.

De longe, a mãe estalou a língua.

– Querida, você está na primeira página do *National Enquirer* todos os dias com a torre Eiffel logo atrás!

Penny estremeceu. Fazia semanas que vinha ligando para o trabalho dizendo estar doente. Disse a Brillstein que tinha hepatite C. A não ser que toda a BB&B morasse embaixo da terra, eles só podiam saber que ela estava mentindo.

– Estão chamando você de "Cinderela do Nerd"! – berrou a mãe. Ela sempre gritava em telefonemas de longa distância.

– Mãe?

– Viu a foto da presidenta Hind na semana passada? – berrou a mãe. – Ela está horrível!

Penny tentou uma saída:

– Quem sabe seja hepatite.

– E aquela Alouette D'Ambrosia? Ela parece ainda pior. – A mãe de Penny a alertou: – Não vá deixar Maxwell escapulir. Toda moça que termina com ele vai pro inferno.

Penny tentou mudar o rumo da conversa.

– Foi por isso que liguei, mãe. Você tem edições antigas do *Enquirer*?

– É só dizer a data – a mãe respondeu, orgulhosa. – Tenho todas as edições desde 1972.

– Está brincando?

– É a obra da minha vida – gabou-se a mãe.

– Eu queria fazer uma surpresa para Max – disse Penny –, mas não sei muita coisa sobre ele, a infância, do que ele gosta, não gosta, entende?

– Por que você não usa a Wiki-sei-lá-o-quê?

– Wikipédia, mãe. Também não ajuda.

Com uma voz resignada, Penny explicou que "CliMax" tinha equipes de hackers que viviam de perscrutar a internet e gerenciar sua imagem pública. Ele controlava cada detalhe pesquisável na rede.

– Estou procurando histórias publicadas antes da internet.

A mãe dela pareceu hesitar.

– Querida, é o *Enquirer*, não o *New York Times*.

– Mãe, por favor.

– O que você tem em mente?

Penny parou para pensar.

– Os nomes dos bichinhos de estimação que ele teve na infância. Coisas que ele gostava de fazer. Quem sabe alguma ideia meiga sobre a mãe. O nome dela era "Phoebe"?

– Ela morreu.

Penny insistiu:

– Eu sei, mas seria legal encontrar um apelido antigo. O sorvete de que ele mais gosta, uma música, algo assim.

A mãe de Penny parecia revitalizada, emocionada em ser recrutada para o projeto.

– Vou fuçar as revistas no porão agora mesmo.

– Obrigada, mãe!

Na verdade, depois de fingir aquele orgasmo, Penny começou a questionar tudo. Parou de confiar nas reações de seu próprio corpo. A cada sessão noturna, ela preocupava-se em estar reagindo pouco ou demais às ministrações de Maxwell. Nunca o amara, mas amava o que ele conseguia fazer com seu corpo. Agora até os orgasmos estavam perdendo o poder sobre ela.

Ela começou a pensar na hipótese de que por isso Maxwell terminara o caso com Clarissa Hind. Com a princesa Gwen. Com Alouette.

Restavam apenas 67 dias.

Intencionalmente ou não, Penny continuou a fingir alguns orgasmos. Havia noites em que nem a lembrança dos lábios cálidos de Alouette entre suas pernas conseguia levá-la ao clímax. Algumas vezes ela conseguiu convencer Maxwell. No geral, porém, não tinha sucesso. Ele conhecia seu corpo mais do que ela mesma.

Nas vezes em que foi pega – traída por sua frequência cardíaca basal, pelo pH de sua transpiração, pela lividez de sua pele –, Maxwell sumariamente extraiu o protótipo do produto em teste. Arrancava as devidas páginas de suas anotações e fazia um estardalhaço, rasgando-as em pedacinhos que soltava sobre a lixeira ao lado da cama. Então, abria seu laptop e começava a revisar a campanha de marketing da primeira geração de produtos Beautiful You.

Certa vez, para neutralizar sua raiva silenciosa, Penny olhou incisivamente para a caderneta e perguntou:

– Estão todas aí?

– Quem? – perguntou Max, sem tirar os olhos de um teste para comercial de TV. Para Penny, os vídeos pareciam todos iguais: mulheres de sorriso maníaco e olhos cintilantes saindo da loja ou do correio, correndo para casa, carregando a mesma caixa cor-de-rosa com as palavras "Beautiful You" escritas em arabescos. A narração que concluía cada comercial era um doce ronronar feminino dizendo: Vamos desbancar um bilhão de maridos!

– Todas as suas ex – Penny esclareceu. – Estão todas aí? – Ela indicou a caderneta tomada por sua caligrafia aracnídea. – A presidenta, a princesa, a herdeira da siderúrgica? Ela sabia que estavam. Maxwell guardava esses dados como um cachorro guarda ossos.

– Essa é só a última de minhas cadernetas – disse o homem enquanto repassava amostras dos anúncios que sairiam em todas as revistas femininas do mundo, nas quais o logo da Beautiful You era acompanhado de textos em basco, francês, hindi, africâner, chinês, mandarim... – Tem certeza de que quer ouvir? – ele perguntou, frio.

Ela não tinha certeza, mas fez que sim.

– Tenho, indexadas e cruzadas, as especificações forenses de 7.824 exemplares do sexo feminino, com idades de 6 a 207. – Virando-se para encará-la, acrescentou: – Antes que você telefone para o conselho tutelar, meu encontro com a menina de 6 anos ocorreu quando ambos tínhamos essa idade e brincávamos de "médico" no porão da família dela, em Ballard. – A mulher com séculos de idade era uma feiticeira que vivia no alto do monte Everest.

Maxwell sorriu.

– Busquei conhecimentos para agradar todas as mulheres do mundo – disse ele, categórico. Não estava se gabando, ou pelo menos não era essa sua intenção. – Jovem ou idosa. Gorda ou magra. Todas as raças. Todas as culturas. Consigo levar qualquer mulher, de forma rápida e eficiente, a níveis de orgasmo mais altos do que ela jamais sonhou.

Voltando a olhar para a tela do computador, ele prosseguiu:

– Reuni dados sobre a reação sexual de garotas em idade colegial, universitárias, jovens profissionais. Estudei os macetes eróticos de prostitutas templares do Tadjiquistão... terapeutas sexuais alemãs... dançarinas do ventre sufis. As mulheres que você conhece, ricas e poderosas, não passam da ponta do meu iceberg sexual. Quando as levei para a cama, já estava treinado, com um repertório de mil maneiras de dar prazer.

Penny percebeu que, com números como aqueles, poucas das parceiras haviam tido mais do que alguns minutos da atenção de Max.

– Por isso você foi atrás de Clarissa Hind?

– Não. O propósito de mulheres como Clarissa e Alouette não era pesquisa. Eram testes. Testes e contatos. Sem falar na publicidade. Percebi que seria de grande valia conhecer a presidenta dos Estados Unidos e a rainha da Inglaterra em tal nível de intimidade. E o prestígio por conhecê-las atraiu mais cobaias.

– Cobaias como eu? – Penny perguntou, ao mesmo tempo honrada e revoltada com a ideia.

Maxwell dirigiu-lhe um olhar de afeto. Estava sentado de pernas cruzadas na cama, com o laptop aberto à sua frente.

– Não, minha cara. Você foi a minha volta olímpica.

Ele seria o precursor da coleção mais extraordinária de ferramentas eróticas da história mundial. Sabia que iam funcionar. Aliás, algumas funcionavam até bem demais. O prazer que geravam talvez até matasse uma garota mais normal. A última rodada de testes fora projetada para aliviar a potência dos brinquedos mais perigosos. A coleção Beautiful You poderia chegar ao mundo sem medo de sofrer processos ou ações judiciais.

– Antes que você se sinta usada – ele prosseguiu –, por favor, lembre-se de que você teve enorme satisfação em nosso período juntos. Você foi cortejada pela imprensa mundial. E seu guarda-roupa melhorou muito.

Penny não tinha como negar qualquer das afirmações, mas entendia por que uma mulher como Alouette tinha entrado com um processo de cinquenta milhões de dólares pelo abalo emocional.

– Se ajudar o seu orgulho, minha cara, é bom você saber que salvou muitas vidas inocentes. – Ele digitou algumas teclas, trazendo à tela uma nova seleção de anúncios. – Contudo, estou usando o termo "inocente" em sentido bastante amplo.

Horas após cada maratona de gozo, Penny sentia os músculos enrijecerem e arderem de tão doloridos. Era como se ela houvesse subido ao pico do monte Everest ou atravessado o canal da Mancha a nado. Alguns episódios, os mais extremos, deixavam-na num estado parecido com o das vítimas de poliomielite. Fazer mais sexo estava fora de cogitação antes que ela se recuperasse; Maxwell sabia disso e não forçava. Algumas das posições que eles conseguiram exigiam uma flexibilidade digna de contorcionista de circo. Caso houvesse distensão muscular ou rompimento de um tendão, os testes atrasariam semanas.

Um batalhão de fisioterapeutas circulava pela cobertura. Para ajudá-la na velocidade de recuperação, massagistas friccionavam seu corpo durante horas com óleos aromáticos, trabalhando com suas mãos musculosas e intuitivas em toda parte. Especialistas em acupuntura faziam milagres espetando suas agulhinhas. Era só quando ela estava totalmente revitalizada que Maxwell a abordava com um novo apetrecho ou afrodisíaco. Ele impunha sua doce tortura consensual e deixava-a arfando, ardendo. Então, mais uma vez a equipe de recuperação fazia Penny voltar a sua forma sadia a tempo de mais uma rodada de prazer paralisante.

– Não quero que a fadiga turve seus sentidos – disse-lhe Max. Enquanto um turco brutal e corpulento passava o dedo pela parte interna de suas doídas coxas, Max parava ao seu lado, vestindo um terno de doze mil dólares e examinando seu corpo nu à procura de hematomas. – É muito importante que você esteja completamente descansada e sensível aos estímulos quando fizermos nossos experimentos.

Ele chegou mais perto da mesa da massagem, onde ela estava besuntada de óleo. Seus lábios vaginais estavam avermelhados, inchados devido ao abuso sensual da noite anterior. Inclinando-se sobre o corpo dela, ele levou os lábios ao clitóris inflamado.

Penny estremeceu.

– O ácido lático deve se dissipar. Você ainda está muito sensível – afirmou Max. – Adiaremos os testes por dois dias.

Ao longo das últimas semanas, Penny perdera a conta de quantos produtos Beautiful You ele testara. Alguns eram medíocres, sem graça, desinteressantes, mas a maioria a havia deixado exausta e fraca de tanta satisfação. Temendo por sua própria segurança, ela pedira a Max para reduzir os efeitos de alguns produtos. Ela era jovem, em forma, saudável, recém-graduada em direito. Aqueles produtos mais eficientes podiam ser fatais em mulheres mais velhas ou menos saudáveis.

Nas noites em que as brincadeiras a deixavam impossibilitada de continuar, Penny ficava deitada na cama e pedia a Max para ler sua caderneta de pesquisa. Recém-massageada e tomando goles de Côtes du Rhône, ela se enrolava em um ninho de lençóis de seda. Max ficava sentado ao lado da cama, em uma cadeira de espaldar reto. Trajando smoking e gravata-borboleta branca, ele lambia a ponta do dedo antes de virar as páginas, indo e voltando até encontrar a cobaia certa.

– "Data: 17 de junho, ano 20--" – lia ele. – "Local do teste: Mall of America, Minneapolis, Minnesota. Produto: Beautiful You nº 216, o Modelador Vegetal Lúdico, processador de alimentos que transforma qualquer legume cru em apetrecho erótico." – Com sua voz monótona, robótica, Maxwell descreveu estar diante de uma mesa dobrável enquanto um fluxo de consumidoras passava por ele. Algumas paravam, observando-o inserir cenouras e abobrinhas cruas em um compartimento plástico. Com um movimento simples, ele apertava uma alavanca. Lâminas invisíveis dentro do aparelho moldavam o legume até transformá-lo em um falo projetado para máxima realização. Enquanto se formava a multidão de curiosas, Maxwell demonstrava como as lâminas internas podiam ser ajustadas para que o apetrecho sexual resultante fosse mais ou menos comprido ou grosso. Outras lâminas talhavam canais e reentrâncias que serviriam para provocar a abertura vaginal. A plateia dava risadinhas e suspiros de deleite. Uma voz perto do fundo da multidão gritou:

– Funciona com berinjela?

Maxwell assegurou que sim.

– E batatas? – perguntou outra consumidora.

Max pediu uma voluntária.

Lendo para Penny, sentado em sua cadeira ao lado da cama, com as pernas cruzadas com precisão sobre o joelho e sua caderneta equilibrada sobre elas, ele continuou:

– "A voluntária nº 1.769 disse chamar-se Tiffany Jennifer Spalding, 25 anos, mãe de três filhos e dona de casa. Altura: um metro e setenta centímetros. Peso: sessenta e um quilos."

Ali mesmo, no Mall of America, ele ajustou os botões de regulagem.

– Que grossura você prefere? – Ele deu um sorriso libidinoso. – Das batatas, no caso.

Ela corou.

– Não tão grandes. Médias.

– Suave ou com texturas?

Tiffany Jennifer levou um dedo à têmpora e parou um segundo para pensar.

– Com texturas.

– Sulcos ou saliências?

Ela perguntou:

– Pode fazer os dois?

A multidão prendeu a respiração enquanto ele erguia a tampa do aparelho e inseria o tubérculo na canaleta de corte. Como um mágico no palco, ele pediu cerimoniosamente a sua voluntária para apertar a alavanca de ativação da lâmina.

– É sua primeira vez? – ele perguntou.

Ela fez que sim, trêmula. O mundo desacelerou e entrou no compasso de uma transa.

Para acalmá-la, ele pôs um braço em torno de Tiffany Spalding. Colocou as duas mãos dela na alavanca, depois colocou sua mão sobre as dela.

– Você deve enfiar de forma rápida e suave.

Os dois contaram até três, apertaram juntos a alavanca, e a plateia perdeu o fôlego. Maxwell ergueu o painel de segurança e revelou um falo perfeito. Suave e levemente curva, não lembrava a robusta batata que entrara pela parte de cima do aparelho. Com as devidas precauções sanitárias e o cozimento completo, ele garantiu à plateia que não havia motivo pelo qual a batata não poderia ir da fazenda para o quarto e depois para a mesa da família. Para uma mãe jovem, de orçamento apertado, o produto pagar-se-ia em questão de semanas.

– Agora vocês podem ter diversão e comida!

Muitas riram. Todas aplaudiram. Com o dinheiro na mão, fizeram fila para comprar. Nenhuma o reconheceu. Nunca reconheciam. O disfarce que ele usava para essas ocasiões era simples e eficiente. Mesmo quando o bigode falso caía durante o sexo oral, como aconteceu muitas vezes, as cobaias nunca percebiam com quem estavam transando. Era impossível que C. Linus Maxwell, o homem mais rico do mundo, fosse o estranho a procurar seu bigode postiço entre os lençóis.

Ainda lendo na cobertura em Paris, Maxwell aproximou sua cadeira da cama. Segurando a caderneta aberta com uma mão, ele passou a mão entre os lençóis até seus dedos encontrarem a virilha fatigada de Penny.

– "O Modelador Vegetal Lúdico vendeu rapidamente. Mesmo após esgotar o estoque, restou uma consumidora." – A voluntária nº 1.769 perguntara: "E eu?" Sua voz havia recuado até virar um murmúrio embebido em sensualidade.

No quarto da cobertura, as pontas dos dedos de Maxwell passavam cuidadosamente pelos contornos suaves da vulva sobrecarregada de Penny. Com pequenos movimentos circulares, ele extraía umidade de suas profundezas.

A voluntária nº 1.769 ainda estava agarrada à sua batata esculpida. Olhando-o por trás de seus cílios tremulantes, ela disse:

– Você é um ótimo vendedor. – Ela usava o batom Pink Palace, da Avon, e mantinha a batata sugestivamente perto da boca. Pelo tom de pele, Maxwell estimou que ela estaria a 17 dias de seu período fértil. Segundo suas anotações, ela perguntou:

– Tem algo mais que possa me interessar? Mais um aparelho que me poupe tempo?

Com a voz ainda no mesmo tom, calmo e monocórdico, Max enfiou os dedos, explorando a umidade quente de Penny. Diferente do que acontecera naquele mesmo dia, ela não estremeceu. Na verdade, gemeu e girou sua pélvis esgotada contra o peso da mão dele.

– "A voluntária nº 1.769" – Max lia em voz alta – "provou-se uma participante disposta e ávida nas avaliações preliminares da ducha de champanhe..."

Havia mais. Maxwell passou horas lendo. Mas, enquanto sua mão empreendia a costumeira magia, Penny não estava mais ouvindo.

Em outra noite de recuperação, Maxwell puxou uma cadeira até o lado da cama em que Penny estava deitada. Naquela noite, entre lembranças de gueixas, *sing-song girls* e profissionais do sexo, ele leu a respeito de uma dona de casa qualquer, escolhida praticamente a esmo.

– "Voluntária nº 3.899" – leu ele. – "Local: Bakersfield, Califórnia, auditório da Escola Fundamental Hillshire. Horário: sete da noite, dois de outubro, 20--."

Ele estava à procura de uma mulher encorpada para testar o produto nº 241. O tecido vaginal tinha de ser extremamente absorvente, e para explorar esse aspecto Maxwell inventara o Rebentador, um vibrador que continha quatro cavidades internas. Cada uma funcionava como reservatório que podia ser preenchido com líquidos, e a operadora podia programar o aparelho para soltar quantidades moderadas durante o uso, fosse café para um estímulo rápido ou xarope para tosse para um efeito mais eufórico. Ou até antibióticos. Ou um óleo essencial para lubrificação quando necessário. A ponta do vibrador iria jorrar o líquido no momento desejado. Para provar sua eficácia, ele abordou uma mãe solitária e começou a bater papo. Para tirá-la do meio de outras mães, fez elogios à sua aparência. A estratégia foi bem-sucedida, e logo ele a havia isolado em uma sala desocupada do jardim de infância.

– "Lá entre os hamsters presos em gaiolas, seduzi a cobaia."

De olhos fechados e ouvidos atentos, Penny suspirou. Conhecia muito bem o produto nº 241. Suas secreções de cafeína a haviam ajudado a se manter presente em várias e longas noites de testes de resistência.

– "Apesar de seu índice de massa corporal, a voluntária exibiu uma resposta entusiasmada ao aparelho." – Como sempre, a voz de Maxwell não se alterava. Ele falava sem mostrar comoção. – "Uma vez iniciada a aplicação do aparelho, o elemento inexplicavelmente gritou o nome 'Fábio' em intervalos regulares."

Penny sorriu diante de sua aparente incapacidade de entender a referência.

– "A frequência cardíaca do elemento chegou rapidamente aos 157 batimentos por minuto." – leu Max. – "A condutividade elétrica de sua pele teve aumento dramático." – Ele fez uma pausa para virar a página da caderneta. – "Deve-se notar que o cientista que conduzia o experimento teve imensa dificuldade em reter a posse total do produto. A voluntária nº 3.899 demonstrava enorme potência pélvica e estava resoluta em usurpar o aparelho e encerrar o procedimento sozinha."

Penny ficou imaginando uma mulher solitária brigando com o raquítico e branquelo Maxwell pelo controle de um brinquedinho sexual. Uma galeria de hamsters e coelhos engaiolados testemunhando as estripulias em toda sua docilidade animal.

– "No ápice do clímax, (respiração a 25 batimentos, pressão sanguínea 17,5 por 10,2) as condições do teste alteraram-se de modo radical." Decifrando sua própria letra esmaecida, Maxwell continuou: – "Embora a aplicação do produto tenha tido sucesso absoluto, o local do teste não forneceu a devida privacidade."

Alguém havia entrado na sala.

– "Os padres da escola confessional entraram sem bater. Aparentemente, haviam sido alertados pelos ruídos de nosso procedimento."

Em um aparte científico, ele havia escrito:

– "Apenas para registro, a voluntária possivelmente exibiu um *corpus spongiosum* excepcionalmente amplo. À entrada de outros homens no recinto, ela expeliu uma torrente copiosa de ejaculação de sua uretra, ensopando-os por completo."

Ele bateu os nós dos dedos vivamente contra o clitóris hipersensibilizado de Penny, técnica que quase a levava à loucura. Penny deu risadinhas. A pobre voluntária em Bakersfield disparara fluidos nos dirigentes de sua escola religiosa. Penny esperava que houvesse valido a pena o curto prazer que o apetrecho de Maxwell lhe dera; conhecendo o poder do Rebentador, Penny suspeitava de que a mulher nunca houvesse lamentado o encontro furtivo.

O mordomo adentrou o quarto trazendo uma bandeja de prata. Refestelando-se entre os travesseiros de cetim e as dobras delicadas dos lençóis, Penny aceitou uma taça de champanhe. Ela estremeceu ao tomar um gole do espumante gelado e jogou a cabeça para trás. Apontou para a caderneta aberta ao joelho de Maxwell e pediu:

– Leia mais uma.

Lesões e exaustão não eram os únicos fatores que retardavam os testes de Maxwell. Quando a menstruação de Penny chegava, ele não a testava. Vendo-a tremer de cólicas, com a barriga inchada, Maxwell vinha em seu auxílio com tabletes de morfina e pequenas taças de xerez doce. Ela cochilava semiamortecida, sem tomar conhecimento de nada além da presença dele ao seu lado, lendo suas anotações em voz alta.

– "Voluntária nº 3.828" – pronunciou ele. – "Local: Lower Manhattan, Zuccotti Park. Data: dezessete de setembro, 20--." – Ele descreveu como seduziu uma jovem idealista que chegara havia poucos dias de Oklahoma para participar do Occupy Wall Street.

– "Ela declarou ter 19 anos" – prosseguiu ele –, "fato que pedi para confirmar com sua carteira de motorista, dado que eu não possuía intenção de prejudicar meus padrões estatísticos com dados das genitália pré-adultas, em formação."

A cena acontecera tarde da noite. Enquanto a maioria dos manifestantes dormia, Maxwell apresentara à voluntária o produto Beautiful You nº 233, o Lagarto do Amor. Era um extensor lingual simples, mas brilhante. Uma prótese de silicone desenhada para prolongar o alcance durante o coito oral e alcançar contato vigoroso com o colo do útero.

Mesmo com a mente tomada pelo torpor das drogas, Penny lembrou-se do aparelho inteligente e de como ele fazia com que o apêndice oral relativamente diminuto de Maxwell alcançasse profundidades surpreendentes. Ela se contorceu com luxúria descontrolada diante da lembrança de seus carinhos.

– "Em um ato simbólico do teatro de rua político" – leu Maxwell –, "a voluntária solicitou ao cientista que realizava o experimento que a amarrasse como uma águia de asas abertas aos portões do prédio do Banco da América."

A imagem era vívida na imaginação dopada de Penny. A menina nua ao luar, com seus membros amarrados e esticados. A voluntária nº 3.828 ofereceu-se como um sacrifício no altar do capitalismo. Maxwell ajoelhou-se a seus pés, ajustou o extensor lingual ao comprimento funcional máximo e envolveu o púbis dela com a boca.

– "O segredo está em balançar a língua" – ele leu – "como quem canta. Para evitar o cansaço dos músculos, não manter a mandíbula rígida. Após breve aplicação do produto, a voluntária expressou aprovação gritando: 'Entrego meu corpo a vocês, os 99%!'"

Maxwell relatou como os gritos haviam atraído um bando de radicais barbados, todos ansiosos para participar do teste.

– "Com um breve tutorial" – Maxwell relatava a partir das anotações –, "todos os presentes tiveram sucesso na operação do produto nº 233."

Para Penny, já não havia limites entre fantasia e realidade. Viajando em alucinações causadas pela morfina, ela sentiu-se lambida por legiões de ativistas barbudos. A voz de Maxwell era como música de fundo na cena, na qual um pelotão da polícia de choque nova-iorquina chegava. Sem rosto por trás dos escudos de Kevlar dos capacetes, eles desembainharam cassetetes e ameaçaram a forma nua e despudorada da voluntária.

– "Logo que o teste se encerrou" – concluiu Maxwell –, "a voluntária pareceu envergonhada e disse ter ingerido quantidades não especificadas da droga conhecida usualmente como LSD. Solicitou que as amarras fossem desatadas e pediu uma quantia em dinheiro suficiente para pagar uma passagem de avião até Tulsa, cidade próxima ao rio Arkansas..."

Centros de treinamento olímpico. Clubes do livro acima de qualquer suspeita. Rodas de tricô. Nesses lugares, Maxwell encontrava elementos, e era nesse seleto grupo que Penny havia entrado.

Depois da enésima reprimenda de Maxwell por fingir orgasmo, Penny viu-se fazendo o inverso. Ela continha as reações às suas investidas. Não importava o quanto Maxwell se esforçasse para agradá-la, ela começou a conter sua confirmação usual e aguda da genialidade dele. Era óbvio que o estava castigando, mas Penny não se importou. Começara a ficar ressentida. No mundo de Max, ela não se achava mais do que um instrumento cujo único propósito era registrar o nível de seu sucesso.

Certa noite, ele testou nela um par de grampos de mamilo, sujeitando-a a estímulos de baixa voltagem que transmitiam ondas senoidais de excitação por sua medula, irradiando para seus braços e pernas. Centelhas de êxtase elétrico partiam das pontas de seus dedos e chegavam à coroa de sua cabeça como um halo. Ao longo da agradável provação, Penny se esforçou para continuar imóvel. Tentou se distrair pensando nas poucas perguntas do exame da Ordem das quais ainda conseguia lembrar. Decidiu recitar silenciosamente o Discurso de Gettysburg, palavra por palavra.

Sem qualquer aviso, ele desativou as baterias e removeu os grampos de seus mamilos. Antes de falar, Maxwell embrulhou os fios e deixou o aparato de lado. Foi só então que a confrontou.

– Você está brava comigo, é isso?

– Não me culpe – Penny respondeu. – Essa sua engenhoca deve ter falhado.

– Falhado? – Ele sufocou uma risada. Cerrando os olhos para conferir as anotações na caderneta, ele disse: – Senhorita Harrigan, sua frequência chegou a 180 batimentos por minuto. Sua temperatura anal era de 39 °C. Se esta "engenhoca" fosse mais eficiente, a senhorita teria um infarto coronariano ou uma embolia cerebral fatal.

Penny viu Alouette D'Ambrosia pela última vez num coquetel na Rue St. Germaine. A atriz estava de braços dados com um belo romancista, Pierre Le Courgette, vencedor do Prêmio Nobel de Literatura daquele ano. Formavam um casal notável. Ela os perdera de vista, mas, perto do fim do evento, Alouette a abordou. Olhando em volta, nervosa, a bela francesa disse:

– Onde está Max? – Sem esperar resposta, ela sussurrou: – Foi um engano meu não confiar em você. Temos que ser aliadas, nós duas. Se não formos, corremos enorme risco.

Era a primeira vez que se encontravam desde o incidente com as bolinhas coloridas. A francesa parecia passar fome e estava um bagaço em comparação à aparência que já exibira. Não havia qualquer resquício de álcool em seu hálito, mas era evidente que estava agitada. A safira volumosa pendurada em seu pescoço brilhava no decote corado.

– Ele vai estragá-la para os outros homens. – Maxwell adentrara por uma porta do outro lado do salão. Como sempre, sua cabeça estava abaixada enquanto anotava. Ainda não havia visto Alouette, e ela insistiu: – Nós, todas as mulhers amadas e descartadas por ele, somos o harém que ele deixa pelo mundo.

Mais tensa quanto mais Maxwell se aproximava, ela disse:

– Fui indicada a um Oscar, por isso preciso viajar, mas falaremos mais a fundo no mês que vem, pode ser?

Penny gaguejou:

– Sim.

A sensação da boca de Alouette contra ela veio à sua mente como uma intrusa.

– Você não vai gostar do que tenho a dizer – alertou a atriz. Independentemente disso, o olhar que dirigiu a Penny foi caloroso. – Seremos amigas, certo?

Enquanto Maxwell se aproximava, ela beijou o rosto de Penny e voltou apressada a seu acompanhante.

Sem tirar os olhos do corpo sinuoso de Penny, Maxwell abriu uma gaveta do criado-mudo, puxou alguma coisa e aproximou-a do olho como uma máscara. Era uma câmera, e ele fez um lento registro panorâmico de toda a extensão de sua nudez.

Penny não estava com medo. Sabia que, em certo nível, estava segura. Se aquelas imagens viessem a público, seria mais vergonhoso para Maxwell do que para ela. Em muitas manhãs, ela despertava e descobria um novo aparato. Enquanto introduzia um novo brinquedinho por dentro dela, Maxwell falava sobre os antigos rituais sexuais de tribos sudanesas. Havia mais ferramentas básicas. Versões cor-de-rosa e macias de fórceps que abriam suas nádegas e mantinham-nas apartadas para sua conveniência.

Observando-a através da lente, ele disse:

– Boa garota, não resista. A câmera está desligada. Quero apenas que sinta como se estivesse sob observação. – Estivesse ou não realmente documentando-a, Penny saboreava o fato de que alguém lhe dedicava tanta atenção. Perguntava-se se todas as cobaias haviam apreciado essa atenção tanto quanto (ou até mais que) as sensações físicas que ele proporcionava.

Durante o dia, a luz do sol entrava pelas janelas altas e invadia a cama enquanto Penny aconchegava-se sob os lençóis sedosos, nua, mordiscando um brioche, bebericando um *latte*, estudando seus velhos livros de faculdade sobre responsabilidade civil. Os ateliês de alta-costura lhe traziam roupas. Os próprios estilistas vinham tirar suas medidas. Se ela insistisse, Maxwell a levava a um concerto ou ao teatro; fora isso, ela raramente saía da cobertura.

A marca Beautiful You seria lançada no mês seguinte, e ela não sabia se Max ainda teria necessidade de sua companhia. Não se iludia. Como sua complexa frieza demonstrava, ele nunca a amara. Já fora suficiente ter alguém que pudesse ler suas vontades de forma tão intuitiva. Muitas vezes, Max dispensava a equipe de massagistas e fazia a massagem ele mesmo. Sabia tocar seus músculos tensos e identificar exatamente seu humor. Ouvia tão atentamente a respiração de Penny quanto as palavras que ela dizia.

Maxwell passara a conhecê-la tão bem que Penny raramente precisava falar.

Aí estava um homem que ela considerava fascinante de maneira tão intensa e que se deliciava em conduzi-la a ápices de vivacidade que ela nunca sonhara existir. Ele a saboreava e apreciava.

Bilhões de pessoas o observavam – o homem mais rico e talvez mais poderoso do mundo –, e ele observava Penny. A lente de sua câmera e a caligrafia rabiscada em suas anotações imbuíam sua vida de ainda mais valor. Sob seu olhar atento, ela sentia-se segura. Querida. Mas, não, não amada.

Duas semanas antes de a linha Beautiful You chegar às lojas, Max parou abruptamente em meio ao coito. Com uma lentidão resignada, ele cuidadosamente recolheu o aparato que estava dentro de Penny e o soltou sobre o criado-mudo. Retirando as luvas de látex, ele disse:

– Você não tem mais serventia para mim. – Ergueu sua caderneta. – A integridade... a autenticidade... a *verdade* de suas reações está por demais comprometida.

Enquanto fazia suas anotações, ele conferiu o horário no relógio de pulso.

– Meu jato já está a postos. Suas roupas e objetos pessoais foram embalados, e sua bagagem já está a bordo à sua espera.

Maxwell virou-se para ela. A cabeça de Penny estava aninhada no travesseiro de cetim branco. Ele posicionou dois dedos na lateral do pescoço dela e cronometrou a frequência cardíaca.

– O piloto tem instruções para levá-la aonde desejar. – Penny não teve chance de reclamar. Ainda nem fechara as pernas.

Ele anotou as últimas estatísticas de sua frequência cardíaca e temperatura.

– Depositei cinquenta milhões de dólares para você em uma conta bancária na Suíça. Transmitirei os detalhes para seu acesso se concordar em nunca mais me contatar. – Para enfatizar as ordens, ele a encarou. – Você nunca poderá falar sobre nossas experiências juntos. Do contrário, bloquearei o acesso a esses fundos.

Seguiu-se uma eternidade de silêncio. Apesar da frieza, ela percebeu que o coração pueril de Max se partia.

– Compreendeu os termos? – ele perguntou por fim.

Piscando para conter as lágrimas e unindo os joelhos, Penny não respondeu. Estava surpresa com a rejeição repentina.

– Compreendeu? Os termos? – ele berrou. A fúria das palavras venceu o choque de Penny e ela fez que sim.

– Elemento indiferente – ele balbuciou enquanto olhava a caderneta. Não havia engano: sua voz estava engasgada pelo pesar.

Penny virou-se de lado, dando as costas para ele. Era o fim. Fora um sonho ser Cinderela, mas agora era hora de acordar.

– Por favor, tenha em mente que você deu contribuições significativa ao desenvolvimento da linha Beautiful You – prosseguiu a voz dele, robótica. – Como mostra de meu apreço, deixei um pequeno presente a bordo do jato. Espero que goste.

Penny sentiu a cama se mexer. Era o peso dele deixando o colchão. Ela ouviu seus pés nus cruzarem o assoalho acarpetado.

– Você precisa deixar minha casa em uma hora, no máximo. – A porta do banheiro se fechou.

Fazia exatamente 136 dias.

A bordo do Gulfstream, Penny encontrou uma caixinha com laço no único assento que não estava ocupado por maletas e roupas em capas. Ela fora expulsa da cobertura tão rápido que vestia apenas um casaco de chinchila até os pés e um par de sapatos Prada. Sozinha na cabine, em silêncio, ela pegou o presente e deixou-o no colo enquanto prendia o cinto e o piloto anunciava a decolagem.

Quando estavam no ar, ela puxou o laço e levantou a tampa da caixa. Dentro havia uma fina corrente de ouro. Quando ela a ergueu, viu que um rubi pendia do ponto inferior. Era o rubi que Maxwell sempre usara no anel, realojado como pingente, o terceiro maior rubi que já saíra das minas do Sri Lanka. Dividia a mesma caixa uma libélula plástica cor-de-rosa e brilhante. Suas asas eram grossas e macias e traziam o logo da Beautiful You. Penny analisou as antenas e a parte inferior do corpo plástico.

O presente em forma de libélula era um brinquedinho sexual. A versão comercial do protótipo que Max testara nela diversas vezes.

Penny nunca se cansara do efeito daquelas asas batendo. As sessões irrestritas estavam entre suas lembranças mais intensas, e ver o aparato fez seu rosto enrubescer.

Um fundo fiduciário de cinquenta milhões de dólares. Roupas que encheriam uma loja de departamentos. Não, Penny dizia a si mesma, não tinha sido destratada, de modo algum. Enquanto fechava a corrente em volta do pescoço e sentia o peso do rubi gelado entre seus seios cálidos, ela guardou a libélula de plástico no bolso do casaco e começou a planejar o primeiro dia de sua nova vida. A seu alcance, uma garrafa aberta de champanhe borbulhava num balde de gelo. A aeromoça serviu-lhe uma taça e, a pedido de Penny, desligou as luzes da cabine.

Enquanto provava o vinho borbulhante e seco, ela sentiu um arremedo de tristeza ao lembrar-se de como, meses antes, aquele gosto fora tão especial. Entre os múltiplos e desenfreados orgasmos e tanto champanhe, a vida com Max a deixara muito mal-acostumada.

Mimada, mas não desesperada. No mínimo, estava empolgada com seu futuro. Naquele noite, precisaria de algo mais do que champanhe para cair no sono.

Quando se certificou de que a tripulação não estava vendo, ela abriu a frente do casaco e escorregou a libélula para o meio das pernas. Assistira Max fazer aquilo dezenas de vezes. Com um ajuste especial, ele projetara o brinquedinho para aquecer-se automaticamente à temperatura perfeita. Mesmo sem olhar, ela percebeu onde ficava o botão que o ativava.

Penny ficou pensando em qual seria a distração de Max depois do lançamento da linha Beautiful You. Talvez já estivesse planejando acréscimos. Talvez encontrasse outra namorada com uma genitália "ideal" para testar seus protótipos. Alguém que não hesitasse em expressar excitação.

Namorada não era a palavra certa. Estava mais para *ratinha de laboratório.*

Sobre o Atlântico negro como nanquim, Penny serviu-se de mais uma taça e deitou-se para aproveitar a pulsação deliciosa entre as coxas.

Sua primeira semana em Nova York passou como um borrão. O dinheiro que Maxwell lhe dera era na forma de uma aplicação. Ela não podia sacar toda a quantia de uma vez, mas poderia viver muito bem dos dividendos pelo resto da vida. Prudente, ela investiu em uma casinha geminada no Upper East Side. Quando o corretor lhe mostrou a ensolarada cozinha de azulejos, o elevador suntuoso de ferro ornamental e as lareiras de mármore esculpido, Penny preencheu o cheque sem hesitar. Havia armários de sobra, que o nobre acervo de Penny preencheu quase por completo.

No primeiro dia de volta à BB&B, ela encontrou alguém com quem dividir a casa.

Apesar de o seu discurso de boêmia resoluta, Monique ficou animadíssima para livrar-se do conjugado miserável que dividia com duas colegas estrangeiras sob a ponte Kosciuszko. Antes que Penny se permitisse reconsiderar, Monique já estava tirando caixas de papelão de um táxi e deixando-as no elegante saguão da casa. O cheiro de sândalo tomou conta do ambiente, mas a estranha música de cítara da nova colega ajudava a preencher o vazio. Para comemorar a primeira noite juntas, a *neohippie* realojada preparou um banquete de tofu ao curry. Depois, elas atiraram-se no sofá da sala multimídia, cada uma com um pote de pipoca, para assistir à transmissão ao vivo da cerimônia do Oscar.

Enquanto as câmeras do Kodak Theatre faziam uma imagem panorâmica pelo salão lotado, Penny não conseguia se segurar. Procurou o rosto pueril e pálido de Maxwell e seus cabelos loiros. Sentado em uma das laterais, viu Pierre La Courgette, namorado de Alouette. Claro que ele iria; ela era a favorita para o prêmio de melhor atriz. Havia outros rostos que Penny reconhecia, gente poderosa que a esnobara ou que desconfiara dela. Difícil imaginar que já estivera tão perto deles. Essa parte de sua vida já escapava como um sonho de intensa carga sexual. Ela permitira que Maxwell a isolasse em uma fantasia de vício em prazer e sem apego emocional. Mas agora estava livre.

Entre ser constantemente examinada por Maxwell e julgada pelos *jet setters* puro-sangue que encontrava nos eventos, Penny deixara de lado qualquer sensibilidade que pudesse ter quanto a ser cobiçada. Podia ouvir o clique das câmeras dos paparazzi vez por outra, mas não reagia mais. Passara a presumir que todos os olhos estavam sempre vidrados nela e comportava-se com um novo e displicente equilíbrio.

Fosse a autoconfiança renovada ou as novas roupas, era normal que os homens a admirassem. Sempre que andava pela Lexington Avenue, quase não reconhecia seu próprio reflexo nas vitrines da Bloomingdale's. O que ela via passar era uma amazona de pernas longas. A gordura infantil havia sumido. Seu cabelo balançava em uma onda reluzente.

Em retrospecto, Penny ficou feliz por a Cidade Luz nunca ter ouvido falar de sorvete de creme crocante.

Na sala multimídia, Monique e ela tiveram uma briguinha boba pelo controle remoto. As duas gritaram zombarias contra a tela, onde desconhecidos diretores de fotografia e produtores expressavam sua gratidão loquaz. O vencedor do melhor documentário foi apressado para sair do palco e a emissora cortou para o comercial.

A televisão mostrou um grupo de moças felizes, sorridentes, reunidas em torno de uma mesa. No meio da cena, a mais bonita soprava as velas de um bolo de aniversário enquanto as amigas lhe entregavam presentes. Todos os presentes eram caixinhas rosa adornadas com um logotipo branco em grandes arabescos. "Beautiful You." As garotas gargalhavam. Como se dividissem um segredo maravilhoso, franziam os lábios e inclinavam-se para sussurrar no ouvido das amigas. A aniversariante dava gritinhos como se as caixas trouxessem o nirvana.

Para Penny, era improvável que meninas como aquelas – magras, de olhar ingênuo e pele alva – tivessem dificuldade em encontrar homens para namorar. Eram as últimas pessoas que precisariam comprar os brinquedinhos pulsantes de Maxwell.

De repente, Penny imaginou um bilhão de esposas solitárias ou solteironas se masturbando em resignação e isolamento. Em cortiços de guetos em fazendas dilapidadas. Sem se darem ao trabalho de buscar parceiros potenciais. Vivendo e morrendo sem companheiros íntimos, apenas com a aparelhagem da Beautiful You. Em vez de serem putas ou santas, seriam celibatas de mãos ligeiras. Para Penny, aquilo não era progresso social.

O comercial de TV encerrava com o conhecido slogan, uma doce voz feminina entoando: "Vamos desbancar um bilhão de maridos...".

– Eles têm uma loja na Quinta Avenida – Monique disse com a boca cheia de pipoca. – Mal consigo esperar a inauguração. É amanhã.

Penny ficou pensando na loja principal. Já havia uma fila de mulheres que virava duas quadras, chegando quase à Rua 55. A fachada do prédio era revestida com um espelho rosa, de forma que quem tentasse olhar para dentro veria apenas um reflexo rosado e lisonjeiro de si mesma.

Penny torcia para que os produtos fossem melhores do que aquele que Maxwell havia deixado para ela a bordo do Gulfstream. Ela caíra no sono com suas pulsações tranquilas, mas, enquanto aterrissavam no LaGuardia, ela acordou e descobriu que a libélula havia quebrado. As duas asas de plástico haviam caído e o corpo de silicone rosa se partira ao meio. Era como se a coisa tivesse eclodido. Metamorfoseado-se, pensou. Mas eram as lagartas que se transformavam em borboletas. Borboletas simplesmente morriam. Depositavam seus ovos nas folhas de repolho e seguiam para a morte. Enquanto o piloto se preparava para aterrissar, Penny discretamente retirara as peças de silicone de dentro de si e as enfiara no bolso do casaco.

Ela decidiu encontrar um amor real, vivo, de carne e osso, antes de recorrer à fila da Quinta Avenida.

Monique gritou:

– Atenção, Omaha! – E começou a disparar projéteis salgados e amanteigados de pipoca.

Na televisão, Alouette caminhava pelo palco para receber o prêmio de melhor atriz. Seu vestido longo rodopiava entre suas pernas torneadas. De ombros à mostra e jogados para trás, com os seios empinados em seu corpete tomara que caia, ela era a imagem perfeita da autoconfiança e da realização. Era empolgante só de ver.

– Nossa, como eu amo essa mulher – Monique suspirou. – Esse *bling-bling* aí é de verdade?

No meio do decote da atriz brilhava a imensa safira.

A câmera aproximou-se de Maxwell, sentado dez fileiras ao fundo, junto ao corredor. O adorável nerd parecia brincar com um joguinho eletrônico. Enquanto seus polegares dançavam pelas teclas de uma caixinha preta, ele parecia ignorar o triunfo de Alouette no palco.

Em forte contraste, a plateia de grandes nomes aplaudia com admiração genuína. Atrás do pódio de acrílico transparente, a bela francesa sorriu, aceitando graciosamente os louvores. Alguns ficaram de pé. De repente, todos estavam. Um tsunami de adoração. Quando os aplausos diminuíram e abriram espaço para seu discurso, uma sombra de sofrimento cobriu as feições delicadas de Alouette. Seus lábios e cenho retesaram-se de maneira quase imperceptível, mas a dor passou e o sorriso voltou. Mesmo sob a maquiagem, seu rosto parecia corado. Filetes de suor colavam fios de cabelo em suas bochechas.

Penny achou Alouette um pouco atordoada. Mas quem não ficaria nessa situação?

A atriz começou seu discurso:

– *Merci*... – Ela estremeceu mais uma vez. – *Alors* – ela gritou sem fôlego. Abraçando a estatueta dourada contra o peito, ela deu um passo em direção às laterais, mas pareceu anormalmente desequilibrada sobre os saltos agulha.

No segundo passo, ela tropeçou e caiu. O Oscar dourado aterrissou com um estrondo e rolou um metro para a frente. Um murmúrio de preocupação atravessou o auditório.

– Alguém ajude essa mulher! – Monique gritou para a tela da TV.

Enquanto estava deitada no palco, tentando erguer-se e apoiada nos cotovelos, as pernas de Alouette começaram a tremer. A paralisia começou em seus pés, mas logo chegou aos joelhos e à cintura. Seus tornozelos começaram a se afastar. Diante da plateia, suas pernas gradualmente ganharam distância e esticaram a saia entre elas. Alouette se abaixou, agarrando a bainha do vestido e tentando mantê-la em um nível de decoro, mas a tensão contra o tecido era forte demais. O vestido subiu em um sobressalto, amarfanhando-se acima de sua virilha. Penny percebeu que ela não usava nada por baixo. Nunca se usaria com um vestido tão justo.

– Cê tá vendo isso? – Monique perguntou num sussurro, com uma mão congelada no ar entre a bacia de pipoca e a boca escancarada.

Para Penny, a vencedora de cinco Oscars parecia demente. Ela girou a cabeça de maneira violenta de um lado para o outro, chicoteando o palco com os cabelos compridos. Seus olhos giraram para cima até só sobrar o branco. Seu peito arfou e suas costas curvaram-se, lançando suas coxas ao ar como se encontrassem um amante invisível.

Em inglês, com sotaque forte, ela gritava:

– Não! Não, por favor! Aqui não! – Era como se a estrela estivesse encarando C. Linus Maxwell.

Não tardou para a emissora cortar para os comerciais.

Em um instante, a mulher arfante caída no chão, com o púbis à mostra para uma audiência de milhões de pessoas, foi substituída por um bando de garotas risonhas ostentando sacolas de compras cor-de-rosa.

Não se falava em outra coisa na BB&B. Alouette D'Ambrosia estava morta. Segundo a capa do *Post*, a atriz sofrera um aneurisma cerebral no palco e morrera antes de a ambulância chegar.

Corriam rumores de que, após a emissora cortar para o intervalo de emergência, as câmeras continuaram ligadas. Diante da vasta audiência de famosos, Alouette agira como um animal no cio, chegando ao ponto de se masturbar violentamente com a estatueta banhada a ouro. Penny não conseguia acreditar. Ou não queria. As cenas extras supostamente estavam na internet, mas ela não teve coragem de assistir. O episódio apenas reforçava a impressão de que, no mínimo, Alouette sofria de uma doença mental. Era triste, mas provavelmente ela tivera uma recaída e voltara a usar drogas e álcool.

Independentemente da causa, era uma tragédia. E não só pela morte, pois Brillstein tinha planos de promover Penny a sócia da firma. Planejava nomeá-la advogada do pedido de pensão impetrado por Alouette. Seria perfeito: a namorada mais recente do réu advogando em favor da ex-namorada rejeitada. Era uma estratégia que faria Alouette parecer machucada e meritória. A BB&B ganharia o caso, mas não sem antes incluir uma pilha de horas na fatura. Com a morte da atriz, o caso foi arquivado. A BB&B teria de achar uma nova mina de ouro, e Brillstein precisaria de uma nova vitrine para revelar os talentos advocatícios de Penny.

Brillstein não era o único que estava de olho nela. Tad também. Tad Smith, aquele que sempre a chamara de "caipira". O especialista em direito de patentes, jovem e inexperiente, cujo pênis Monique chamava de "Tadinho". Depois da revolução que Penny sofrera em Paris, era como se Tad mal a reconhecesse. Uma mulher ousada, sem vergonha alguma de ser notada por todos, ela deixara de ser a cadelinha gorda e suja. Se ele ainda tinha alguma queda por Monique, não falou nada a respeito. Em vez disso, convidou Penny para almoçar.

Ele a levou ao La Grenouille e a divertiu com histórias dos tempos em que editava o *Yale Law Review.* Depois do almoço, eles alugaram uma carruagem para cruzar o parque. Tad comprou-lhe um punhado de balões de gás hélio de um vendedor de rua, um gesto simples e romântico que Maxwell – apesar de toda sua massa cinzenta – nem sequer cogitaria.

Tad não fez indiretas sobre o apelido de "Cinderela do Nerd". O *New York Post* já passara a outras pautas fazia tempo. A morte de Alouette, por exemplo. O incêndio florestal na Flórida. A rainha da Inglaterra, que tivera convulsões durante uma reunião para negociar impostos sobre bens de consumo fabricados na China. Enquanto a carruagem trotava pela Quinta Avenida, Penny tentou ignorar o prédio de espelhos rosa na Rua 57. Uma fila de consumidoras aguardava para entrar. A fila se estendia muito além de onde sua vista alcançava.

– Olha só – disse Tad. – Não é a Monique?

Penny acompanhou o olhar dele até uma menina que esperava na calçada, com os braços cruzados sobre o peito. Na fila havia apenas mulheres. No assento da carruagem, Penny baixou os ombros e se escondeu. Encolheu-se de frustração e resignação, escondendo-se atrás dos balões.

– Mô! – gritou Tad. Ele acenou até os olhos da garota o encontrarem.

– Dá pra acreditar? – gritou Monique. – Tá pior do que quando comprei meu BlackBerry! – O sol do meio-dia cintilou nas unhas cravejadas de strass e nas continhas tribais trançadas em seu cabelo.

Tad pediu ao condutor para parar junto ao meio-fio.

Assim como antes, Penny sentiu-se ignorada, relegada à cadelinha suja da amiga radiante. Ela olhou para cima, fingindo que só agora notara a colega de trabalho e de casa. Sabia que Monique estava ansiosa para levar para casa e testar uma lista de produtos Beautiful You. Os comentários das primeiras consumidoras na internet foram muito positivos. Muito mais que positivos – eram delirantes. Apesar do enorme estoque produzido antes do lançamento, as fábricas no exterior estavam tendo dificuldades para atender aos pedidos. Os elogios se alastravam como um incêndio. Os comediantes da TV especulavam que tantas mulheres vinham ligando para o trabalho e se dizendo "doentes" para ficar em casa que o Produto Interno Bruto estava começando a cair.

Penny não gostava da forma como os âncoras dos telejornais tratavam a pauta, como se fosse uma piada suja, com piscadelas e uma risadinha irônica subentendida em cada pausa.

– Poupe essa grana – gritou Tad para Monique. – Jerald, dos direitos autorais, tá a fim de você. – O cavalo se remexeu, impaciente. Um táxi buzinou atrás deles.

– Cês não tão sabendo, é? – gritou Monique de volta. – Homem já era!

A frase provocou uma pequena aclamação entre as mulheres reunidas ali.

Monique atraiu a multidão.

– Não importa o que um homem faça comigo, eu sei fazer melhor! – Ela estalou os dedos com desdém, fazendo os cristais de strass cintilarem ao sol.

Os gritos foram mais altos. Soaram gracejos e assobios de apoio.

O táxi buzinou de novo. A fila de consumidoras começou a andar.

– Será que um brinquedinho sexual pode lhe pagar um jantar? – desafiou Tad, flertando descaradamente.

– Quem paga o meu jantar sou eu! – Com mais um passo, Monique e as mulheres mais próximas foram engolidas pela gigantesca loja cor-de-rosa.

Como se precisasse cair na real de que havia retornado à frenética Nova York, Penny foi violentada em seu primeiro mês na cidade. Ela estava em uma plataforma deserta do metrô, voltando para casa após fazer hora extra no trabalho. Estava à toa, tentando se decidir entre pedir comida tailandesa ou pizza, quando dois braços a agarraram por trás. Eles apertaram seu peito e garganta, fazendo o fôlego sumir por completo e sua visão reduzir-se a uma noção estreita das luzes fluorescentes no teto.

Ela estava caída de costas, com suas calças Donna Karan arriadas em volta dos sapatos Jimmy Choo. Posteriormente, o que ela mais lembraria sobre o estuprador era o cheiro de urina e *Keep Cooler* sabor pêssego. O que nunca entenderia era a velocidade do ocorrido. Em um instante, ela estava decidindo se ia comer frango ao capim-limão, e no outro já sentia a ereção do estranho forçando a entrada.

Maxwell surgiu em sua mente. Não que o agressor fosse curioso ou clínico, mas pela impessoalidade do abuso. No entanto, enquanto se sentia impotente, com a rigidez feroz do homem rasgando-a por dentro, ela também o ouviu gritar.

Mais rápido do que havia caído sobre ela, ele se pôs de pé, com as mãos agarradas ao pênis imundo que pendia da braguilha aberta das calças puídas. Ele continuou gemendo, com lágrimas a escorrer pelo rosto ao olhar para baixo e inspecionar o corpo.

A primeira impressão dela foi a de que o zíper havia ficado preso em uma região sensível. Antes de conseguir reunir forças para gritar ou sair correndo, ela viu uma grande gota de sangue sair de um furo na glande.

O estranho desviou a atenção do sangramento, erguendo os olhos para encarar Penny. Com a voz receosa, ele reclamou:

– Que que cê tem na boceta, moça? Um tigre-de-bengala?

Penny ficou observando a gota de sangue virar uma corrente. Ela se afastou, deslizando pelo mesmo chão em que o sangue pingou até formar uma poça na plataforma do metrô. Ela percebeu que ele usava uma camisinha e que o látex também havia rompido.

Em um instante, o trem chegou e o homem sumiu. Foi tudo o que ela conseguiu dizer ao policial que a atendeu no 911.

A médica que ela consultara para os exames de DST disse que ela não tinha sinais de infecção, mas insistiu que voltasse para outros exames depois de seis semanas. A doutora, uma senhora simpática de cabelos crespos ruivos com fios brancos, insistiu em fazer exame pélvico e coleta de DNA. Ela disse a Penny para colocar os pés nos apoios da mesa na sala de exames, vestindo um par de luvas de látex. Pediu que Penny soltasse o ar quando inseriu um espéculo.

Enquanto a médica ligava uma lanterninha para dar início à cuidadosa inspeção, Penny pediu para fazer um raio X pélvico.

– Normalmente não é necessário – a médica disse.

– Por favor – Penny insistiu. Uma onda de pavor alimentava seu pedido.

– Você está preocupada com o quê? – perguntou a médica, ainda apertando os olhos pelo espéculo e girando a lanterna.

Penny contou sobre o pênis perfurado do estuprador. Sobre o buraco que havia feito em sua camisinha.

– Bom, aqui não tem nada que possa provocar perfuração – disse a médica. – Provavelmente você estava certa em sua primeira impressão. Ele prendeu no zíper. – Ela começou a retirar o espéculo devagar. – Bem feito pra esse canalha.

Elas pediram o raio X.

O exame voltou e não acusou nada.

Penny disse a si mesma que não era nada. Provavelmente, tinham sido só os dentes de metal afiados do zíper do próprio homem. Só mais tarde Penny percebeu o pior. Pela primeira vez na vida, seus anjos da guarda, aqueles que usavam ternos sob medida e óculos espelhados, não haviam aparecido para salvá-la.

No trabalho, Penny continuava a estudar como louca para passar no exame da Ordem. Brillstein estava à procura da ação coletiva ideal para ela, mas isso só aconteceria se ela fosse licenciada. Até lá, ela ainda teria de sair para comprar café e arranjar cadeiras para reuniões lotadas.

Para piorar a situação, Monique só ligava para avisar que estava doente. Desde o dia em que trouxera para casa duas sacolas cor-de-rosa, a garota se mantinha trancada no quarto. Pelo que Penny via, ela não saía de lá nem para comer. Dia e noite ouvia-se um leve zumbido saindo do quarto. Quando Penny batia na porta, o som cessava.

– Mô? – perguntou Penny. O zumbido lhe era familiar. Bateu de novo.

– Sai daqui, Omaha.

– O Brillstein perguntou de você hoje.

– Vai embora. – O zumbido foi retomado. Penny saiu de perto da porta.

Por volta de quarta-feira, Monique foi cambaleante à cozinha, com os olhos semicerrados lutando contra a luz do sol, como se tivesse ficado meses presa numa mina de carvão. Remexendo a geladeira atrás de leite, ela resmungou.

– Merda de porcaria vagabunda. – Bebeu o leite direto da caixa. Suspirando antes de mais um gole, emendou: – Não aguento esperar, tenho que comprar outro.

Penny ergueu os olhos do livro em que passava uma caneta marca-texto.

– Quebrou?

– Acho que sim – disse Monique. – Bom, caíram as asinhas.

Penny ficou rígida. Estava sentada à mesa de café lotada de livros e bloquinhos de anotações.

– Era a libélula?

Entornando o leite, Monique fez um grunhido de afirmação. Os cristais austríacos haviam descolado das unhas. Suas tranças estavam enroscadas, emaranhadas, bagunçadas.

Penny perguntou, cautelosa:

– Quebrou ao meio?

Monique fez que sim.

– Eu tava dormindo.

Penny fez uma anotação para tratar daquele assunto com Brillstein. Talvez fosse esse o caso de renome de que ela precisava. Vendendo nesse ritmo, mesmo se uma pequena porcentagem dos produtos Beautiful You tivesse defeito, já havia motivo para *recall*. Se ela pudesse provar que houve prejuízo real e reunir um número alto de reclamações, mulheres de todo o mundo que houvessem se ferido com as libélulas despedaçadas, teria uma ação coletiva de proporção descomunal. A ideia tinha seus precedentes: toda vez que um novo absorvente ou anticoncepcional chegava ao mercado, alguém morria. As mulheres sofriam choque tóxico. Rupturas da parede vaginal. Os homens inovavam, as mulheres pagavam o pato.

Alouette, por exemplo. Ela fora um dos ratinhos de laboratório de Maxwell. Quem garante que sua embolia não fora consequência, em longo prazo, do uso de um instrumento de silicone carregado de estimulantes? Não estava fora de cogitação a rainha da Inglaterra e a presidenta dos Estados Unidos serem convocadas a depor. A imaginação de Penny a transformava em uma nova Erin Brockovich. Era o caso que impulsionaria sua carreira.

Óbvio que Maxwell ficaria furioso. Talvez cortasse as parcelas de seu fundo fiduciário. Mas a renda e o prestígio de fechar um acordo de indenização desse porte talvez valessem mais que a perda.

Destacando trechos de um texto sobre patentes, Penny disse:

– Eu tive medo de que você morresse na cama.

– Morri umas três mil vezes – Monique retrucou.

– Já usou a ducha? – perguntou Penny.

Monique estava tirando a tampa de um pote de iogurte e mexendo-o com uma colher.

– Quando usar – Penny prosseguiu – leia as instruções. Use champanhe importado, não espumante nacional. Por favor, não use o *brut*. E a temperatura tem que estar entre quatro e dez graus. – Ela ficou pensando se era assim que Max se sentia quando a adestrava.

Registrando uma citação na margem da página, ela se sentiu o próprio Maxwell. Sem retribuir o olhar curioso de Monique, ela continuou:

– Quando for usar o produto nº 39, comece as oscilações em 15 batimentos por minuto e gire devagar até 45 batimentos por minuto. Depois disso, o efeito fica perfeito se você alternar entre 27,5 e 35,5 batimentos por minuto.

Monique ficou impressionada. Ainda não tinha levado a colher à boca. Puxou uma cadeira da mesa e sentou-se.

– Qual é o produto...?

Penny finalizou a frase.

– São as Bolinhas Felizes de Mel. Você sabe onde fica sua esponja uretral?

– No banheiro? – chutou Monique. – Na prateleira do lado da banheira?

Penny lhe dirigiu um olhar crítico.

– Você comprou as bolinhas peruanas, aquela coisa horrível?

– Bolinhas do quê?

– Ótimo – Penny confirmou, lembrando-se da cena desagradável em que Alouette a salvara no restaurante. – Não compre.

Monique deixou o iogurte na mesa, tendo o cuidado de não colocá-lo em cima do material de Penny.

– Você fala como se tivesse inventado esse troço.

Penny pensou, mas não disse: *Eu meio que inventei*. O ressentimento que tinha em relação à colega de casa amainou. A vida era curta demais. Alguns dias de autossatisfação física não iam matar Monique. Era prazer sem afeto; uma hora ela iria perceber isso e superar.

– Ouça bem – disse Penny. – Quando for usar a Varinha Margarida, tenha em mente o coeficiente de fricção e só use com o Creme Suave Sensação.

A expressão de Monique era de desnorteamento total.

– Essa merda vai transformar a sociedade – disse ela com cara de espanto.

Arrancando uma página em branco de seu bloquinho, Penny começou a escrever.

– Não se preocupe – ela disse. – Vou anotar tudo.

No mesmo dia, ela foi ao escritório de Tad e o convidou para almoçar. Como namorado, ele tinha mais audácia que experiência. Era divertido, espontâneo. Muitas vezes arriscava um beijinho e tentava tirar uma casquinha quando eles estavam apertados no metrô. Foi enquanto comiam cachorro-quente num banco de praça que ela tocou no assunto. Talvez estivesse hipersensibilizada, mas parecia que metade das mulheres na rua brandia as sacolas de compras cor-de-rosa da Beautiful You. Mesmo que as sacolas estivessem sendo reaproveitadas para carregar o almoço, elas haviam se tornado o novo símbolo de status da mulher liberada e independente da Union Square.

Penny achava que a maior realização de Max não eram os brinquedos em si, e sim a ideia de combinar os dois maiores prazeres femininos: compras e sexo. Era como *Sex and the City*, mas as quatro meninas não precisavam de cintos Gucci nem de caras para transar que só rendiam dor de cabeça. Elas nem precisavam sair para tomar um Cosmopolitan ou para bater papo.

– Pensando em termos teóricos – ela introduziu aos poucos, tentando fugir do olhar de Tad –, o que aconteceria se houvesse um novo produto de muito sucesso? Ele geraria uma fortuna para o inventor, certo?

Tad ouvia atentamente enquanto sua coxa quase tocava na perna dela.

Ela tentava não pensar sobre com o que era feita a salsicha do cachorro-quente.

Desde que os brinquedinhos de Maxwell foram colocados à venda, as nova-iorquinas pareciam mais descontraídas. Pelo menos metade que tinha ido até a grande loja rosa e deixado lá seus dólares. Parecia que a única tensão restante estava nos dentes rangendo e nos saltos batendo das consumidoras na fila, que ficava maior a cada dia que passava. Naquele dia, o *Post* trouxera uma matéria de capa sobre uma mulher que havia tentado furar a fila. As consumidoras frustradas que já estavam esperando haviam espancado a intrusa quase até a morte.

– Vamos supor – Penny arriscou – que uma cliente em potencial tenha sido essencial para o teste e o desenvolvimento desses produtos...

As sacolas cor-de-rosa estavam em toda parte. Um ônibus passou, trazendo na lateral o slogan: "Vamos desbancar um bilhão de maridos".

Penny não queria que Tad soubesse dos detalhes sórdidos do que havia feito com Maxwell, mas estavam em jogo princípios mais importantes.

– Digamos que a pessoa em questão seja mulher – ela sugeriu –, uma jovem inocente que permitiu que um homem fizesse experimentos com ela com vários protótipos desses apetrechos sexuais.

– Em termos hipotéticos – Tad confirmou, abaixando a voz. Sua sobrancelha fez um arco zombeteiro. – Tô gostando de ouvir.

– Em termos hipotéticos – Penny redirecionou –, você acha que a cobaia teria direito a uma parcela das patentes?

Tad lambeu uma gota de mostarda que ameaçava cair do lanche em sua calça Armani.

– A parte lesada tem mais de 21 anos?

Penny discretamente tirou as rodelas de cebola de seu cachorro-quente.

– Alguns a mais.

– É alguém que você conhece pessoalmente?

Penny fez que sim, de cara fechada.

– Ela é bonita? – ele provocou. – Tem a pele perfeita e uma grande mente jurídica?

Penny protestou:

– Deixe de ser condescendente. Ela não é uma vagabunda. Seria muito bom se ela pudesse ter uma orientação jurídica de qualidade. – Podia ser sua imaginação, mas parecia que algumas das mulheres com as sacolas cor-de-rosa estavam mancando. Ficou preocupada que, se exigisse crédito parcial pelos produtos Beautiful You, também seria culpada se eles se revelassem defeituosos ou nocivos – a libélula, em especial. Uma parte nos lucros talvez significasse uma parte na culpa e no processo.

Tad olhou para ela. Seu semblante obscureceu.

– A cliente está disposta a ir a tribunal e descrever em público o processo de testes?

Penny engoliu em seco.

– Seria indispensável?

– Infelizmente, sim. Há testemunhas que possam corroborar?

Penny pensou. Havia a tripulação do jatinho particular de Max. A equipe de seu *château* e da cobertura. Os vários motoristas e assistentes administrativos que, às vezes, quando ela perdia o controle total, eram convocados para mantê-la de pernas abertas na cama. Nenhum deles poderia ser intimado, a menos que ela quisesse testemunhas hostis. Sorrindo, ela disse:

– Mas há registros que podemos intimar a apresentarem.

– Que tipo de registros?

Penny ficou pensando em todos os nomes que estariam na caderneta de Maxwell. As anônimas, as profissionais do sexo e as líderes mundiais.

– O processo seria mais complicado se as anotações fossem consideradas uma ameaça à segurança nacional?

– No caso – Tad perguntou pesarosamente –, se elas colocarem a presidenta dos Estados Unidos em uma situação comprometedora?

Ele estava muito à frente dela. Tad Smith tinha uma perspectiva proativa da vida, e Penny descobriu que gostava de trabalhar lado a lado com um otimista.

Quando ela não falava, ele falava.

– Se a parte lesada der seu depoimento, podemos registrá-lo e começar o processo de instrução. – Ele tomou um gole de refrigerante. – Se os registros do réu coincidirem com o depoimento, sua cliente hipotética terá um caso com muitas chances de vitória.

Penny não parou para pensar em como reagir. Não precisava.

– Qual é o primeiro passo?

Não levou dois dias para que Penny fosse convocada à sala do Sr. Brillstein. Parece que a BB&B tinha um espião. Alguém de dentro passou a dica ao alto escalão de que havia uma ação iminente, e o chefe dela não ficou contente. Para piorar, a presidenta estava na cidade para falar nas Nações Unidas, ou seja, o trânsito estava travado. Esquadrões antiterror patrulhavam os metrôs com cães farejadores. Os poucos cidadãos que não estavam pirando eram as moças plácidas e tranquilas que carregavam suas sacolas cor-de-rosa. Vê-las passear, calmas e alheias à movimentação pelas ruas, fez Penny ter vontade de entrar na fila da Quinta Avenida.

Os homens da metrópole – mais especificamente os héteros –, por sua vez, estavam mais ranzinzas do que nunca. Não havia um que pudesse competir com a vida inteira de Maxwell dedicada às artes do erotismo, e agora os resultados de seu estudo tântrico podiam ser comprados com o cartão de crédito – cor-de-rosa – da Beautiful You.

A ideia de Tad era começar a procurar imediatamente mulheres insatisfeitas. Eles fariam uma série de anúncios de TV para encontrar consumidoras que houvessem comprado a libélula defeituosa. Elas vieram aos milhões. Em todo o mundo, usuárias haviam caído no sono curtindo as pulsações profundas para acordar e descobrir o brinquedo despedaçado. Todo depoimento que coletavam trazia os mesmos detalhes: as asas haviam caído e o corpo se desmanchara. Exatamente o que acontecera com Monique e Penny.

Seria difícil provar um dano real, pois ninguém ficara nem com um arranhão. Muitas mulheres haviam ido ao médico, mas não encontraram fragmentos do brinquedo nas partes internas.

No escritório de Tad, Penny guardava suas anotações numa pasta parda, que enfiou em sua bolsa Fendi para levar para casa. Feito isso, ela correu até a sala de Brillstein, no silêncio dos lambris do 64º andar, o acarpetado santuário secreto onde ela conhecera Max.

Chegou à porta dele e bateu.

– Entre, por favor. – Era uma voz feminina e familiar. Penny girou a maçaneta, entrou e ficou cara a cara com uma pessoa que vira em inúmeros telejornais. As maçãs do rosto eram salientes e estreitas. Combinadas a seu queixo pequeno e pontudo, tinha-se a impressão de que ela estava sempre sorrindo. Os olhos castanho-dourados resplandeciam compaixão.

O chefe irritadiço de Penny continuava atrás de sua mesa encerada.

A presidenta Hind voltou seu sorriso sereno para Brillstein.

– O senhor faria a gentileza de me deixar a sós com a senhorita Harrigan por alguns minutos?

– Senhorita Harrigan... – ela principiou.

– Penny – a jovem apressou-se em dizer.

A presidenta fez sinal para que ela se sentasse. Era mais ou menos da mesma idade da mãe de Penny, mas muito mais bem cuidada. Seu tailleur sob medida caía bem como um uniforme. Usava um broche de filigranas prateadas em uma das lapelas, como se fosse seu distintivo. Ela aguardou o chefe de Penny deixar a sala, encostou a porta e a trancou. Então, fez sinal para Penny se sentar em uma poltrona de couro vermelho. Sentou-se na poltrona oposta. As duas estavam próximas, como velhas amigas colocando o papo em dia.

– Minha cara – disse ela, com calma –, venho aqui por um motivo de segurança nacional. – Ela falava como se fosse um discurso no Salão Oval. – Por favor, não se envolva em uma ação contra C. Linus Maxwell.

Penny ouvia estupefata. Era impossível imaginar aquela líder tão resoluta sujeitando-se aos exercícios tórridos de Max. Penny mal podia imaginar aquela mulher, tão articulada e bem-vestida, reduzida a garranchos numa caderneta. Clarissa Hind fora seu exemplo de vida, mas a líder corajosa que Penny sempre imaginara não guardava semelhanças com a pessoa que lançava olhares furtivos para a porta trancada da sala e que falava com ela de forma tão delicada.

– Como colega no direito – prosseguiu a presidenta –, tenho simpatia pelo seu desejo de ver a justiça ser feita. Mas esse confronto não deve ocorrer em fórum público. Acredite quando lhe digo que milhões, no mundo todo, estarão em perigo com as medidas legais que você planeja lançar. Organizar essa ação coletiva ou contestar as patentes de Maxwell colocaria em risco tanto as vidas dessas pessoas quanto a sua.

Ela não era mais a bela mulher que sorria na capa do *National Enquirer.* Três anos de Salão Oval haviam criado rugas em sua testa.

– Eu soube que há poucas semanas você foi violentada numa plataforma de metrô. – Seu tom parecia hesitante, abafado, mas com simpatia. – Imagino que tenha sido terrível. Mas não pense, minha cara, que foi um crime casual. Independentemente de quem tenha sido contratado, Max não queria machucá-la. – Os olhos da presidenta eram sinceros e suplicantes. – Maxwell estava apenas demonstrando o poder que possui. Você precisa passar o resto da vida sabendo que, não importa onde estiver, ele pode alcançá-la a qualquer momento e acabar com a sua vida.

Penny percebeu que a presidenta estava sentada na mesma poltrona que Max ocupara no dia em que ela caíra a seus pés. O carpete não demonstrava manchas ou qualquer sinal do café derramado. Penny se lembrou da última vez que ouvira aquela mesma voz tão branda. A desconfiança afiou sua própria voz como um dardo.

– Quanto Max está lhe pagando? – perguntou Penny em tom acusatório. – Você o ajudou. Quando eu atendi o celular por engano, em Paris, era você. – Ela ficou esperando que a presidenta negasse, mas não ouviu nada. – Você convenceu a FDA a aprovar a distribuição desses... produtos de beleza. – Penny estava pálida. – Ele está vendendo apetrechos sexuais defeituosos, nocivos, e você ajuda.

A mulher não se perturbou.

– Em troca de sua cooperação, estou disposta a ser sua mentora na arena política.

Penny entendeu o plano. Para não serem expostos, Max e a presidenta estavam oferecendo uma fatia do bolo da política global. Eles a adestrariam para herdar aquela dinastia corrupta. Talvez pessoas mais fracas aceitassem, mas ela só conseguiu sentir nojo da barganha.

– Não interessa a qual cargo você for concorrer – a presidenta sugeriu. – Se ficar do nosso lado, terá praticamente todos os votos das mulheres entre 18 e 70 anos.

Deixando a política de lado, Penny sabia que a proposta era insana.

– Você não tem como garantir – ela disse.

– Não tenho – Hind retrucou –, mas Max tem. – A presidenta ergueu o pulso e puxou a manga do blazer para conferir o relógio. – Está na hora do meu discurso na ONU. Podemos continuar essa discussão no carro?

A paisagem cinza de Manhattan esvaía-se pelo lado de fora da limusine. Por um instante, a presidenta Hind fechou os olhos e passou as pontas dos dedos nas têmporas, como se estivesse sofrendo de enxaqueca.

– Primeiro, ele deixa você famosa – disse a presidenta com a voz muito cansada –, tão famosa que você não consegue mostrar o rosto em público. – Desde o primeiro clique de um paparazzo, afirmou ela, Maxwell contratou a imprensa para cercar Penny. Ele atiçara a curiosidade do público. Criara as circunstâncias que a manteriam trancada em casa. Hind sorria lúgubre, sabendo o que dizia. – Então, o único lugar onde você se sente segura é a cobertura. Ele a isola. Ele se torna a única pessoa em quem você pode confiar e oferece o único conforto que você conhece.

E os tabloides que o difamavam? Segundo a presidenta Hind, Max era dono de todos. Comprara-os havia alguns anos, quando os jornalistas começaram a ficar intrometidos demais. Na condição de sócio secreto, ele podia publicar distrações. Podia autodifamar-se com matérias absurdas, criando uma cortina de fumaça para esconder a verdade e, ao mesmo tempo, minar a credibilidade jornalística.

– Mesmo que descubra a verdade sobre Maxwell – avisou a presidenta –, você nunca conseguirá trazê-la a público. Hoje em dia ninguém acredita no que se lê sobre ele. – De repente, Hind resmungou como se falasse consigo mesma: – Eu nunca quis governar *nada*.

A caminho das Nações Unidas, o celular da presidenta tocou. Acomodada no banco de couro, longe do motorista graças a um painel com isolamento acústico, Penny fechou a boca e ficou olhando pela janela fumê.

– Estou tentando argumentar com ela – Hind disse à outra pessoa na linha. – Não tome nenhuma atitude, por favor. – Ela fez uma pausa e fitou Penny. – Não, nunca que eu ia contar isso. Mesmo que contasse, ela não iria acreditar.

Sem ouvir uma palavra do outro lado da conversa, Penny soube que era Max.

O comboio seguia pelas ruas sem se preocupar com sinais de trânsito ou outros veículos. Ao passarem pelo Bryant Park, Penny viu uma fila comprida para entrar numa loja da Sexta Avenida chamada Bootsy. Praticamente a mesma faixa demográfica que havia pirado com a Beautiful You agora formava multidões para comprar a nova moda em sapatos. Penny entendia de tendências. Na sua opinião, os sapatos eram feios e deselegantes, com tiras largas sobre o peito do pé e saltos grossos. Mas alguma dinâmica de grupo estava em ação. Eram as mesmas mulheres que vinham transformando um livro banal sobre vampiros em best-seller nacional.

A presidenta finalizou a conversa, guardou o telefone no bolso e voltou sua atenção para multidão que esperava na fila para comprar sapatos.

– Meu relacionamento com Maxwell começou como um vício – ela refletiu. – Era divertido. Eu tinha a sua idade. Na época, achei que Max era tudo de que eu precisava no mundo.

Havia algo de trágico no rosto dela ao falar sobre sua fase mais jovem e mais ingênua. Sua voz estava carregada de repugnância, dirigida a si mesma.

– Confiei nele.

Penny tentou ajeitar-se no assento, mas estava incomodada. Enquanto a presidenta falava, seu corpo parecia reagir a uma insinuação erótica. Sem saber qual era o estímulo, seus mamilos estavam eretos a ponto de doer, de tão rijos, e seu sutiã de seda parecia uma lixa. Podia ser movimento do carro ou o cheiro dos assentos de couro, mas ela sentiu uma umidade cálida formar-se na virilha.

A presidenta Hind perguntou:

– Você já tentou ter relações com outra pessoa depois dele?

Penny pensou no estuprador, mas fez que não.

– Maxwell acha que nos protege, mas na verdade nos controla. Ele acha que é a mesma coisa.

Perto da Lexington Avenue, a respiração de Penny ficou tão lenta e difícil que ela teve que abrir a boca para respirar.

A presidenta Hind olhou para ela com uma expressão de tristeza.

– Eu pedi para ele não fazer isso. – Para uma conspiradora maligna, ela fez algo estranho. Estava sentada de frente para Penny, e então inclinou-se para chegar mais perto e alcançar a sua mão febril. – Respire. Continue respirando – ela disse.

A voz de Clarissa Hind era hipnótica.

– Finja que é o clima, uma chuva repentina. Não há o que fazer. Deixe passar. – Ela pressionou dois dedos contra a lateral do pescoço de Penny e contou em silêncio. – Pronto – disse. – Você já está voltando ao normal.

Segurando as mãos de Penny, Hind suplicou:

– Me ouça! – E emendou: – Só há uma pessoa que pode salvar as mulheres desse mundo. Essa pessoa vive numa caverna, nas encostas mais altas do monte Everest. O nome dela é Baba Barba-Cinza, a maior feiticeira do sexo viva. – A presidenta puxou Penny para perto e abraçou-a calorosamente. De rostos colados, Hind sussurrou no ouvido de Penny: – Vá lá! Aprenda com ela! Só assim você poderá lutar contra Maxwell de igual para igual!

Hind soltou-se do abraço e voltou a seu assento.

Fosse lá o que houvesse acontecido com Penny, a agitação estava cedendo. Continuava transtornada, mas já havia se recuperado quando o carro chegou ao destino. Acompanhada da presidenta Hind, ela passou rapidamente pela segurança. Para Penny, os homens do serviço secreto nas Nações Unidas eram os mesmos guarda-costas, sem tirar nem pôr, que haviam escoltado Alouette no dia em que ela fora depor na BB&B. Eles conduziram as duas mulheres aos bastidores. Ali, um maquiador pôs Hind em frente a uma penteadeira com espelho e começou a prepará-la.

O reflexo no espelho começou a se dirigir a Penny.

– Já falei tudo que podia falar. Se falasse mais, ele mataria nós duas. – Com os olhos fixos, ela levantou sua bolsa Dooney & Bourke até o balcão e tirou um frasco de comprimidos. Tomou dois deles, devolveu o pote à bolsa e fechou o zíper. – Um dia você vai entender. – Virando os olhos para ver apenas seu reflexo, a presidenta disse: – O que estou prestes a fazer é minha única opção.

A presidenta não disse nem mais uma palavra até a hora de assumir seu lugar diante dos representantes de cada nação do mundo. O burburinho da tropa de jornalistas cessou assim que ela foi apresentada. Hind saiu confiante das coxias para assumir o palco central.

Na adolescência e especialmente nos anos árduos do curso de direito, Penny venerara aquela mulher. Como diziam os tabloides, Clarissa Hind fora uma valente líder que entrara na briga para melhorar o financiamento de escolas públicas carentes em Buffalo. Ela tinha liderado uma campanha de patrocínio empresarial e que perseguira C. Linus Maxwell atrás de uma doação milionária. Os dois viraram alvo permanente das colunas de fofoca. Ele vira nela uma qualidade inata e a preparara para a grandeza.

Penny observava a destemida líder internacional que sempre idolatrara.

– Cidadãos do mundo... cidadãos dos Estados Unidos – iniciou a presidenta. – Venho aqui em toda minha humildade. Há três anos, fiz meu juramento de posse, em que prometi proteger e servir...

Sua voz amplificada ecoou pela enorme câmara do conselho.

– Fracassei.

A reação às palavras foi um burburinho de choque que cresceu conforme dezenas de tradutores simultâneos transmitiam a mensagem aos fones de ouvido de todos os presentes.

– Meu fracasso e minha covardia são apenas meus. – Como se estivesse diante de um pelotão de fuzilamento, ela ergueu a cabeça. – Posso apenas orar para que o desastre que temo não venha a acontecer.

Ela desabotoou o blazer e escorregou uma mão para dentro, colocando-a próxima ao coração.

– Para encerrar, peço a Deus que me perdoe. – Ela olhou para Penny, que estava na lateral, depois dirigiu seu olhar para a plateia, como se vislumbrasse a eternidade.

– Os erros que cometemos na juventude – ela disse, solene – cobrarão seu preço pelo resto da vida.

Não havia discussão sobre o que aconteceu depois. Com as câmeras de TV transmitindo o discurso para espectadores em todo o mundo, Clarissa Hind, a 47ª presidenta dos Estados Unidos, puxou uma pistola calibre 35 do bolso interno do casaco. Levou o cano da arma até a cabeça e puxou o gatilho.

No departamento de defesa do consumidor da BB&B, um padrão inquietante começava a tomar forma. Diante das caixinhas de comida chinesa entregues tarde da noite, Tad explicou que 70% das mulheres que haviam proposto a ação coletiva desistiram do caso. Das 30% restantes, nem uma única dera depoimento. Assim, eles tinham um manancial de zero mulheres buscando indenização por dor e sofrimento. De milhões a zero.

Na verdade, da forma como Tad contava, a situação era justamente inversa.

Pegando um rolinho primavera com os hashis, Tad disse:

– A coisa está ficando ainda mais estranha. Todas as mulheres que responderam no início voltaram a comprar libélulas na Beautiful You.

Penny mergulhou um pedaço de carne de porco na mostarda picante e mordiscou. Continuava ouvindo.

– A fidelidade à marca está em todas as categorias de consumo – prosseguiu Tad. – São as mesmas mulheres que têm ido comprar as mesmas colônias para os maridos e namorados. Os mesmos livros da mesma editora. Fornos de micro-ondas, ração canina, sabonete, não interessava o produto. – Como Tad apurou, todos eram fabricados pela DataMicroCom.

Penny quase se engasgou:

– A empresa do Maxwell!

Tad fez que sim.

– Esse abalo tectônico nos hábitos de compra fez de cada subsidiária da DataMicroCom em líder de vendas em seu segmento.

Agora Penny estava confusa. Como vender beleza a cento e cinquenta milhões de mulheres podia afetar outros setores inteiros?

– Essas mulheres, em especial, controlam 90% dos gastos de consumo individual no mundo industrializado. – Ele bebeu sua sopa direto da embalagem. – A mão que balança o berço decide para onde vai quase toda a renda familiar.

De brincadeira, Penny balançou um camarão frito na frente do rosto dele.

– Ah, não importa como ganham a vida, essas meninas merecem o dinheiro que ganham.

Tad atacou com os dentes, mordendo o crustáceo suculento e arrancando-o de seus dedos. Melhor assim, pois Penny tinha forte alergia a crustáceos. Ele falou enquanto mastigava:

– Espere só até ouvir *essa:* segundo nosso departamento de direito de família, os pedidos de divórcio subiram 400% desde o lançamento da Beautiful You. As meninas estão trocando os homens pelas engenhocas!

Horrorizada, Penny riu.

– Eu não!

– Prove! – Tad retrucou.

Tad queria que o relacionamento chegasse a outro nível, mas Penny não podia correr esse risco. Fazia semanas que vinha rejeitando Tad. Depois do que acontecera com o estuprador, ela ainda tinha medo de que houvesse algo de errado com sua pélvis. Tad era um cara legal e por isso não fazia pressão. Era sincero quanto ao seu sentimento por ela. O inverso total de Max. A última coisa que ela queria no mundo era rasgar a genitália do único namorado sério que tinha desde a época da faculdade.

Para mudar o tópico da conversa, ela perguntou:

– Então não temos ação coletiva?

Tad deu de ombros.

– Sem reclamantes, sem ação.

Penny lambeu o molho de amêndoa dos palitinhos enquanto matutava.

– Mas ainda podemos entrar com meu pedido de direitos sobre a patente?

Tad deu um suspiro. Olhou para ela com as sobrancelhas arqueadas de preocupação.

– O depoimento pode ser uma humilhação. Brillstein não vai poupar nada. Vai querer saber cada mínimo detalhe sujo dos experimentos a que ele te submeteu.

Brillstein. Penny detestava Brillstein. Mas suspeitava que ele a defenderia. A firma podia ganhar uma fortuna se garfasse uma parte dos lucros do império de apetrechos sexuais de Maxwell.

Os olhos de Tad desceram ao enorme pingente de rubi no peito de Penny. O presente. Ela devia ter deixado em casa para poupá-lo do sofrimento. Lindo ou não, Penny decidiu guardar a pedra preciosa no mesmo cofre onde ficava seu diafragma.

Ela inclinou-se sobre a mesa e começou a juntar os formulários de depoimento para o processo de defesa do consumidor.

– Não vamos desistir da ação coletiva. – Ela juntou os formulários com um elástico e foi até a porta da sala. – Se você me der um dia de folga, prometo que consigo as reclamantes de que a gente precisa!

No dia seguinte, Penny saiu de sua casa a pé. De botas Gucci, partiu confiante pela Quinta Avenida, carregando várias pranchetas. Os bolsos de seu casaco curto Donatella Versace estavam quase transbordando, cheios de canetas esferográficas. Por baixo do casaco, ela usava uma microssaia Betsey Johnson, com as cores do arco-íris.

Os passarinhos cantavam. O sol da manhã era um deleite sobre suas pernas nuas, lisas, assim como os olhares atentos e de cobiça dos belos passantes masculinos. Ser o centro das atenções fazia bem para o ego. O difícil era não se perder na sua missão jurídica em busca dos fatos. O clima de calor inevitavelmente a atraiu para um desvio pelo Central Park, onde era impossível deixar de perceber as mudanças sociais da metrópole.

As típicas legiões de babás britânicas e *au pairs* suíças, as esbeltas e jovens auxiliares que cuidavam das crianças abastadas de Manhattan: todas haviam desaparecido. No lugar delas, pestinhas sujos e ranhentos rondavam o Sheep Meadow como matilhas de coiotes. No cenário bucólico também não se viam refugiadas de terceiro mundo que normalmente serviam como diligentes enfermeiras e cuidadoras. Parecia que alguns pacientes haviam sido abandonados ali mesmo, idosos perdidos em cadeiras de rodas. Era evidente que esses casos irrecuperáveis haviam sido deixados à própria sorte, às margens da trilha pavimentada do parque. Enquanto Penny deambulava entre suas formas prostradas, envoltas em cobertores, o odor de fraldas e bolsas de colostomia cheias fazia com que ela apressasse seu passo animado.

Não fazia sentido, mas as poucas mulheres à vista eram meninas pré-adolescentes desacompanhadas ou geriátricas babonas. Com exceção das muito jovens e das muito debilitadas, as únicas mulheres pareciam ser aquelas nas fotos que, da noite para o dia, haviam sido coladas por onde quer que Penny olhasse. Postes... abrigos de ônibus... tapumes de construção, todas as superfícies verticais da Big Apple estavam cobertas com cartazes fotocopiados, dominados por fotografias de mulheres diferentes. Na legenda de cada foto lia-se "Desaparecida: Amada Esposa" ou "Querida Filha" ou "Mãe Adorada".

"Estimada Irmã". "Você viu esta mulher?", perguntavam os pôsteres. "Desaparecida desde..." seguida de uma data das últimas duas semanas. A Penny elas pareciam lápides, campos de pedras tumulares, como se a cidade estivesse virando um vasto cemitério feminino. Era deprimente e assustador.

Já circulavam boatos de que essa transformação era consequência do uso dos aparelhos Beautiful You. Segundo os rumores, as primeiras a adotar os produtos haviam decidido viver como eremitas, reclusas embaixo de pontes ou em túneis de metrô desativados. Abandonaram famílias e carreiras. Agora sem teto, seu único compromisso era com aqueles produtos de cuidados pessoais.

Penny ficou pensando naquela hipótese tenebrosa quando dois homens bem-arrumados passaram correndo rente a seu cotovelo. Aquela presença tão próxima quase a fez largar as pranchetas no chão. A seus olhos interioranos, os shorts eram justos demais, ostentando de forma grosseira as nádegas hipertrofiadas e suas partes íntimas em movimento sem o devido suporte. Como se fosse uma menina de 10 anos, um homem comentou com o outro:

– Deixe as meninas se divertirem! – Seu robusto parceiro de corrida respondeu:

– Não estou nem aí se não voltarem! – A dupla seguiu a galope, deixando para trás uma nuvem de perfume.

Enquanto os observava sumir ao longe, Penny descobriu um entrave em seu caminho. Logo à frente havia um estranho parado. O cabelo curto estava desgrenhado, e as duas pontas da gravata desamarrada voavam sobre o terno amarrotado. Dava a impressão de que ele havia dormido com aquela roupa.

– Pode me ajudar? – ele pediu. Seu rosto estava escuro da barba por fazer. Com uma mão, ele mostrou uma folha de papel verde. No outro braço, tinha uma resma dos mesmos papéis.

– O nome dela é Brenda – ele gemia. – A minha noiva!

Equilibrando suas pranchetas, Penny aceitou o papel. Ele trazia mais uma mulher sorridente, um retrato granulado que fora ampliado tantas vezes numa fotocopiadora que perdera os detalhes. Ela vestia uma blusa Jil Sander e dava um sorriso vencedor para a câmera. Sob a foto, liam-se as palavras "Diretora Financeira, Allied Chemical Corp." Havia um telefone e as palavras "Caso você veja esta pessoa, ligue em qualquer horário, noite ou dia". Abaixo, a palavra "Recompensa". Penny rapidamente enfiou o folheto no bolso do casaco, junto com o monte de canetas.

O estranho barbado pegou-a pelo pulso com uma força tremenda. Suas mãos suavam.

– Você é mulher – disse ele, espantado. – Você *precisa me ajudar!* – Estava quase gritando. – Você é mulher, *você tem que cuidar de mim!* – Ele soltou uma risada nervosa, histérica. Seu olhar voraz mediu de cima a baixo o corpo de Penny. – Faz tanto tempo que não vejo uma mulher de verdade!

Ela precisou de um golpe rápido e bem-posicionado de sua Gucci para fugir. A bota pontuda acertou a virilha do homem e Penny conseguiu se soltar. Antes de dar seu golpe paralisante, ela notara um pequeno detalhe em seu rosto, em especial nas bochechas... A pele dele estava molhada, coberta de lágrimas. Estava chorando.

Aterrorizada, Penny não se arriscou a olhar de novo. Partiu num ímpeto louco até a torre cônica e rosada na Quinta Avenida.

Nos últimos dias, as consumidoras da Beautiful You haviam começado a chamar o prédio rosa espelhado de "Nave Mãe". A cada alvorada, as clientes fiéis estavam lá em peso. Mesmo com as portas ainda trancadas, uma fila agitada se estendia por dois quarteirões. Impacientes, equilibrando o peso do corpo sobre um salto ou outro, todas usavam as mesmas roupas feias e deselegantes. Elas aguardavam da mesma forma que Penny já havia aguardado em frente às portas da Bonwit Teller. Cada uma trazia nas mãos o mesmo livrinho romântico sobre vampiros. Muitas traziam o almoço em sacolas cor-de-rosa para sinalizar que estavam voltando à loja. Entre elas havia algumas com cara de exaustas, de cabelos escorridos e rostos pálidos. Faziam Penny pensar em como o belo rosto de Monique havia se tornado cadavérico nas últimas semanas. Ah, e aquele cheiro de falta de banho que escapava do quarto da pobrezinha... Monique já nem ligava para o trabalho para dizer que estava doente, e Penny sentia-se coagida a dar desculpas para salvar o emprego da colega.

No meio da fila, um homem de meia-idade que vestia a camiseta dos Pagadores de Promessa abordava uma mulher. Penny reconheceu a camiseta porque já vira seu pai usando uma igual. Como se fosse do tempo das cavernas, o homem pegou a mulher pelos cabelos e tentou arrastá-la até um táxi que o esperava no meio-fio. A mulher havia se agachado para tentar continuar na fila das clientes madrugadoras.

Enquanto Penny se aproximava do casal, ela ouviu o homem dizer:

– Volte pra casa, por favor! Volte! – As palavras dele eram entremeadas pelos soluços. – Johnny e Debbie estão com saudades da mamãe!

A mulher, Penny supôs, era a esposa do homem. De sua parte, a esposa golpeava o homem repetidamente com um objeto cor-de-rosa. Sua arma era mole, flexível e comprida. Vendo mais de perto, Penny percebeu que era o produto nº 6.435, o Mastro Lua de Mel. Normalmente, ele continha seis pilhas tamanho D, e Penny ouvia o peso de cada uma batendo nas costelas do homem como uma clava. A esposa berrava:

– Esse naco de plástico é mais homem do que você *jamais* será!

Cuidadosa, Penny contornou a contenda e correu até o início da fila. Nos braços, ela trazia uma pilha de pranchetas, todas já devidamente preparadas com formulário e caneta. Ela começou a abordagem pelas mulheres que demonstravam estar mais abatidas. Exaustas e infelizes, elas estavam em frente às portas trancadas, como se tivessem passado a noite ali. A julgar pelo odor corporal e pela postura sonolenta, desleixada, Penny achou que estavam ali desde o dia anterior.

– Com licença – ela disse, oferecendo uma prancheta à primeira mulher. – A senhora já passou por uma experiência de falha catastrófica de um produto Beautiful You durante o uso?

Ela se sentia uma advogada de porta de cadeia, embora, no caso, fosse porta de sex shop, mas os fins justificavam os meios.

Tremendo apesar do calor matinal, a mão macilenta da mulher aceitou a caneta. Não havia sinal de inteligência na expressão da estranha quando voltou seus olhos vidrados para a papelada jurídica. Penny percebia que ela era jovem, mas algo havia sugado sua energia vital. Os ossos do rosto saltavam por baixo da pele.

Penny reconheceu aquele olhar. Depois de rodadas cansativas de êxtase, ela mesma já vira esse vazio fantasmagórico no espelho. Reduzida a tal nível de exaustão, ela fora massageada e manipulada com sucos de fruta espremidos à mão. Max solicitava acupuntura e aromaterapia para auxiliar em sua recuperação, mas essas mulheres não tinham nada. Estavam morrendo de prazer.

Os olhos delas cintilavam, estavam vidrados e afundados em suas órbitas. As roupas pendiam caídas, pesadas com a transpiração seca. Os lábios, frouxos. Eram as mesmas garotas confiantes e tranquilas que havia apenas uma semana passeavam pela Union Square. Era evidente que os brinquedinhos tinham virado sua nova e perigosa compulsão.

Avançando o sinal, ela disse à mulher:

– Estamos organizando uma ação coletiva para acusar a Beautiful You de conduta ilegal.

A mulher resmungou uma resposta. Mais uma situação que Penny reconhecia. Muitas vezes, após longas sessões de teste, gemidos altos de êxtase saíam de sua garganta seca, inutilizada.

Outras foram chegando mais perto, cambaleantes, sem firmeza, esticando os pescoços finos para ver o que Penny queria. Ela via que os cabelos dessas curiosas zumbis estavam quebrando na raiz, certamente por desnutrição, provocando falhas no escalpo. Não deixou de lhe ocorrer que uma revolução sexual anterior tinha criado esqueletos ambulantes muito parecidos com aqueles. Não muito tempo atrás, essas párias esqueléticas que se arrastavam teriam sido vítimas da aids.

Para provocá-las, Penny disse:

– Vocês não precisam de mais um brinquedinho. – Enfiando pranchetas em cada par de mãos, ela continuou: – Precisamos que a Beautiful You se responsabilize pelos crimes que comete contra as mulheres. Precisamos acabar com essa empresa e exigir reparação dos danos!

A menina cadavérica no início da fila engoliu em seco. Os lábios finos faziam esforço para formar palavras.

– Você... quer que... eles... *fechem?* – A voz era um ganido de terror. Um rugido assassino ecoou pela fila.

Uma voz disse:

– Espera só eu comprar minha libélula nova. *Depois* pode processar.

Outra voz acusou:

– Seja quem for essa aí, ela é contra o direito da mulher à satisfação sexual.

Uma prancheta foi atirada e por pouco não atingiu a cabeça de Penny. Seguiu-se um coro de gritos agudos:

– É uma antifeminista! Ela se odeia! Odeia o próprio corpo!

– Se joga, filha! E vai pro fim da fila!

– Temos que proteger nosso direito de comprar na Beautiful You!

Uma chuva de pranchetas começou a vir de todos os lados em direção a Penny. A atmosfera encheu-se de esferográficas arremessadas e gritos injuriosos de ira feminina. O exército de frustradas a apedrejava com livrinhos de vampiro. Mais um minuto e todas arrancariam os saltos para espancá-la até a morte. Sem defesa, ela gritou:

– Maxwell só quer manipular vocês! – Com braços erguidos para defender-se dos livros, ela berrou: – Ele quer que vocês virem escravas!

Enquanto a multidão avançava, inúmeras mãos agarraram o cabelo de Penny e sua colorida microssaia Betsey Johnson. Dedos irados a agarraram pelos punhos e tornozelos. Ela achou que iam desmontá-la. Submetida aos gritos de “Opressora!” e “Reprimida!”, Penny seria despedaçada membro a membro. Feita em cacos.

Uma voz louca berrou:

– A Beautiful You me ajudou a sair das drogas!

Outra esganiçou:

– Graças à Beautiful You eu perdi 34 quilos!

Abafada pelos gritos animalescos da turba, uma fechadura fez clique. Virou-se uma chave e um cadeado se abriu.

Quase inaudível.

– A loja – suspirou Penny. Enfraquecida devido ao esforço para se salvar, ela sussurrou: – A loja abriu...

A frase a salvou, pois as milhares de consumidoras frenéticas se viraram e atacaram o grande prédio rosa. Jogada na calçada, Penny ficou em posição fetal enquanto incontáveis sapatos feios debandavam para abraçar sua sina.

Naquela noite, Penny vestiu pijamas confortáveis de flanela da L. L. Bean. Foi para a cama mais cedo, agarrada a uma taça de *pinot gris* e com uma quantidade considerável de machucados causados por pranchetas. Após a missão abortada para reunir vítimas, ela chegou em casa desanimada. Estava dolorida. Sua microssaia estava encardida pelas marcas de mãos, e a multidão havia destruído seu casaco Versace. Concluiu que a peça não teria conserto e só procurou moedas e chicletes nos bolsos antes de entregá-lo à lata de lixo. Em um dos bolsos, encontrou o folheto verde-claro que recebera do homem nervoso no parque.

"Ligue em qualquer horário, dia ou noite", dizia. "Recompensa."

Na cama, Penny alisou o papel. Deixou o vinho de lado e procurou o telefone no criado-mudo. Uma voz de homem respondeu ao primeiro toque.

– Brenda? – Era o estranho. O punho de Penny ainda ardia no lugar em que ele a havia segurado.

– Não – Penny disse, tristemente. – Conheci você hoje de manhã.

– No parque – disse ele. Disse que lembrava porque fora a única mulher normal que ele vira naquele dia. Naquela semana, aliás.

– Todo dia eu passo naquela fila da Quinta Avenida e procuro... procuro... mas Brenda não está.

Escolhendo as palavras com cuidado, Penny estimulou-o a falar.

– E esse desaparecimento... como aconteceu?

O homem deixou sua história de angústia extravasar. O que alimentava sua aflição era a culpa. Ele comprara o primeiro produto Beautiful You para a esposa. Era para ser um presente de aniversário: o produto nº 2.788, a Sonda Êxtase Já. Brenda ficou corada de vergonha quando abriu o pacote em um restaurante lotado, mas ele gentilmente a incentivou a usar.

– Não lá no restaurante. – E insistiu: – Só uma vagabunda aceitaria usar um apetrecho sexual em um restaurante.

A mente de Penny voltou a seu episódio no bistrô francês com as bolinhas coloridas. Abafou uma pontada de vergonha com um bom gole de *pinot* gelado. Deitada na cama, via as feridas nos braços passarem de rosa a vermelho, de vermelho a roxo. Ficou refletindo sobre seu período em Paris e sentiu que havia passado metade da vida bebendo vinho na cama, coberta de hematomas. Passou pela sua cabeça que a vida de Melanie Griffith devia ser sempre assim.

– Em um dia – prosseguiu o homem ao telefone –, Brenda era a negociadora mais influente da indústria química, e no dia seguinte... – Suas palavras foram da resignação ao cansaço. – Ela se foi. – Ele vasculhara o duplex em que moravam na Park Avenue e deu falta apenas da Sonda Êxtase Já. Fazia duas semanas. Desde então algumas pessoas haviam ligado para dizer que a tinham visto. Uma vez foi sobre o cais em ruínas perto de Hoboken. Em outra, as câmeras de segurança de uma bodega captaram-na roubando pilhas no Harlem Hispânico.

Enquanto ouvia a história, Penny entornava o vinho. Esticou a mão para pegar a garrafa no criado-mudo e serviu mais uma taça. Já tinha virado até o último gole quando o humor do homem solitário ao telefone passou de esperança a medo e, enfim, a selvageria.

Era possível escutar sua fúria ao telefone. Por mais embriagada que estivesse, Penny sabia que ele estava com o rosto vermelho e que seu corpo inteiro tremia.

– Se um dia eu encontrar o homem que criou esses brinquedinhos do demônio... – Ele fez uma pausa, engasgado de raiva. – Tendo Deus por testemunha, eu o estrangulo com minhas próprias mãos!

Os sapatos feios e os livrinhos de vampiro eram só uma amostra da nova tendência que estava por vir. Tad acompanhava diariamente a variação nos hábitos de consumo. Numa segunda-feira, quase dezesseis milhões de donas de casa abandonaram as máquinas de lavar roupas que haviam comprado há décadas e trocaram pela Sudso, marca que chegara ao mercado na semana anterior. Da mesma forma, uma geração inteira de amantes da música foi em peso a shows de uma nova *boy band* chamada High Jinx. Desmaiavam. Gritavam. Ao ver aquelas garotas na televisão, Penny notou que o comportamento delas não era muito distinto das convulsões que haviam acometido Alouette na noite do Oscar.

Especialistas em comportamento e marketing não conseguiam entender nada sobre o fenômeno. Era como se um imenso bloco de consumidoras reagisse exatamente aos mesmos impulsos. À sombra do suicídio presidencial, o mercado de ações havia virado uma montanha-russa. Os preços das ações desabaram em quase todas as empresas. Todas as subsidiárias da DataMicroCom, porém, como Tad destacou, estavam subindo como um foguete.

– Principalmente a Henhouse Music – ele sublinhou.

Quando as pessoas à sua volta reagiram com olhares de ignorância, ele acrescentou:

– Essa gravadora representa o High Jinx. Eles têm músicas em seis posições do *top ten* semanal.

Investidores com visão de mercado, explicou Tad, estavam correndo para o mercado de *commodities*, especificamente de manganês e potássio. Zinco também. Todos os ingredientes que iam nas pilhas alcalinas. A especulação tinha levado o preço do cobre às alturas. A falta de pilhas no estoque havia provocado tumultos, e o forte comércio no mercado negro levava ladrões a roubar pilhas usadas de lanternas e brinquedos de criança. Assim como os arrombamentos de carro haviam levado motoristas a colar um adesivo escrito "Sem rádio" no para-brisas, agora eram as casas que tinham placas "Sem pilhas" na porta, na esperança de dissuadir os ladrões.

O mundo inteiro estava lutando para ver sentido no que a cultura popular chamava de "efeito Beautiful You". Na televisão, os críticos e analistas trocavam gracejos sobre uma coisa que chamavam de "dependência de estímulo". Até o momento, ninguém dera atenção porque isso só prejudicava a vida de garotos. Nas últimas décadas, apenas jovens rapazes foram vítimas do prazer paralisante da excitação contínua. Eles eram seduzidos pelos níveis crescentes de endorfina gerados por jogos de videogame e pela navegação em sites pornográficos. Uma geração de garotos fora seduzida pelo prazer sem amor e caíra às margens da sociedade. Estavam entrincheirados em porões tomados pelo odor de sua depravação, incapazes de manter relacionamentos com parceiras ou parceiros reais.

Penny tentou tratar a reportagem como histeria masculina, mas era difícil ignorar aquele conceito. Segundo os especialistas, o problema surgia quando nossos impulsos animais primários eram manipulados por uma tecnologia avançada. O sorvete de creme crocante era um belo exemplo: sua delícia açucarada e gordurosa é exatamente o que nossos eus animais ansiavam para sobreviver. Por isso Penny não conseguia parar de comer até o pote ficar vazio. Seus próprios instintos evolutivos estavam sendo usados contra ela pelo marketing. Até o momento, a dependência de estímulo chegara aos homens por meios visuais, em videogames velozes e pornografia virtual. A nova linha de produtos de Maxwell parecia exercer o mesmo efeito sobre as mulheres.

Fazia todo o sentido! Aos poucos, a estimulação constante foi reprogramando paulatinamente o cérebro feminino. A porção límbica estava imersa em ondas de dopamina. A regulação hipotalâmica de recompensas estava prejudicada e o córtex pré-frontal perdera o controle. Enquanto matutava sobre os estudos, Penny pensou: "Ah, tão complicado, mas tão óbvio!"

Uma vez viciadas, as mulheres se perderiam no prazer. Esse era o efeito Beautiful You. Atividades comuns de lazer as entediavam e logo as faziam perder o interesse. Sem a excitação constante dos produtos desenvolvidos por Maxwell, as mulheres caíam em depressão profunda.

Analistas de comportamento foram rápidos em destacar como a publicidade se aproveitava havia muito tempo dos impulsos sexuais naturais dos homens. Para vender certa marca de cerveja e fisgar o público masculino, a mídia só precisava mostrar corpos femininos idealizados. Essa tática histórica parecia explorar as mulheres e favorecer os homens, mas os observadores mais astutos reconheciam como as mentes de homens inteligentes estavam sendo apagadas – suas ideias, sua capacidade de concentração e de compreensão – a cada vislumbrar de seios atraentes e de coxas lisas e firmes.

Era exatamente assim que os testes da Beautiful You haviam acabado com os sonhos e aspirações da mente de Penny, apagando planos de futuro e o amor pela família. A cultura em geral vinha usando o sexo displicentemente para atacar os cérebros jovens e masculinos havia tanto tempo que a sociedade incorporara essa prática maligna como se fosse algo natural.

Talvez tenha sido por isso que o mundo aceitara tão rápido o sumiço das mulheres caídas no mesmo abismo. A superestimulação artificial parecia ser a maneira perfeita de sufocar uma geração de jovens que queria mais em um mundo em que havia cada vez menos. Fossem as vítimas homens ou mulheres, a dependência de estímulo parecia ter se tornado a nova normalidade.

Em uma rara noite de folga, sem ter que fazer hora extra, Penny e Tad foram a uma festa no Yale Club. Cercado pelo sangue azul do Bucks

County, ele parecia estar em seu hábitat. Ainda não queria largar a ação coletiva, apesar do fracasso de Penny em conseguir vítimas para depor, mas adotara uma postura mais sensível, de esperar para ver. Se dessem tempo ao tempo, provavelmente mais mulheres teriam coragem de entrar com a ação. Até lá, ele estava disposto a seguir em frente com a ação de Penny para contestar a propriedade sobre as patentes da Beautiful You.

Havia mais um motivo para aventurar-se naquela noite e se divertir. No dia seguinte, Penny passaria por uma sabatina dos sócios seniores da BB&B e seria compelida a dar depoimento.

No Yale Club, Penny admirava o jeito casual com que Tad usava um smoking. Ele cumprimentava os homens mais ricos de Nova York como se fossem velhos amigos. Era um ótimo partido, sem dúvida. O problema é que ele fazia pressão para ir aos *finalmentes*. Os dois já haviam feito praticamente tudo, menos isso. Penny não queria correr o risco de machucá-lo e ter de explicar o motivo de seu medo crescente.

Perdida nesses pensamentos, ela colidiu com outro convidado. Algumas gotas de champanhe caíram, mas sem um grande estrago. O homem alto e barbudo não lhe era estranho.

– Você é Penny Harrigan, não? – Ele estendeu a mão. – Meu nome é Pierre Le Courgette.

Era o premiado romancista que estava namorando Alouette na época de sua morte.

– Foi muito triste – ele disse.

Penny apertou o braço dele.

– Você deve sentir muita saudade. Ela era muito querida.

Contemplativo, ele respondeu:

– Não tínhamos um relacionamento íntimo, se é que você me entende. Não me leve a mal.

Penny ficou esperando ele dizer mais.

– Tentamos várias vezes – ele admitiu –, mas não a conheci nesse sentido.

Penny foi invadida pela apreensão. Veio à sua mente o sangue que jorrara do pênis ereto de seu agressor no metrô.

– Havia algo... dentro da minha Alouette – ele começou, com a voz carregada de sofrimento.

Penny arriscou-se a finalizar a confissão dele.

– Algo o espetou?

– Espetou? – ele perguntou, confuso com a palavra em idioma estrangeiro.

– Como um arpão – disse ela. – Alguma coisa furou seu pênis?

Seus olhos mostraram um lampejo de compreensão.

– *Oui!* – ele gritou. – *Mon dieu!* Estava lá, escondido, dentro da *chatte.* – Ela tinha certeza de que Maxwell havia deixado algo lá dentro, embora os médicos não vissem nada. Ele estendeu a mão para pegá-la pelo pulso e pará-la ali mesmo. – Minha cara, o que você sabe sobre o problema de Alouette?

Penny cambaleou. A sala girava. Seria esse o segredo que Alouette planejara lhe contar?

Naquele momento, Tad materializou-se e passou seu braço possessivo pela cintura de Penny.

– Acho que é hora de alguém ir pra cama. – Ele a apertou tanto que a fez sentir a ereção pelo tecido fino da calça do smoking.

Mais uma vez, lá estava ele fazendo pressão. Irritada com a insistência, Penny estava quase disposta a deixar Tad submeter-se àquela aposta arriscada.

No dia seguinte, no 64º andar, sentada na sala de reuniões à qual em tempos idos já levara muitas cadeiras, Penny testemunhou. A única funcionária ausente era Monique. A pobre Monique ainda estava escondida atrás das barricadas da porta de seu quarto. Penny, por sua vez, via colegas e sócios por todos os lados. Os olhares de expectativa a seguiam acompanhados de rastros de falsidade. O mínimo tique nervoso podia sugerir que ela estivesse mentindo. Um microfone registrava suas palavras enquanto ela descrevia a primeira noite em que

Maxwell a preencheu com sua ducha de champanhe rosê. Um estenógrafo registrava anotações na mesma velocidade de Max.

A maioria dos colegas de trabalho ouvia com fascínio. Os queixos caíam enquanto ela descrevia a duras penas o processo pelo qual Maxwell bombardeava o colo de seu útero com tortuosos espasmos de prazer.

Brillstein periodicamente disparava perguntas para desafiá-la.

– Senhorita Harrigan, você disse anteriormente que o Sr. Maxwell inseriu a mão em seu orifício vaginal. Como isso seria possível?

A lembrança deixou Penny tão chocada quanto excitada. Enquanto a firma inteira assistia, ela gaguejou:

– Não sei.

– Não tenha pressa, querida – Tad a encorajou, com uma piscadela e os polegares erguidos. – Você está indo muito bem!

Implacável, sem qualquer escrúpulo, Brillstein prosseguiu.

– A senhorita diria que possui uma anatomia especialmente apropriada para tal exploração intensiva?

Penny sentiu-se ofendida.

– Quer saber se eu sou uma vagabunda?

– Estou questionando – Brillstein desdenhou – se a senhorita contribuiu com capacidades singulares para o processo de pesquisa. – Ele disse *singulares* como se fosse um palavrão.

– Teve vezes que eu quase *morri* – Penny retrucou. Ela tentou não se incomodar com o olhar penetrante.

– De dor? – Brillstein a detestava.

– Não exatamente. – Com olhares vindos de todas as direções, o único lugar seguro para os olhos de Penny era o chão.

Brillstein retomou.

– De acordo com seu depoimento, o Sr. Maxwell fez um extenso estudo sobre erotismo em geral...

Penny contou tudo o que podia lembrar sobre os diversos swamis e cortesãs mencionados por Max. Ela descreveu Baba Barba-Cinza, a mentora primordial de Max, que morava no Himalaia em uma caverna de eremitas, onde ele fora encontrá-la. Penny relatou como a idosa professora orientara o aluno bilionário em relação a técnicas eróticas que remontavam à aurora da evolução. Penny não mencionou Clarissa Hind, nem disse que a atormentada presidenta a havia incitado a procurar os ensinamentos da famosa anciã. Por que envolver a memória da angustiada presidenta nesse caso?

Brillstein a interrompeu mais uma vez.

– Se minhas perguntas parecem hostis, senhorita Harrigan, por favor tenha em mente que estou lhe fazendo um favor. Os representantes de defesa do Sr. Maxwell não serão tão suaves.

Penny enrijeceu. De ombros retos e queixo erguido, aguardava.

Ele olhou-a de soslaio.

– A senhorita nos disse que permitiu que o Sr. Maxwell lhe provocasse estímulo anal em um restaurante francês? – Brillstein saboreava o interrogatório. O olhar dele dissecava seu corpo da mesma forma que ricaços estranhos haviam tentado descobrir seus segredos sexuais nas festas em Paris. Era evidente que ele presumia que ela fosse uma ninfomaníaca descontrolada.

Com frieza, ela respondeu:

– Maxwell e eu éramos parceiros de pesquisa. – Ela sentiu que ele estava se preparando para usar o armamento pesado. Apesar do ar-condicionado ligado, a sala de reuniões parecia uma sauna. Os homens puxavam os colarinhos e afrouxavam as gravatas. As poucas funcionárias pareciam em êxtase por ela, abanando-se com os documentos que tivessem à mão.

– É verídico – Brillstein consultou suas anotações – que no dia dezessete de abril, entre as sete e oito horas da noite, a senhorita afirmou ao Sr. Maxwell que havia apreciado os quarenta e sete orgasmos provocados, os quais agora trata como "pesquisa"?

Penny ficou imóvel. Era verdade, mas não havia como Brillstein ter aquela informação. Ela não havia falado em números. Ele só poderia saber daqueles detalhes se houvesse consultado o próprio Maxwell. A conclusão deixou-a em polvorosa: Brillstein estava em conluio com Max.

Entusiasmado, Brillstein foi mais fundo.

– Durante uma hora, sua frequência cardíaca ficou na média de 180 batimentos por minuto. – Fazendo referência às suas anotações, ele leu: – Sua respiração era de 199 inspirações por minuto. – Esses dados obviamente haviam sido coletados na caderneta de Max. – Isso não soa à senhorita como recompensa suficiente pela participação no dito experimento? – Ele deu um sorriso de autossatisfação, com os olhos atentos, provocando-a a negar o que ele dizia.

Sem aguardar a resposta de Penny, o sócio sênior apertou um botão instalado no tampo da mesa da sala de reuniões. Uma tela de projeção desceu do teto. Com outro botão, o projetor ganhou vida e gritos começaram a sair de alto-falantes ocultos. Em ampliação monstruosa, as formas de uma mulher nua tomaram a tela. Ela rolava de costas em meio a travesseiros de cetim brancos, as mãos agarrando roupas de cama do mesmo tecido. Um objeto cor-de-rosa projetava-se do meio de suas coxas. Quando sua agitação frenética ameaçou deslocar o instrumento rosado, a mão de um homem fora do quadro adentrou o plano. Ele retornou o apetrecho à devida posição. Um dos dedos trazia um anel com um rubi gigante.

Era a mão de Max. Aquela na tela era Penny, arfando como uma selvagem no cio.

– Senhorita Harrigan – perguntou Brillstein, desdenhando do vídeo, berrando para ser ouvido em meio à torrente de gemidos da gravação –, como a senhorita explica *isso*?

Penny voltou-se para Tad em busca de apoio, mas ele havia desviado o olhar. Com os cotovelos nos joelhos, ele estava cobrindo o rosto com as mãos, a cabeça tremendo de desespero.

Uma coisa era discutir o processo de testes utilizando juridiquês imponente, mas ver Penny naquela situação, quase insana diante de uma explosão animal... gritando baixarias e vulgaridades... Ela não parecia uma cientista dedicada, trabalhadora. Durante aquele momento cruel de humilhação, com uma série de mentes jurídicas se perguntando se ela era uma auxiliar passada para trás ou uma meretriz libertina, Penny ouviu um som familiar. O tremor alto repercutiu nas torres de escritórios ao seu redor. Era um helicóptero se preparando para aterrissar no heliponto da cobertura, dois andares acima.

Penny nem precisou perguntar. Sabia quem estava chegando.

O vídeo parou. A tela subiu e sumiu no teto.

– Senhores – anunciou Brillstein –, podemos seguir adiante? Temos mais um longo depoimento para tomar esta tarde.

Enquanto os advogados cansados erguiam-se dos assentos e começavam a esvaziar a sala, Brillstein ofereceu a mão a Penny.

– Se posso dar um pequeno conselho, minha jovem – disse ele –, acho que seria uma enorme tolice de sua parte dar prosseguimento a essa ação.

Penny deixou que ele a conduzisse até a porta.

Ao tomarem rumos distintos pelo corredor, ele perguntou se ela podia fazer mais um favor.

Atordoada e muda, ela fez que sim.

– Se puder fazer essa gentileza – ele pediu, com a voz transbordando desprezo –, diga a sua amiguinha Monique que ela está demitida!

– Por favor, querida, não fique brava comigo. – Era a mãe de Penny ligando de Omaha.

Quando o telefone tocou, Penny estava na mesa da cozinha lendo o jornal. Todas as notícias do dia tratavam da finada presidenta. A Casa Branca não dava nenhuma explicação oficial, mas uma comissão de inquérito já publicara seu relatório. Conforme protocolos de segurança, a comandante-chefe raramente era revistada ou obrigada a passar por detectores de metal. Sempre presumia-se que ela seria o alvo, não o atirador. Hind fora ambos. O vice-presidente – homem, é óbvio – fora empossado às pressas. Especialistas bombásticos das rádios atribuíam o suicídio à menopausa.

Com a arma tão perto dos microfones, o barulho fora ensurdecedor. Os ouvidos de Penny ainda doíam, e ela tinha de se concentrar para ouvir a mãe.

Medindo cada palavra, a dona de casa do Nebraska falou:

– Comprei umas engenhocas da Beautiful You.

Penny prendeu a respiração.

Com a confissão, a voz da mãe mudou de tom e virou um gritinho de menina. – Por que você não me disse antes? – exclamou. – É uma sensação incrível! Foi por isso que Deus me fez mulher!

Penny tentou, mas não conseguiu dizer uma palavra.

– Seu pai passou a semana inteira amuado na oficina. – Mais acanhada, ela sugeriu: – Eles não são feitos para durar, né?

Penny a interrompeu:

– Qual?

Ela conseguiu ouvir a mãe corar.

– Sabe-se lá Deus como esses engenheiros fazem testes de durabilidade dessas coisas. Eu fiz um teste que foi uma tortura. Pior que John Cameron Swayze com os relógios Timex.

Penny lembrava-se vagamente do slogan do relógio: "A vida é dura, mas o tique-taque continua."

– Até quebrar, eu estava nas nuvens! – disse a mãe, sem fôlego.

Penny cruzou os dedos.

– Qual era o aparelho?

Que não seja a libélula, ela suplicou.

– Era a libélula.

– Mãe! – Penny protestou.

Indiferente, a mãe prosseguiu no tagarelar:

– Você tem esses sapatos novos que todo mundo quer? – Com um entusiasmo de adolescente, ela disse: – Bom, pode me chamar de louca. Os sapatos são muito feios, mas os comerciais me dão um arrepio por dentro. Só de ver esses sapatos, eu fico roxa de vontade.

No início do dia, Penny batera na porta do quarto de Monique. Não tivera coragem de dar a má notícia da demissão por abandono. Em vez disso, ficara no corredor e balançara a maçaneta enquanto repetia:

– Abra, por favor. – Levara o ouvido à madeira e ouvira o zumbido agourento que vinha de dentro do cômodo. – Abra – ela ordenou. – Você precisa de ajuda.

Finalmente abriu-se uma fresta. O fedor era terrível. A fenda foi suficiente apenas para Penny ver um crânio emoldurado por tranças sujas.

– Amiguinha – ela disse com voz áspera –, você tem de me arranjar mais umas pilhas. – Ela bateu a porta. Girou a chave com força. Mais uma vez, Penny ouviu o zumbido abafado.

Era enlouquecedor saber que sua própria mãe estava sob a ameaça da mesma obsessão. Tentando mudar de assunto, Penny perguntou ao telefone:

– Já conferiu aquelas edições do *National Enquirer*?

Automaticamente, os dedos de Penny subiram ao pescoço. Sua pulsação estava em 127 batimentos por minuto. O tempo que passara com Max a deixara muito atenta a seus sinais vitais.

A mãe não respondeu, pelo menos não imediatamente. Pode ter sido a imaginação de Penny, mas ela achou ter ouvido um barulho ao fundo.

– Mãe? – ela perguntou – O papai está usando a serra?

– Eu estava para te contar – disse a mãe –, pode ser que seu pai ligue. – A voz virou um sussurro. – Ele quer me botar numa camisa de força e me soltar lá com as loucas. – Aborrecida, ela sibilou: – Só porque eu estou me realizando.

– E a pesquisa nos jornais, mãe? – Penny perseverou. – Você não ia descobrir mais sobre a infância do Maxwell?

A mãe mudou de assunto.

– O que você vai fazer hoje?

Penny contou 131 batimentos por minuto.

– Hoje? – Ela precisava fazer um teste. – Vou convidar um amigo para passar a noite aqui.

– É um "amigo" especial? – perguntou a mãe.

– Sim – Penny respondeu, sem ironia no tom de voz. – Vou passar a noite com uma pessoa muito especial.

Brillstein provavelmente viu o nome de Penny no identificador de chamadas, pois atendeu no segundo toque. Com a fala abafada e maldosa, ele disse:

– Sim?

Ao fundo, uma voz feminina e matronal perguntou:

– Querido? Quem é a essa hora?

– Ninguém! – ele berrou, afastando-se do gancho. – É do trabalho. Talvez eu tenha que ir ao escritório.

Depois de passar seu endereço com um ronronar esbaforido, Penny desligou e correu até o guarda-roupa. Esquadrinhou o enorme closet à procura da camisola mais escandalosa. Durante um acesso consumista em Paris, ela reunira dezenas de camisolas lindas, torcendo para que uma delas pudesse despertar tesão em Maxwell. Nenhuma funcionou. Ela escolheu uma faixa estreita de penas de marabu africano engenhosamente tingidas de roxo. Era para ser usada de forma que contornasse o torso, deixando os seios à mostra e ocultando apenas parcialmente a vulva.

Faltando instantes para a chegada de Brillstein, ela acendeu o lampião no hall da casa e assumiu uma posição que faria a luz lançar sua sombra contra o vidro jateado da porta de entrada. Enquanto esperava, ela podia mover as coxas de forma que sua sombra ficasse sedutora se fosse vista da rua.

Ela ficou lá em seus saltos de altura absurda, outra compra que ela torcera que fosse atiçar o desejo de Max. A armadilha estava pronta. A campainha soou.

– Está aberta – Penny disse com a voz mais tentadora que conseguiu.

Brillstein entrou empurrando a porta com o ombro, afobado, como se houvesse corrido até ali. Ao ter a visão do esplendor de marabu, estalou os lábios enrugados.

– Ora, ora, bem o que eu suspeitava... Uma putinha das mais danadinhas.

Penny desviou do primeiro ataque. Atraindo-o pelas salas amplas, ela deixou suas próprias mãos subirem e descerem pelas sedosas curvas de seu corpo.

– Oh, sr. Brillstein, oh! – Ela dava risadinhas e desviava de mais uma investida. – Há quanto tempo eu esperei por isso!

O tolo devasso já estava se livrando do casaco, da camisa, das calças. Ele a perseguiu entre sofás e mesas, sempre um passo atrás de agarrar a pele jovem e graciosa.

Tentando fazer com que ele mordesse a isca, Penny perguntou em tom acanhado:

– Você está trabalhando para o Maxwell? – Ela deu uma risadinha e esvoaçou.

Brillstein deu um sorriso de canto. Limpou a baba dos lábios com as costas da mão descorada. Um gato pronto a engolir um canarinho muito sexy.

Amuada e fingindo-se ofendida, Penny fugiu de mais uma investida e perguntou:

– Como você sabe de tantos detalhes das anotações do Max?

Sua cueca samba-canção Brooks Brothers se ergueu na direção dela. Suas coxas cabeludas e repulsivas já apostavam na expectativa indefesa. As nádegas murchas se apertavam, projetando a virilha intumescida. Pequenos grunhidos de frustração emergiam de sua garganta.

– Deixe eu te pegar – ele prometeu – que eu conto tudo.

Ela o conduziu até o quarto, no segundo andar. Lá, fingiu excitação, miando e se remexendo com a mesma falsidade que irritara Maxwell. Brillstein aparentemente não notou que a frequência cardíaca dela se mantinha a mesma e que tampouco ela suava. Ele subiu na cama e empurrou as pernas dela. Arrancando as cuecas, não demonstrou qualquer intenção de lhe dar prazer. Um filete de gosma branca pingou de sua ereção quando ele roçou nela. Esfregando-se na pele depilada, ele sussurrou:

– Tão lisinha! Tão *lisinha*!

Ele apenas se deu ao trabalho de cuspir nas mãos e passar nela sua saliva doente. Teve certa dificuldade em acertar o alvo irrequieto, por isso Penny acalmou os quadris por um instante para ele entrar. De um só golpe, ele enfiou-se por inteiro. Penny agarrou-se à carne gasta e apertou sua pegada, preparando-se para o pior. Passara esse tempo todo torcendo para que sua teoria estivesse correta.

E estava. Antes que pudesse forçar uma segunda investida, Brillstein começou a gritar como um porco do Nebraska prestes a ser abatido. Ele tentou se desvencilhar, fugir, mas os dedos fortes de Penny seguraram a carne flácida com firmeza entre as pernas. Havia algo dentro dela que o machucava, e Brillstein implorava pela libertação. As mãos cobertas por manchas senis empurravam, batiam nela, mas Penny segurou com força.

– Me conte! – ela exigiu, erguendo as coxas para mantê-lo bem enfiado na sua câmara íntima de torturas. – Me diga o que Maxwell está fazendo!

Brillstein uivava. Seja lá o que Max havia implantado em Penny, o instrumento estava cumprindo sua função de cão de guarda.

– Ele teve alguma coisa a ver com a morte de Alouette? – ela perguntou. – Ele a matou por causa da pensão?

– Sim – Brillstein berrou. – Você está me machucando!

Gritando direto para o rosto vermelho, extenuado, Penny questionou:

– Isso tem algo a ver com a Beautiful You?

– Eu não sei! – Ele chorava e se debatia, como se enxames de vespas picassem sua masculinidade enterrada.

Penny não se importava com o fato de ele sangrar dentro dela. Sua melhor amiga e sua amada mãe estavam em perigo. Milhões de mulheres sob ameaça. Dando prosseguimento à inquisição, colocando-o contra a parede da mesma forma que ele fizera com ela no depoimento, ela demandou:

– Qual é o plano maligno do Maxwell?

– Eu não sei! – Ele chorou pateticamente.

Com isso, ela soltou sua prisão letal sobre a bunda suada de Brillstein, e o velho choroso jogou-se para longe de seu abraço. Às lágrimas e sangrando copiosamente, ele disse entre os dentes cerrados:

– Acho que seu DIU saiu do lugar.

Indo ao banheiro para buscar álcool e algodão, Penny só conseguiu sentir-se vingada. A pequena confissão de Brillstein confirmara sua grande suspeita. Existia uma conspiração. Quando ela embebeu as partes íntimas do chefe com o antisséptico feroz, ele berrou. Com o sangue dele ainda a escorrer por suas coxas, ela puxou uma maleta do closet e começou a enchê-la de vestidos Vera Wang. Ao mesmo tempo, dava ordens ao telefone:

– Siri, alugue um jatinho do JFK pro Nepal, com escala em Omaha, Nebraska. Pra quando? Agora!

Antes de sair de casa, Penny botou o chefe porta afora, nu e sangrando, com as roupas emboladas debaixo do braço. Também foi até a porta trancada de Monique, bateu e disse:

– Mô? Tá me ouvindo? – Ela começou a passar biscoitos pela fresta sob a porta. – Não deixe de comer – insistiu. – Não deixe de tomar água. Eu volto o mais rápido que puder.

A única resposta que teve foi o zumbido abafado que já conhecia e que havia dias ressoava do quarto.

Enquanto corria pelos corredores do JFK, ela notou que era a única mulher no recinto. Dos balcões de check-in até os passageiros, todos eram homens. Parecia que as mulheres haviam deixado de existir em público.

Para não atrair a atenção de homens hostis – Nova York estava se tornando um barril de pólvora do sexo! –, ela se vestiu prudentemente com um conjunto de calça e blazer vintage Yves Saint Laurent. Era um visual com um toque de masculinidade, ainda mais quando fazia par com uma gola rulê branca que minimizava seu busto protuberante. Havia enrolado seus cabelos abundantes sob um gorro de tricô e só usava um toque de gloss cintilante. Enquanto caminhava, projetava os ombros e exibia uma arrogância rude. Se chamasse a atenção de um estranho, passaria a impressão de ser um marinheiro jovem e moderno em dia de folga.

Quem quer que fosse a pessoa que vazara as informações da ação pendente para a presidenta Hind era a mesma que passara a notícia às revistas de fofoca. Nas bancas do aeroporto, as manchetes berravam: "Cinderela Penny Harrigan inventa apetrechos sexuais!" As matérias de capa explicavam em detalhes como suas zonas erógenas haviam aperfeiçoado a engenharia carnal da Beautiful You. Acompanhando a matéria, cada jornal trazia uma foto do rosto de Penny enfiado em um travesseiro branco de cetim. Seus olhos revirados e a língua para fora confirmavam que eram cenas do vídeo que Max havia gravado em Paris. As imagens eram sedutoras, mas estavam longe de fazer dela a gênia ergonômica que os tabloides afirmavam.

Sentada confortavelmente na cabine luxuosa do jatinho fretado, Penny abriu o laptop e começou a navegar. Umas poucas manchetes despertaram seus piores temores. Pela primeira vez na história, a Organização Nacional Feminina ia cancelar seu congresso anual. O motivo era falta de inscritas. Seis semanas antes, a programação estava quase fechada, mas, desde o lançamento da Beautiful You, todas as representantes haviam cancelado os planos de participação. As outras afirmavam que explorariam formas alternativas da satisfação pessoal. Seja lá qual fosse o caso, sem membros ativos e sem congresso a Organização estava à beira da extinção. Da mesma forma, quando Penny telefonou, uma mensagem gravada disse que a Liga de Mulheres Votantes estava passando por escassez de recursos humanos e ficaria fechada por tempo indeterminado. As mulheres do Senado e da Câmara de Deputados faltavam havia quase uma semana.

O medo cresceu no coração de Penny, mas ela continuou a pesquisar.

Uma matéria aparentemente sem conexão dizia que todas as integrantes da equipe olímpica dos EUA haviam se demitido. Todas as grandes atletas – de jogadoras de hóquei a ginastas e patinadoras artísticas – iriam ficar em casa e abster-se da oportunidade de ganhar a medalha de ouro. Outra matéria descrevia como todos os contraltos e sopranos haviam sumido do Coro do Tabernáculo Mórmon.

Informes davam conta de quase 100% de abstenção entre as mulheres em todas as profissões assistenciais.

Enquanto isso, segundo os sites de negócios, as ações da DataMicroCom estavam nas alturas. Todas as subsidiárias, especialmente a Beautiful You, registravam recordes de vendas.

Em Omaha, um furgão branco aguardava-a ao desembarcar no aeroporto.

– Penny – chamou uma voz no assento do motorista. Era seu pai. Ele estava com uma expressão aturdida.

– Pen-Pen, por que você está vestida de marinheiro?

A porta da lateral do furgão se abriu. Um estranho agachado ali gritou:

– Entre, rápido. – Ele fez sinal para ela alcançar a maleta e disse: – Temos que resgatar sua mãe!

O nome do estranho era Milo, e ele era o líder da divisão local do grupo Pagadores de Promessa, do qual seu pai fazia parte. O furgão era de Milo, e não havia nada na parte de trás com exceção de um kit de primeiros socorros, cobertores dobrados e um fatídico rolo de corda de náilon. Enquanto o pai os levava pelas ruas silenciosas da madrugada de Omaha, Milo e Penny vasculhavam as calçadas e os becos atrás da mulher perdida. Milo enfiou a agulha de uma seringa pela tampa de borracha de um vidro e a encheu de um líquido claro. Em um bairro decadente, eles viram alguém usando um roupão de banho e empurrando um carrinho de compras cromado. Seus cabelos caíam sobre o rosto. Os olhos estavam inchados e gosmentos. As pernas estavam à mostra, sujas. Na cesta do carrinho, balançava-se um sortimento de produtos Beautiful You imundos, rosa encardido. Havia uma placa de papelão presa com fita na lateral. Escrita à mão com canetinha preta, dizia: "Trabalho por pilhas".

– Pare aqui – Milo sussurrou. – Não a assuste.

Ele abriu a porta lateral antes de o carro parar por completo. A mulher parada ao lado do carrinho de compras mal teve tempo de perceber a chegada antes de Milo atacá-la com um cobertor nas mãos. Ele jogou a coberta sobre ela, e os dois caíram no chão. A mulher gritava, espancando Milo, enquanto ele a segurava. Ele gritava:

– A corda! E a fita também!

Penny encolheu-se no furgão, mas seu pai saltou do volante e pegou o rolo de corda. Juntos, os dois homens amarraram a mulher e a carregaram de volta ao veículo. Durante todo o ocorrido, ela não parou de gritar:

– Não me levem sem meus brinquedos! Não me deixem sem eles, por favor!

Milo fechou a porta pesada e o pai de Penny pisou no acelerador, queimando borracha no asfalto. Atrás deles, um carrinho de compras abandonado e sua triste carga tomavam distância.

A abdução durou menos de noventa segundos. No fundo escuro do furgão, a mulher sequestrada continuou gritando até Milo enfiar a seringa em seu braço.

Ainda com a respiração pesada, porém dirigindo mais devagar, o pai dela disse:

– Me desculpe por te obrigar a ver uma aberração dessas, minha querida.

Só agora Penny reconhecia a infeliz sedada e enrolada no chão do veículo.

Era sua mãe.

– Olha só. Pobre mulher – Milo disse com compaixão, enquanto tapava a boca da capturada com fita-crepe. – Precisamos desprogramá-la. – Eles passaram por ruas de cartão-postal e bairros de que Penny se lembrava de sua infância.

O pai explicou como a loucura da mãe evoluíra. Ele e colegas da igreja haviam organizado uma intervenção e a confrontado sobre sua compulsão pela Beautiful You. Ela negou o problema. Eles a levariam para casa, onde ficaria sob efeito de tranquilizantes para submeter-se a uma série de terapias de hipnose e aversão para ajudá-la a lidar com seu comportamento autodestrutivo.

Penny não se surpreendeu por não ter reconhecido a maníaca descontrolada. O rosto da mãe estava ictérico, com sinais de exaustão. Ao chegarem em casa, eles carregaram o corpo amarrado com cuidado pela escadinha da entrada e pela porta da frente. Assim que a paciente foi seguramente despida, seus pulsos e tornozelos foram amarrados aos cantos de uma cama no sótão para sua própria segurança. Penny aventurou-se no porão, onde a coleção do *National Enquirer* da mãe preenchia estantes do chão ao teto. Cada prateleira tinha marcação de ano e mês a que correspondiam as edições, mas Penny não teve que procurar muito. A pilha de edições que continham os fatos relativos a C. Linus Maxwell já estava separada. Abençoada mãe, pensou Penny. A infeliz mulher havia chegado até aquele ponto da pesquisa, selecionando aqueles preciosos exemplares entre os milhares que juntara nos últimos cinquenta anos.

Após preparar uma merecida xícara de chocolate quente, Penny carregou as revistas até a poltrona fofa e querida perto da lareira, na sala de estar, e começou a ler.

Não havia muita informação que ela já não soubesse. Maxwell nascera Cornelius Linus Maxwell em 24 de janeiro de 19-- e alguma coisa no Centro Médico Harborview em Seattle. Não havia registro do pai. A mãe o criara sozinha e não teve outros filhos.

Ele fora aluno da Universidade de Washington, mas largara o curso no primeiro ano, assim que sua mãe foi assassinada. Havia rumores de que ele abandonara os estudos para ser aprendiz de uma feiticeira no Himalaia. As fofocas menos glamourosas situavam-no em bordéis longínquos e instalações médicas clandestinas onde tudo podia ser comprado. Sexo sem limites... drogas personalizadas... Independentemente do motivo, Corny Maxwell desapareceu durante seis anos. Poucos meses após ressurgir, ele se aliou à jovem e ambiciosa Clarissa Hind.

Em uma edição de dez anos antes, na seção de negócios do *Enquirer*, havia uma série de dez capítulos sobre os projetos de pesquisa em andamento na DataMicroCom. Ao longo dos dez capítulos seguintes, o tabloide detalhava como Max tornara-se pioneiro na área dos microrrobôs. Chamados de "nanorrobôs" ou "nanites", eram robozinhos tão minúsculos que tinham dimensões de milionésimos de metro. Um tiquinho maiores que moléculas. Ciência sempre deixara Penny entediada, mas ela estava achando aquela leitura intrigante. A aplicação primária dos nanorrobôs era na medicina. Mais precisamente chamados de "nanomedirrobôs", os robozinhos eram tão infinitesimais que podiam viajar pela corrente sanguínea ou por vias neurais e regenerar tecidos lesionados em nível molecular.

Havia uma matéria detalhada na parte de ciências do *National Enquirer* que dava o panorama completo. Havia nanorrobôs projetados para percorrer veias e artérias, retirando acúmulos perigosos de placas de gordura. Outros buscavam tecido canceroso e o destruíam com calor ou quimioterapia localizada.

Uma voz fraquinha na cabeça de Penny sussurrou: *E alguns nanorrobôs saem de produtos pessoais e sequestram a crura do seu clitóris!*

Ela pesquisou mais notícias sobre avanços em nanorrobótica, mas as matérias acabavam em um beco sem saída. Após uma década de obras revolucionárias na área dos minirrobôs, a DataMicroCom aparentemente havia deixado de investir nesse mercado. Uma nota citava Max dizendo que os nanorrobôs não tinham um bom custo-benefício. Ele optara por fechar a divisão de robótica e redirecionar os recursos para criar a linha de produtos Beautiful You, muito mais lucrativa.

Em choque, Penny lembrou do episódio na limusine da presidenta. Sem qualquer estímulo aparente, ela sentiu-se excitada. E não foi só isso: ela estava prestes a alcançar o orgasmo. Toda sua percepção fora reduzida às pontas dos mamilos eretos e do clitóris. Só as palavras carinhosas da presidenta foram capazes de fazê-la superar aquela maré de frenesi erótico.

Ela lembrou do colapso de Alouette no palco do Kodak Theatre e de sua mãe endemoniada, amarrada à cama no sótão da casa. Era o produto que quebrava sempre: a libélula. Podia ser uma ideia absurda, como as conspirações saídas da boca espumante de uma feminista maluca, mas havia a possibilidade de o apetrecho não ter quebrado, e sim *chocado*. O corpo havia se partido, liberando enxames de robôs microscópicos tão pequenos que podiam navegar da vulva até o útero. Pequenos a ponto de conseguirem passar pela barreira sanguínea dos ovários e viajar pelo sistema nervoso. Até o cérebro. Como saber o quanto já haviam afetado seu comportamento e sua percepção?

Na viagem de Nova York até ali, Penny havia lido uma matéria sobre uma multidão de vinte mil consumidoras que fizeram protesto na Times Square, uma brigando com a outra pela chance de comprar um perfume novo. Em Roma, da mesma forma, consumidoras brigavam para pôr as mãos no creme facial mais vendido do momento.

Era óbvio que o raio X feito por Penny após ser atacada no metrô não mostraria nada. Os nanomedirrobôs eram menores do que qualquer coisa que um equipamento de diagnóstico daqueles conseguiria detectar. E agora eles estavam implantados em dezenas de milhões de mulheres em todo o mundo industrializado.

Se ela podia acreditar em Brillstein, e Max havia mesmo provocado a morte de Alouette, os nanorrobôs podiam fazer mais do que provocar prazer. Talvez também pudessem matar.

Penny tomou toda a xícara de chocolate e lentamente subiu as escadas até o sótão. No escuro, as sombras de seu pai e de Milo pairavam sobre a forma nua da mãe amarrada, se debatendo, gemendo sob a mordaça de fita-crepe.

– Não temos como salvá-la – disse Milo com toda coragem –, mas podemos conter seus hábitos autodestrutivos. – Os homens estavam ajoelhados dos dois lados da cama e começaram a orar silenciosamente com as mãos unidas. Seringas novas e garrafinhas de tranquilizante estavam sobre o criado-mudo.

Olhando para eles, sem saber o que fazer, Penny ficou pensando se estaria certa. Os nanorrobôs podiam ser responsáveis pelo comportamento louco e sexual da mãe.

– Pai – ela disse. – Tenho que ir.

O pai olhou para cima com uma expressão aflita. – Pen-Pen, sabia que quando eu e sua mãe morávamos em Shippee os médicos nos disseram que ela nunca ia ter filhos?

Penny ficou atenta. Ela nunca tinha ouvido essa história. Conferiu o relógio, sabendo que o jatinho já estava esperando na pista.

Fitando a forma indefesa e estupefata da esposa, o pai de Penny disse:

– Todos os especialistas que consultamos disseram que ela nunca engravidaria. Por isso você foi o nosso milagrinho.

Penny chegou mais perto e deu-lhe um abraço.

Ainda de joelhos, ele sorriu para ela.

– Você foi nosso presentinho de Deus. – Em tom esperançoso, ele disse: – Se Deus pôde nos dar uma filha tão maravilhosa... – Ele esticou a mão e bagunçou o cabelo dela. – Então quem sabe Deus consegue livrar sua mãe dessa aflição horrenda.

Milo ficou olhando, radiante com sua fé simples. A mãe nua e demente de Penny estava em boas mãos.

– Fique – Milo insistiu, ardentemente. – Fique e prepare algo pra gente!

Penny conferiu as mensagens no celular.

– O piloto diz que o clima está ficando ruim. Temos que decolar em menos de uma hora.

– Pra onde? – o pai perguntou. Pobre homem. Todo seu mundo estava vindo abaixo.

Com a voz fria e decidida, a voz de uma estranha, Penny disse:

– Pro Nepal. – Ela repetiu: – Tenho que ir ao Nepal.

O iaque só carregaria Penny até certo ponto das encostas rochosas do Himalaia. Depois do vilarejo remoto de Hop Tsing, ela seria obrigada a subir nas costas áridas e estreitas de tibetanos sherpas para os últimos cinco quilômetros praticamente verticais. E nem eles conseguiriam levar Penny até o destino. Quando uma caverna distante surgiu à frente, os sherpas começaram a tremer de medo. Balbuciando rezas para repelir forças malignas, eles a desceram no chão ressecado pelo sol e começaram a voltar pelo mesmo caminho em que vieram. Quando ela reclamou, um camarada robusto apontou para a caverna ao longe e falou alguma coisa na língua nativa e em tom histérico.

A única opção de Penny era continuar por conta própria.

Enquanto escalava a face de pedra da montanha, imaginava Maxwell fazendo a mesma peregrinação quando jovem. Em Paris, ele falara sobre ter passado anos com essa estranha e idosa feiticeira. Apresentara-se a ela como um aprendiz disposto, e ela concordara em tê-lo como pupilo nos caminhos mais esotéricos do tantra. Apesar do vigor juvenil, Maxwell disse que aqueles anos de prática na magia sexual quase custaram sua vida.

Aliás – e era esse detalhe que mais assustava Penny –, ele disse que a caverna em que a feiticeira residia estava cheia de esqueletos de homens e mulheres que haviam feito sexo até a morte. Os corpos estavam congelados em posições do *Kama Sutra*, de contorção erótica insuportável.

Com sua mala de rodinhas Louis Vuitton amarrada às costas, ela subia cada vez mais alto, agarrada aos degraus da parede de pura rocha. Lembrando-se das histórias de agonia orgásmica que Max lhe contara, tinha quase certeza de que a feiticeira havia morrido. Já fazia uma década que ninguém a via. Os ventos secos e gelados ameaçavam arrancar seus dedos das minifendas às quais ela se agarrava. Os pássaros nativos davam rasantes, bicando e abrindo as garras para proteger os ninhos. O fedor de guano era avassalador.

Que opção ela tinha? Até a presidenta jurara que essa seria a única forma de enfrentar a conspiração de Maxwell. Ao assassinar Alouette de maneira tão pública, ele provara que podia fazer o mesmo com qualquer uma, em qualquer lugar. Tinha milhões de reféns, soubessem elas ou não. Mesmo que descobrissem os nanorrobôs, já seria tarde demais.

Apenas Baba Barba-Cinza poderia ter um antídoto... um tratamento... uma instrução que pudesse se contrapor às legiões de microrrobôs implantados por via vaginal.

Um sopro de vento empurrou Penny e quase arrancou sua mão das rochas. Desesperada, ela soltou o cinto Prada que prendia a maleta às suas costas e viu-a cair lá embaixo. Parecia que a mala ia cair para sempre, girando lentamente no ar até explodir em um estouro de peças Anne Klein em cores vivas. Sem o peso, ela subiu mais rápido. Ao meio-dia, exausta, entrou na caverna. Não havia ninguém.

Segundo Max, Baba Barba-Cinza passava a maior parte de seus dias vagando pelas faces íngremes do penhasco, recolhendo o líquen e os musgos que constituíam sua parca dieta. Ela subsistia roubando ovos dos pássaros que faziam ninho no penhasco. Muitos de seus bálsamos e cataplasmas afrodisíacos eram formulados a partir dos cogumelos selvagens que colhia. As noites, disse Max, ela passava sozinha. Havia passado dois séculos em tal solidão, explorando maneiras inéditas e cada vez mais potentes de se dar prazer. Eram essas as técnicas que Baba havia ensinado a Max e que ele adaptara para os produtos de massa da Beautiful You.

Exatamente como ele descrevera, a caverna era habitada por esqueletos e cadáveres ressequidos de gente que parecia ter morrido ao alcançar o clímax extremo. Entre os falecidos viam-se outros objetos de fabricação humana: protótipos rudimentares do que Maxwell havia aperfeiçoado e testado em Penny. Ali estavam as invenções eróticas da solitária Baba, elaboradas com galhada seca de rena e amarradas com tendões de bichos. Para suportar as inumeráveis noites de isolamento, ela criara e aperfeiçoara aparatos como aqueles para se estimular. Sua solidão permanente rendera-lhe esse tesouro de apetrechos sexuais.

Penny atravessou a caverna para vê-los melhor. Alguns, esculpidos em rocha e polidos até atingir a suavidade do vidro, eram visivelmente projetados para roçar a esponja do períneo. Outros eram talhados em ossos de passarinho e elaborados para estimular as ramificações do clitóris que circundam a vagina. Outros eram de uso evidentemente retal.

Maxwell, seu canalha. A uma só olhada para os criativos apetrechos sexuais inventados pela eremita, ele provavelmente já soube que esse poder iria oprimir e escravizar a mulher civilizada. Todos eram surpreendentes, e Penny ficou estupefata, sem notar uma figura curvada que havia subido à caverna e se arrastava na direção dela.

Uma voz áspera e trêmula disse:

– Tenho uma convidada.

Penny girou e teve um vislumbre da bruxa, que se parecia muito com os aparatos e esqueletos ao redor. Baba Barba-Cinza era ela mesma esculpida em ossos e tendões, um emaranhado nodoso de músculos ressequidos e cabelo grisalho. Os olhos brilhavam como duas pedras da lua, totalmente brancos e com grossas cataratas. O corpo cansado estava despido, e os pelos pubianos eriçados, quase brancos, que lhe davam seu nome, haviam crescido tanto e eram tão abundantes que se arrastavam pelo chão junto aos pés descalços.

Maxwell dissera que ela era cega. Baba, afirmou, orientava-se pelos desfiladeiros, entre caças e escaladas, apenas pelo tato e pelo olfato. Ela conhecia o toque de cada fenda e fresta daquelas montanhas. Conhecia o cheiro peculiar de cada rachadura.

Ela ergueu o nariz para farejar a umidade no ar. Com a voz marcada pelas eras, ela disse:

– Estou na presença de bucetinha fresca?

Penny ficou imóvel. Aquietou a respiração.

– Não tente esconder seu cheiro – censurou a idosa. – Já faz muitos anos desde a última vez que tive uma aluna. – Ela soltou uma bolsa carcomida das costas e começou a tirar maços de musgo dela. Ergueu minúsculos ovos de passarinho com todo o cuidado enquanto dizia:

– Só pelo seu odor sei que você está vindo de Nova York e que passou por Omaha.

Maxwell avisara que Baba podia saber todo o histórico sexual de uma pessoa a partir do sabor da genitália.

– Exponha-se. – A bruxa fez um sinal. – Deixe seu sabor me contar todas as verdades que você não é capaz. – Ela deu um passo à frente, mas esperou.

Penny sabia que não tinha opção. Sua mãe e sua melhor amiga iam morrer. Uma grande parcela da população estava tomada por um poder que se recusava a acreditar que existia. Ela lentamente tirou seus sapatos Christian Louboutin, seguida pela calça e blusa DKNY. Por último, abaixou as calcinhas Agent Provocateur. Dobrou e pousou cada peça cuidadosamente sobre uma pedra.

Nua, vestindo apenas o Miracle Bra da Victoria Secret, Penny ficou parada, aguardando.

Baba Barba-Cinza foi cambaleante até ela. A velha manchada passou a mão trêmula entre as coxas de Penny e resmungou:

– Ah! – Admirada, soltou um balbucio: – Não tem pelo. Será obra de Maxwell, o maligno?

Era, mas Penny estava com muito medo para falar. Fez que sim. Era o método tribal uzbeque, com base em aloe vera e pinhão.

Baba bateu com orgulho a ponta de seu dedo enrugado contra a pele rachada do peito. A força incólume dos ventos secos e gelados havia esticado seus seios até eles ficarem pendendo como úberes curtidos. Fazia que sim com a cabeça, sorrindo.

– Fui eu que ensinei a técnica a ele.

Sem hesitar, a idosa moveu o mesmo dedo torto na direção de Penny. Inserindo apenas a ponta nodosa, ela disse:

– Minha pequena, que vagina suculenta!

Como um graveto seco, nodoso e quebradiço, o resto do dedo deslizou até a junta. A mulher soltou um cacarejo.

– E que receptiva! Será excelente aluna!

Enquanto a reclusa bissecular a inspecionava, Penny tentou lembrar de todas as coisas que amava no mundo. Como o passeio de carruagem que ela e Tad haviam feito pelo Central Park. Sorvete de creme crocante. Filmes com Tom Berenger. Pensou em bolsas Fendi e em parques com montanha-russa e algodão-doce. Saudosa, ela se lembrou do quanto admirava Clarissa Hind e de como ficara empolgada ao ver a primeira presidenta do país tomar posse.

Quando não conseguiu mais encontrar lembranças agradáveis, Penny se contorceu em resistência fútil contra o dedo da bruxa. Parecia que ela explorava os recessos mais íntimos de sua psique.

Depois de muito inspecionar, o dedo se retirou. Ele reluziu à fraca luz da caverna apenas por um instante antes de sumir entre os lábios franzidos da idosa. Chupando-o, Baba grunhiu como quem tivesse uma revelação. Tirou o dedo e lambeu-o diversas vezes com a língua cinza antes de falar.

– C. Linux Maxwell, foi ele que lhe ensinou. – Ela lia tudo aquilo sobre Penny a partir de uma pequena amostra. – Ele a instruiu nas artes que eu lhe transmiti. Foi meu melhor aluno, pelo qual todo mestre anseia. Pessoas modernas são impacientes demais; buscam apenas a rota mais veloz até o orgasmo e não têm tempo para uma professora idosa. Maxwell tinha.

O exame minucioso saciou a curiosidade da velha feiticeira. Enquanto suas mãos vermelhas e ásperas seguiam roçando Penny, ela disse:

– Sim, eu fiz Maxwell conhecer os antigos hábitos eróticos. – Sua voz rangia como dobradiças enferrujadas de uma porta que se abria para um lugar temível. – Práticas quase extintas da humanidade. Ninguém dedica o tempo e a diligência necessários para alcançar as artes sensuais. Maxwell, sim. – Ela estava feliz em ter uma aprendiz para orientar depois de tantos anos. – Antes de Max, tive meu último aluno há sessenta anos. O nome dele era Ron Jeremy.

Ela continuou a lamber o dedo, saboreando-o enquanto falava.

– Maxwell aprendeu tudo o que eu tinha a ensinar. Com séculos de autoestimulação às minhas partes, ele tirou proveito de todo o meu conhecimento. – O desalento anuviava a expressão da idosa. Mesmo cega, seus olhos pálidos enegreceram. – Agora Maxwell faz uso de sua sapiência sexual para ferir tantas mulheres e tirar proveito apenas para si.

Penny ficou chocada com a compreensão da feiticeira. Quando a velha esticou seu dedo de graveto, Penny entregou-se e montou-o, excitada.

Provando da nova amostra, Baba entoou:

– Você sente grande culpa. Você traiu suas irmãs. Você ajudou-o a calibrar suas armas. Inúmeras são as escravas de Maxwell devido ao papel que você desempenhou.

Ao ouvir aquilo, Penny chorou. Era verdade. Era horrível, mas era uma verdade que ela nunca admitiria para si.

Baba chupou o dedo. Tirou-o e estalou os lábios.

– Você, Penny Harrigan, veio treinar comigo para poder combatê-lo.

A língua cinzenta afagava o dedo, saboreando as verdades que ainda restavam nas rugas.

– Você sabe meu *nome?* – Penny perguntou, incrédula. Era a primeira vez que abria a boca naquela caverna. Sua voz ecoou, estridente. – Só ao provar meus *fluidos?*

Os lábios ressequidos de Baba Barba-Cinza sorriram.

– Sei de muitas coisas. – Ela apontou para uma esteira feita de líquen seco e de seus próprios pelos. – Venha, sente-se. Você precisará de força para o treinamento erótico. Vou preparar nosso chá.

Da mesma forma como havia se submetido aos experimentos de Maxwell, isolada em sua sublime cobertura, Penny agora se entregava a Baba no claustro da caverna.

Penny nunca se deitara com uma mulher, mas aquela situação era diferente. Ela nunca se sentira tão desejada com sua pele macia e esbelta quanto agora, com a carne justaposta à pele encarquilhada da anciã. Baba estava lhe dando aulas, instruindo-a na grandiosidade da magia sexual. A velha dedava-a implacavelmente até Penny gritar, berrando como se aquelas palavras fossem as últimas no planeta. A bruxa raramente pedia para ela retribuir. Quando pediu, Penny também deu prazer à idosa encarquilhada com o devido respeito. Para Penny, era o maior dos triunfos extrair de sua tutora mesmo um modesto gritinho de prazer.

Quando saía para as caçadas, a professora idosa encorajava Penny a utilizar os diversos ossos e rochas à sua volta para fazer seus próprios apetrechos de prazer. Ostentando uma couraça de penas amarrada a gravetos com tiras de couro, Baba vangloriou-se:

– Estas podem parecer versões estropiadas que Maxwell corrompeu, mas são feitas para incrementar a energia feminina. Deixarão você mais forte, não mais fraca. – Com uma piscadela do olho eclipsado pela catarata, ela garantiu à garota: – Não a deixarão esgotada. – Chegando mais perto, ela olhou de soslaio: – Mas você precisa ter *disciplina*!

Baba alertou:

– A sabedoria erótica dos antigos é forte demais para a maioria daqueles que a procuram. – Ela deu um sorriso pensativo. – Os estudantes viajam até aqui para adquirir essas habilidades. Muitos morrem devido às adversidades da jornada, mas muitos outros morrem pelas próprias mãos. – Ela explicou que lhes trazia ovos, mas que eles não comiam. Ela os convidaria à sua cama de musgo e penas, mas eles se recusavam a dormir. – E assim por diante. – Ela deu de ombros, resignada. – Eu os apresento a práticas sensuais rudimentares, mas logo eles se deixam consumir pelo prazer individual.

Para sua surpresa, uma noite Penny levou sua mentora a um alívio prolongado e extenuante. Usando lábios e língua com proficiência, ela levou a velha a um ataque de ganidos febris e agudos. A esquelética bruxa do sexo saltava com violência sobre sua cama de gravetos. Suas gengivas desdentadas berravam incoerências.

Penny prosseguiu com o doce tormento ao ponto da crueldade antes de diminuir a investida sobre as partes de sua preceptora. Por fim, ergueu o rosto encharcado. Limpou o queixo molhado com um maço de musgo seco. Ludicamente, olhou Baba nos olhos e exigiu:

– Conte-me um segredo. Conte-me um segredo ou voltarei a lamber até enlouquecê-la de vez.

Penny sabia que a preceptora estava bem satisfeita. A idosa parecia ébria de prazer. Sem fôlego, Baba balançava a cabeça para deter o massacre de orgasmos.

– Então! Um segredo! – Penny exigiu.

– Um segredo – concordou Baba. Deitada de costas, ela ergueu-se apoiada nos cotovelos. – Maxwell lhe contou por que veio à minha procura?

Penny deu de ombros.

– Queria instruções? – Não, Baba negou, triste, com a cabeça.

– Distração. Para ajudá-lo a esquecer de uma grande dor que o acometera.

– A morte da mãe – Penny arriscou. Aquilo não era segredo; estava bem documentado pelo *National Enquirer.*

Mais uma vez, a feiticeira corrigiu a aluna.

– Max lançou-se nessa jornada da instrução sexual para esquecer a morte da *esposa.*

Foi a vez de Penny ficar perplexa. Não havia como ficar mais surpresa.

– Esposa?

Baba confirmou com silêncio. Maxwell já tivera uma esposa. Na faculdade, ele conheceu e namorou uma menina muito saudável que estava se preparando para fazer direito. Os dois estavam muito apaixonados. Não era o mesmo Max frio e clínico com quem Penny havia estado. Era um homem totalmente dedicado à noiva. Dois apaixonados à beira de adentrar uma nova vida de felicidade.

A bruxa sexual suspirou.

– Os detalhes da morte da garota não são importantes. Uma forte reação alérgica. Sem ela, a vida de Max também se encerrou.

Ele chegara à caverna de Baba pouco tempo depois do ocorrido. Amargurado, sua única meta era dissipar os anos que lhe restavam em travessuras hedonistas.

Penny ansiava por mais daquela história, mas estava longe de ser o melhor momento para pressionar sua mentora em busca de mais detalhes.

– Qual era o nome dela? – perguntou, escorregando os dedos delicadamente para dentro da idosa. Brincalhona, cutucou os tecidos frágeis do ânus da bruxa. Usou a saliva generosamente para lubrificar o gasto orifício.

Baba reagiu:

– O nome? – Ela sucumbia lentamente aos afagos. Sua voz se suavizou como se estivesse caindo em sonhos. – O nome dela era Phoebe.

Phoebe. O nome ecoou por bastante tempo na mente de Penny. Phoebe Maxwell. Era provável que a equipe de Maxwell houvesse extirpado qualquer menção a Phoebe nos jornais dos quais ele era dono, na internet, em toda a história. Ela seria o calcanhar de aquiles de Maxwell. Era a prova de que seu coração podia se partir. Enquanto Penny ponderava sobre o novo aspecto da vida de Maxwell, ela abaixou o rosto até a penugem branca e suja que a aguardava e se pronunciava, convocando sua atenção.

Enquanto retomava seus estudos, quis muito saber quantos anos Max e Phoebe teriam tido de casamento. Mesmo sem perguntar, descobriu.

O casamento durou exatos 136 dias.

Nos momentos de trégua, Baba passava unguento nas membranas em carne viva de Penny. A feiticeira sexual aconchegava-a com carinho em uma cama de musgo seco e saía à caça de ovos e cogumelos. Preparava chás revigorantes e fazia a garota bebê-los da palma enrugada de sua mão. Ensinou a aluna a moer aranhas entre rochas para fazer um unguento reconfortante que realçaria a sensibilidade anal de Penny. Tão tranquila estava sua vida e tão profundo era o laço entre elas que Penny esqueceu da legião de robôs malignos que talvez estivessem singrando sua corrente sanguínea. Não iria esquecer por muito tempo.

Como se Max estivesse testando seus poderes, certo dia Penny sentiu seus mamilos endurecerem e começarem a vibrar. Mamilos e clitóris tremeram com violência. A idosa a havia levado ao orgasmo diversas vezes naquela manhã, antes de sair para buscar ovos e lagartos, portanto era a última sensação que Penny esperava. Foi tão estranho que ela soube no mesmo instante que era obra de Max. Na hora, ela estava sentada, sozinha, de pernas cruzadas no chão da caverna, tomando uma xícara de tintura de líquen. A onda de excitação seguinte veio antes que ela conseguisse ficar de pé.

Penny parecia estar sob possessão demoníaca. Ela não tinha controle sobre o próprio corpo. Uma outra força parecia surgir e expandir-se entre suas pernas. Seus seios ardiam de desejo. Sua pulsação começou a acelerar, e calafrios arrepiavam sua pele.

Max já descrevera o processo físico de forma sucinta. Sua vagina excitada estava se expandindo, crescendo em largura como se fosse acomodar um falo ereto. Ela iria inchar até formar um bolsão acima da abertura do colo do útero, o ideal para encerrar o esperma até que ele tivesse sucesso na fertilização do óvulo. Na natureza selvagem, era um processo belo e natural, mas o que acontecia agora com Penny era uma obra maligna por controle remoto. Era fácil imaginar equipes de robôs microscópicos violentando suas terminações nervosas. Mesmo ali, isolada no Himalaia, ele tinha como ativar seus robôs. Era como sexo virtual – mas com *sexo de verdade.* Como se o estímulo fosse um aplicativo em seu celular! Seja lá qual fosse o método, ele estava controlando suas sensações da mesma forma que fizera com o ataque a Alouette no palco do Oscar. Um estupro selvagem via satélite.

Momentos depois, quando Baba voltou à caverna, Penny ainda estava arfando e convulsionando por conta do prazer indesejado. A lâmia jogou sua bolsa de musgo para o lado e correu para confortar o corpo que rolava no chão.

– Lute – insistiu Baba, ajoelhando-se. – Tudo que fazem com você, você pode retribuir. – Ela lambeu o dedo fino com a boca desdentada e começou a enfiá-los pelos lábios vaginais inchados da garota. – Você não é um mero receptor – gritou Baba. – Devolva a energia à sua fonte maligna!

Com isso, ela deu um berro e puxou o dedo que já sangrava.

– Que coisa monstruosa é essa? – Ela espiou o buraco perfurado na ponta de seu dedo murcho. O fluxo de sangue era canalizado pelas rugas e linhas que os séculos haviam esculpido em suas palmas. – O que esse demônio instalou em você?

As feições sãs de Penny ainda estavam transformadas pelo espírito de uma louca salivante. Delirando, ela abriu as pernas e arqueou as costas, lançando as coxas para o alto. Suas mãos passaram pelo corpo nu sem controle racional, dedos dementes agarrando-se e tocando-se num frenesi de autoestimulação. A cabeça estava jogada para trás, a boca escancarada e a língua grossa se estendiam entre os lábios aflitos.

Baba gritou:

– Vomite o prazer ou deixe que ele passe por você como se tivesse exagerado no vinho ou na comida.

Ela agarrou os braços da garota e a sacudiu.

– O sol não queima o espelho! – Ela berrou: – Devolva esse mal!

Enquanto entrava cada vez mais em coma erótico, Penny ainda sentia a insistência da velha.

– Você não tenta conter toda a água do mundo na bexiga. – Abafada pela sensação, a voz idosa prosseguia: – Você não comeria até amontoar o mundo inteiro na barriga. O prazer, assim como a comida, tem que perpassá-la. Se ele se acumular, não deixará espaço para mais nada. Você explodirá. Sua única esperança é trocar um prazer por outro. Assim como a comida tira o refugo de seu corpo, você precisa usar o amor para deslocar a magia sexual de Max. Mantenha o foco no amor e assim você vai rechaçar esse feitiço!

Em desespero, Baba Barba-Cinza pegou um emaranhado de galhadas e começou a passá-lo delicadamente pelas ancas da garota.

– Não lute contra essa sensação – ela insistiu. – Minha criança, deixe que isso a atravesse. Caso contrário, será morta como tantos esqueletos que você vê à sua volta.

Os olhos de Penny reviraram. Saliva voava enquanto seus lábios vomitavam uma fúria de obscenidades.

– Já chega – Baba exortou. – Fale! Liberte esse calor! – Delicada com as galhadas ritmadas, ela implorou: – Não guarde essa energia dentro de si!

Com uma voz gutural de luxúria, Penny zurrava obscenidades. O corpo entorpecido de prazer resmungava e gritava baixarias.

– Deixe o prazer transbordar! – exultou a bruxa.

Penny arquejou. A onda de lascívia cessou, e, aos poucos, ela voltou a si.

A bruxa cuidadosamente puxou o galho de volta.

– Seus tormentos não terão fim – ela disse. – Você só encontrará a paz quando derrotar Maxwell. Se não for assim, ele já a destruiu. – Ela começou a aplicar um bálsamo refrescante de centopeias trituradas nos hematomas que já se pronunciavam nas pernas de Penny.

– O que eu te ensino – disse Baba –, você precisa ensinar a todas as mulheres do mundo, para que elas possam se defender dessa força maligna.

Baba Barba-Cinza falava sem amargura. Nua, encostada na espaçosa cama de musgo e penas, abria as pernas para revelar despudoradamente a pele enrugada de suas partes íntimas. Começou a se acariciar, açoitando-se delicadamente enquanto se lembrava de outras histórias. Cada movimento parecia despertar memórias, como se ela estivesse lendo contos entre as dobras cinza da pele.

– Fiquei órfã em uma idade cruel. Foi na alvorada que encontrei o corpo da minha mãe destroçado, ao pé de um alto desfiladeiro onde ela devia estar colhendo ovos de tarambola. – Seus olhos vazios fitavam o passado. – Ergui a mão gelada de minha mãe e coloquei-a contra a minha. Implorei. – Foi assim que a criança desolada teve as últimas poucas horas de cuidado da mãe perdida. – Por um curto período, não deixei que a energia sexual saísse de mim em forma de gritos e agitação.

Não levou muito tempo para os desalmados predadores de seu vilarejo descobrirem que uma criança indefesa, sem nenhum responsável, estava à disposição. Na primeira noite que Baba ficou sozinha na cabana, eles atacaram.

Com a voz embargada de nostalgia, Baba disse:

– Eles mapearam minha feminilidade interna. A cada golpe de violência, eles me ensinavam mais sobre meu corpo. – Ela descreveu como vários selvagens adentraram seu corpo a cada noite. Muitos extraíam seu prazer perverso do corpo macio da criança, mas Baba decidiu que iria tomar de volta o prazer de cada um. Se não podia detê-los, podia aprender a controlá-los aumentando ou diminuindo o prazer deles. Em sua infância, ela foi atacada por mais de mil e usou cada um para proveito próprio. Os embates cruéis foram sua iniciação. Foi a partir do sofrimento que ela compilou uma profusão de práticas sexuais impensáveis.

– Comecei a ficar ávida, com os olhos brilhando de expectativa quando eles punham para fora o pênis carnudo. Sabia que cada um era uma oportunidade de experimentar e aperfeiçoar minha arte sexual em formação. – Ela fechou os olhos em nostalgia. – Entre meus brutais mentores havia mulheres que botavam a palma da mão em minha nuca, com os dedos entrelaçados para me segurar enquanto me obrigavam a lambê-las até quase sufocar. – Ela falava com uma voz sem traços de aflição. Fora da caverna, uma nevasca branca se alastrava. Lá dentro, uma pequena fogueira aquecia um caldo borbulhante de lagarto cozido. Baba mexeu a panela e disse:

– Essa foi minha infância, mas não passou de um punhado de lágrimas. Quanto mais crescia minha força, menos força tinham meus mentores devido ao peso da idade. Mas nisso eu já os havia escravizado com minhas habilidades eróticas, pois me tornei um rico repositório de técnicas sensuais. Eles não tinham mais como encontrar satisfação, e aprendi tudo que eles tinham para me ensinar. Traziam-me ouro e joias, coisas sem utilidade para mim. Por fim, em cenas cheias de misericórdia e vingança, levei cada um de meus antigos violadores a um êxtase tão incrível que todos, eles e elas, morreram.

A saga de Baba prosseguiu com ela de pé, caminhando pela caverna gotejante.

– Minha reputação como artesã do sexo era tal que alunos novos e idosos, homens e mulheres, me procuravam. – Sendo uma jovem feiticeira do sexo, ela foi cercada por pretendentes que desejavam descobrir os segredos que ela acumulara, seu tesouro real, que ela conquistara a partir de infinitas noites de tortuosos embates corpo a corpo. – Foi para reduzir a quantidade de visitantes que me retirei para esta caverna. Aqui, só os mais fortes e mais jovens conseguem me alcançar. Os fracos e velhos morrem peregrinando; são seus ossos que fazem a trilha até minha porta. – Ela riu.

– Os sherpas não chegam perto de mim nem de minha casa – continuou Baba. – Eles acreditam que mato meus supostos amantes, mas os que morrem o fazem pelas próprias mãos...

Apenas os aspirantes mais saudáveis alcançam a caverna. Não existem aleijados entre os esqueletos. Nem deformados. As caveiras são dos mais belos, com dentes retos e sadios. Vieram atrás de prazer para si, explicava Baba.

– Max foi o único que veio com o propósito de levar prazer a outros, mas assim que reconheceu o poder que existe em fornecer tal prazer ele foi seduzido a utilizá-lo para ganho pessoal!

Ela apontou para os esqueletos e falou com uma voz pomposa e oca:

– Eles definham e morrem. – A fome e a exaustão arrancavam a pele dos jovens aprendizes, que logo pareciam mais velhos do que a mestra. Não muito depois, Baba voltava de sua caçada diária e os encontrava mortos.

Se por acaso gostasse de uma curvatura na crista ilíaca do aprendiz falecido, Baba podia recolhê-la para usá-la em novas experiências. Nada se perdia, pois ela usava cordas vocais, tendões e intestinos secos para atar as peças. Era assim que os jovens e belos apaixonados lhe davam mais prazer após a morte. Com sorte, ela criaria uma nova ferramenta de prazer antes que o mais novo aluno se apresentasse à entrada da caverna.

Horrorizada, Penny perguntou:

– Você usou os ossos deles?

Todos os produtos da linha Beautiful You baseavam-se nos moldes de Baba. O arco de um dos apetrechos tinha o formato de uma costela. O diâmetro de outro era baseado no fêmur humano.

Apontando para um emaranhado de ulnas e tendões, com os olhos brilhantes de empolgação, Baba disse:

– Uma vez, Max tentou me assassinar com aquele ali! Era tão astuto que usou minha própria criação para me conduzir a espasmos de êxtase tão gloriosos que quase morri!

Ela contou como Maxwell a desafiara para um duelo erótico. Ele ficara de pé, nu, um macho jovem e arrogante, com as pernas abertas. Ele apontou sua ereção para baixo, para os joelhos, e soltou-a como uma mola para bater contra sua barriga tesa. Com um brilho jocoso no olhar, ele rotacionava a cintura para fazer seu membro balançar de um lado para o outro e dizia:

– Venha, velha, venha se impalar. Encontre seu prazer nessa carne que você adestrou tão bem!

Penny perguntou:

– Como você se salvou?

Sorrindo com as lembranças, a idosa disse:

– A arma que ele usou saiu de meu corpo e se estilhaçou. Saltou de mim como a rolha de uma garrafa. O impulso me jogou para trás. Bati minha cabeça contra a parede da caverna. Acordei e Max havia ido embora. Havia levado consigo toda a tecnologia de minha arte sexual.

– Mas como você se libertou? – Penny perguntou.

Baba se tocou com toda a pompa

– Troquei um prazer por outro. Pensei na beleza de minha mãe e no quanto eu a adorava. E gritei.

Penny perdeu o fôlego.

– Com a vagina?

Quase gritando, Baba respondeu:

– Criança, você consegue expelir energia por qualquer orifício!

Penny provou seu chá de líquen e ficou matutando.

– Isto – continuou a bruxa enquanto retirava um objeto de suas profundezas úmidas – é tudo que ainda tenho de minha mãe. – O objeto que ela segurava tinha tons amarronzados, como madeira polida, como um lápis sem verniz, e ela o retirou lentamente. A extração fez um som abafado de sucção. – Era seu dedo mais comprido – Baba explicou em seu tom de voz mais baixo. – Cortei dela enquanto os animais selvagens devoravam o resto. – Ela o ofereceu para Penny examinar. O dedo cintilou, umedecido, com a superfície ondulada de ranhuras. A ponta estreita era coberta por uma unha descorada. Da ponta cega brotava um toco de osso amarelado e rachado.

Tinha calor e tinha vida, além do odor forte dos fluidos naturais de Baba. Mesmo à luz fraca da caverna, era uma peça fascinante.

Penny sopesou a relíquia na palma da mão. Entristecia-a pensar em sua própria mãe nua e de pernas abertas, se debatendo e amarrada em um sótão sujo no Nebraska. Balbuciando em meio aos espasmos de abstinência sexual forçada, ela estaria se retorcendo contra os lençóis manchados de suor como um animal selvagem e febril. A imagem deixava Penny em desespero.

Quando a garota estendeu a mão para devolver o tesouro, Baba não estendeu a mão para recebê-lo. Em vez disso, arqueou as costas e projetou sua púbis anciã. Sentindo o que a artesã do sexo desejava, Penny cuspiu no dedo para umedecê-lo e apontou sua extremidade torta para o centro da penugem branca como neve. Enquanto ela devolvia o objeto a seu lugar, a idosa ofegava de gozo.

– É isso que devo instilar em você – prometeu a anciã. – Salvei-me direcionando o desprezo de Max de volta à fonte. Quando acordei, aquele diabo havia ido embora e muitos de meus instrumentos prediletos foram levados por ele. O que não roubou, Max reconstruiu de memória: as receitas herbais, por exemplo, para seus bálsamos e enemas profanos. Assim como uma bala ricocheteia na parede, como a parede do cânion cria o eco, você precisa redirecionar essa energia.

Em um de seus últimos dias na caverna, Penny deixou o chá de lado e começou a vasculhar entre os ossos descarnados e as cascas de ovo que cobriam o chão de pedra. Baba já havia saído para buscar comida, e Penny precisava corrigir um erro grave. Depois de vasculhar o lixo, localizou o que precisava: seu celular. Um ícone na tela mostrava que ainda havia alguns instantes de energia na bateria. Ela acessou um número de Nova York guardado na memória.

Ao primeiro toque, um homem atendeu.

– Brenda? – A voz tinha a rouquidão de quem passara meses chorando.

Triste, Penny respondeu:

– Não. – Com compaixão, ela explicou: – Nós nos conhecemos há semanas no...

– No Central Park – ele afirmou. Ele soava arrasado, um pobre desgraçado. Sua noiva ainda estava entre os milhões de mulheres abduzidas.

Penny teve de lembrar por que havia ligado. Queria pedir desculpas e aceitar responsabilidade pelo menos por parte do flagelo causado pela Beautiful You. E prometer que faria de tudo a seu alcance para remediar a crise. Queria garantir àquele estranho sofrido e apaixonado que estava quase pronta para enfrentar Cornelius Linus Maxwell. Em breve, ela seria uma feiticeira do sexo completa, com poderes para confrontar e revelar a conspiração nanorrobótica de Max. Queria que suas palavras delicadas envolvessem o homem deplorável em um casulo de conforto. Porém, no instante crucial, faltou-lhe coragem. Em vez disso, ela perguntou:

– Como você se chama?

O homem ao telefone fungou.

– Yuri. – Sua voz trêmula se aquietou e ele devolveu a pergunta: – Como *você* se chama? – De repente, sua voz ficou mais afiada, mais estranha.

Penny pensou em dizer seu nome real. Olhou com expressão de culpa para a entrada da caverna, vendo o trajeto gracioso de um pássaro pelo céu nebuloso do Nepal. Enfim, disse:

– Meu nome é Shirley.

Houve um silêncio mais longo até o homem repetir.

– Shirley. – Agora sua voz trazia um tom mais ríspido. – Shirley, por que meu identificador de chamadas diz "Penny Harrigan"?

Pega por sua mentira, Penny congelou. Ficou muda, tomada de vergonha. Sua frequência cardíaca subiu a 165 batimentos por minuto.

– Não se iluda – escarneceu Yuri, com crueldade. – Eu leio o *National Enquirer!* – Seu tom de voz estava envolto por amargura. – Sei que Penny Harrigan está exigindo parte das patentes da Beautiful You!

Vi no noticiário que você vai ao tribunal esta semana! – Ele estava histérico. – Você roubou minha Brenda de mim! Você roubou esposas de milhões de maridos e mães de milhões de crianças!

Os gritos do homem ficaram tão altos que Penny foi obrigada a tirar o telefone do ouvido. Suas ameaças ecoavam pela caverna. Era nítido o desprezo em sua voz. Era inegável.

Irado, Yuri gritou:

– Todo homem nova-iorquino sonha em matá-la!

O telefone de Penny fez um bipe para avisar que a bateria estava no fim.

– Se você ousar mostrar o rosto no julgamento das patentes – Yuri prometeu –, vamos destruir você. Arrancar cada membro de seu corpo. Vamos pôr fogo na sua casa!

A ameaça deixou Penny sem chão. Monique, pensou. Sozinha, incapacitada, em seu quarto, dispondo apenas de biscoitos e água. Penny precisava ligar para avisá-la. Se uma turba feroz botasse fogo em sua casa, Monique seria queimada viva.

Foi aí que a bateria do celular resolveu morrer.

Durante o longo voo do Nepal a Nova York, Penny pensou na melhor amiga. Quando se lembrava de Monique, que já fora tão vibrante e agora estava escravizada a masturbar-se em um quarto trancado e escuro, usando um cóccix humano modelado a partir de um polímero da era espacial, ela queria chorar. A pobre Monique, com suas partes íntimas cheias de bolhas de tanto abuso, pairava sobre um crepúsculo onde o prazer levava à morte. Penny fez uma oração silenciosa aos antigos deuses tântricos, pedindo que sua adorável colega ainda estivesse respirando.

Para se distrair durante a extensa viagem, ela praticou os exercícios de autoprazer que Baba ensinara incansavelmente. Impeliu suavemente seu traseiro até chegar à beira do orgasmo e substituiu a sensação excitante por lembranças de amor sincero pelo pai. Estimulando seus mamilos, ficou à beira da hiperventilação e logo redirecionou sua paixão crescente a pensamentos nostálgicos de gatinhos abissínios.

Ao longo dos dias que haviam passado juntas, a idosa havia selecionado um arsenal erótico aparentemente ao acaso entre as peças jogadas pela caverna. Usara cada uma das mesclas brutas de osso, pedra e penas como cunha ou alavanca para alcançar os pontos tântricos mais inacessíveis de Penny. Assim que ganhava acesso, a bruxa estimulava Penny repetidamente até a excitação insana, sempre a incentivando a liberar seu gozo em agitação física e gritos jubilosos de palavreado torpe. Após cada sessão, ela absorvia o suor do corpo de Penny com punhados de musgos aromáticos.

Juntas, elas bebiam chá de líquen, e Baba Barba-Cinza expunha sua teoria de que o prazer é uma energia imortal que pode ser direcionada, canalizada. O prazer, explicava ela, era atraído pelas pessoas que treinam seus órgãos receptores para aceitá-lo. Avisou, contudo, que ele não podia ser guardado nem mantido. Ele deve fluir pelo corpo, senão o alvo morre.

Trazendo à mão um chifre de carneiro que incrementara com diversos seixos e óleos de ervas, a bruxa fez sinal para Penny se deitar e disse:

– Podemos retomar nossas aulas, minha cara?

Era verdade. Os 136 dias em Paris, ao lado de Max, haviam ensinado Penny a ter prazer sem amor, mas as semanas enclausurada na caverna úmida de Baba a haviam ensinado que o êxtase profundo podia coexistir com um afeto ainda mais forte. A profundidade de sua ligação com a mulher-bruxa surpreendeu até a própria Penny. Ela não tinha se dado conta disso até a última manhã, quando acordou na cama de matéria orgânica seca que dividiam e percebeu que precisava voltar ao mundo lá fora.

Naquela manhã, Penny comeu silenciosamente um mingau de cobras moídas grosseiramente. Guardou seus poucos pertences em uma espaçosa bexiga de ovelha. Penny passara tanto tempo nua que seu corpo estranhava o terninho Norma Kamali. Ajoelhou-se para dar um beijo de adeus em Baba. Então, antes da alvorada, começou sua descida angustiante pelos desfiladeiros escorregadios do Everest.

A bordo de seu jatinho fretado, vestida dos pés à cabeça em um esplêndido Versace, Penny provava o chá que ela mesma havia macerado com os gravetos e o leite de iaque que a lâmia havia recolhido. Conferiu o e-mail e descobriu que seu julgamento começaria dali alguns dias. Seu primeiro passo na guerra contra Max seria contestar a propriedade exclusiva das patentes da Beautiful You. Ele seria obrigado a confrontá-la e o faria em um tribunal, aos olhos do público. Se perdesse, estaria morta. A morte não lhe trazia medo, apenas a esperança de que um dia retornasse a Baba Barba-Cinza para uma eternidade de prazer.

E se Penny Harrigan vencesse sua audaciosa batalha? Se ganhasse e o mundo ficasse livre da conspiração de C. Linus Maxwell, ela voltaria a viver como a velha senhora, naquela caverna isolada na encosta do desfiladeiro, inventando infinitas maneiras de dar prazer a si mesma e instruindo os alunos que buscassem sua orientação.

Ao retornar a sua casa no Upper East Side, Penny encontrou a porta de vidro jateado arrombada por baderneiros. Com spray vermelho, alguém havia escrito "Penny Harrigan chupa pau no inferno!!!" em letras garrafais. As palavras se estendiam de forma a desfigurar a elegante fachada de pedra nos dois lados da porta. Havia pingos escorrendo de cada letra, como em filmes de terror. Enquanto subia pelos degraus da entrada, ela viu que a varanda de mármore branca estava cheia de bonecas de pano. Quase do tamanho de bebês, cada uma usava miniaturas de couro Salvatore Ferragamo. As expressões faciais haviam sido costuradas e forradas para lembrar o rosto de Penny. O delicado bordado criara olhos castanhos e lábios rosa. Era inquietante ver todas as bonecas mutiladas e salpicadas de alfinetes. Penny suspirou e estremeceu, combalida, quando finalmente entendeu que eram bonecas de vodu.

Entre os artefatos malignos, havia várias galinhas em decomposição, com as gargantas cortadas de qualquer jeito e as penas respingadas de sangue. Seus vidrados olhos aviários olhavam para Penny em tom acusatório. Era evidente que haviam sido sacrificadas ali mesmo. A entrada de sua casa havia se tornado um altar de ódio. Atraídas pelo sangue esparramado estavam suas antigas nêmesis: as moscas. Elas pairavam sobre os tocos de velas queimadas.

O eco dos caminhões de bombeiro vinha de todos os lados. Uma nuvem de fumaça negra cobria o céu. O fedor provocava nela ataques de tosse. Um foguete atravessou o céu, como artilharia militar, fazendo um arco na direção de Midtown, e sumiu em meio aos prédios. Ouviu-se um estouro abafado. Sem qualquer explicação, a cidade havia se transformado em um campo de batalha.

Na mesma hora, Penny pensou em Monique.

A colega e melhor amiga havia estado no andar de cima quando sua casa fora sitiada sabe-se lá por quem. Uma onda de preocupação tomou o lugar do medo, e Penny rapidamente chutou a natureza-morta grotesca a sua frente. Enfiou a chave na fechadura.

Lá dentro, o vidro quebrado se estilhaçava a cada passo de seus saltos Kate Spade. Os vândalos haviam quebrado muitas vidraças. Sua munição – pedras enroladas em papel com mensagens ofensivas – estava entre os destroços. Ainda bem que as grades de segurança em bronze, reforçadas, tinham impedido que os invasores tomassem o local.

Pulando dois degraus da escada por vez, Penny gritou:

– Monique? Monique, você tá bem?

Ela empunhava o machado que ficava junto à lareira e derrubou a porta trancada do quarto da colega. Lá dentro, encontrou a amiga caída no colchão imundo da própria cama, perto da morte. O quarto fedia a baba e biscoito velho. Penny cuidou da menina, levando uma xícara de chá de líquen a seus lábios rachados. Se as pilhas de seus produtos Beautiful You não houvessem esgotado com os excessos, Monique já teria morrido de exaustão e desidratação havia muito tempo. A menina antes tão ousada reagiu com um ganido quando Penny limpou seus membros frágeis com um bálsamo feito de glândulas de águia e sebo de rena.

Ela deu um caldo de ovos de tarambola e medula fermentada à amiga, levando cada colherada a sua boca. Quando Monique tentou balbuciar, Penny a silenciou.

– Você não precisa ter vergonha de suas circunstâncias degradantes – ela disse. – Você foi vítima de prazeres primitivos aos quais nenhuma mulher sem a devida instrução teria como resistir.

Penny carregou a colega faminta e apática à sala multimídia e dispôs seu corpo claudicante sobre uma confortável *chaise longue*. Assim como haviam feito ao assistir à entrega do Oscar, Penny estourou pipocas e foi generosa no sal e na manteiga. Ela dava cada uma a Monique, lentamente, colocando-as entre os lábios rachados da garota. Juntas, assistiram à cobertura internacional da CNN.

Na tela de plasma de 72 polegadas, desfraldava-se um panorama de toda a agitação global. Guerras e desastres naturais não eram mais as notícias corriqueiras. O efeito Beautiful You havia superado qualquer fatalidade. Alguns homens foram espertos e forjaram novos papéis para si no mundo em rápida evolução, mas a maioria deles não conseguiu fazer o mesmo.

No primeiro grupo, estavam os nojentos libertinos. Autoproclamados guias do sexo, eles se deram conta de que as mulheres que sucumbissem aos produtos Beautiful You ficariam descontentes com a atuação ordinária de um parceiro sexual humano. Contudo, todo homem que empunhasse uma Vareta Relax Rotativa, o produto nº 3.447, estaria sempre acompanhado pelo belo sexo. A cantada mais audaz não era mais "Quer ver minhas gravuras?". Para um abordagem bem-sucedida, bastava ao pretenso amante mencionar que possuía um dos mais raros produtos Beautiful You. Qualquer operário que soubesse utilizar uma furadeira ou motosserra conseguiria operar facilmente um Treme Tala ou uma Cobra Vibra-Amor. Assim, os operários desempregados de todas as firmas de construção encontravam novas carreiras demonstrando os apetrechos de Maxwell tanto nas lojas como vendendo de porta em porta.

As câmeras da CNN fizeram uma imagem panorâmica pelo *showroom* da loja da Quinta Avenida. Os negócios estavam à toda, com agradáveis vendedores a assediar as consumidoras com os produtos. E não apenas produtos, mas também extensões de garantia bastante caras. Elas também podiam comprar em prestações, explicava o jornalista. Os analistas afirmavam que a DataMicroCom lucrava alto com os encargos que as consumidoras somavam usando seus cartões cor-de-rosa. Nenhuma moça desesperada e libidinosa que vagasse pelo covil dos gigolôs sem escrúpulos, percebeu Penny, teria chance alguma! Era a carreira mais desejada por todos os homens da cidade.

Na televisão, a cena mudou. As câmeras mostravam os quilômetros de fila para entrar na loja principal. Entre os rostos na fila, Penny reconheceu a atendente da Bonwit Teller, já sem o ar de elegância, transformada em uma zumbi sem um dente e de boca aberta. Da mesma forma, Kwan Qxi e Esperanza, as antigas colegas de quarto de Penny, estavam lá, com os olhos turvos, agarradas aos cartões de crédito da loja.

Nas últimas semanas, segundo a CNN, a composição da fila de consumidores havia mudado. Agora havia um número quase igual de homens entre as mulheres. Eram os aproveitadores.

Entre os mais rápidos na adaptação, esses usurários buscavam comprar todos os produtos inéditos possíveis. Eram cambistas que iriam repassar os apetrechos a mulheres com um lucro astronômico. Para mulheres ricas, deficientes ou impacientes, ou qualquer uma que não quisesse ou não pudesse esperar do lado de fora, eles eram enviados dos deuses. Vibradores e consolos haviam se tornado a nova moeda do mercado negro mundial. Não se passava um dia sem informes de que caminhões da Beautiful You haviam sido saqueados e de que sua preciosa carga fora levada por inteiro. Assaltos a depósitos. Seguranças assassinados. Entregas que chegavam em carro blindado. As últimas compradoras viravam alvo de ladrões, que roubavam as mercadorias à mão armada para revender no mercado negro.

Gangues rivais brigavam por território. Oficinas ilegais de trabalho escravo enchiam o mercado de produtos falsificados que não davam a mesma satisfação.

Para Penny, a situação era quase tão louca quanto fora a época dos Beanie Babies ou dos tênis do Michael Jordan. Quase.

Enquanto Monique começava a mascar sua pipoca rica em calorias, ainda zonza, o repórter da CNN sobrevoava Manhattan em um helicóptero, rumando para o norte, em direção a uma grande coluna de fumaça negra que se erguia do Bronx. Para Penny, a Nova York que se via abaixo do helicóptero parecia um campo de batalha típico do terceiro mundo. Havia trocas de morteiros entre os bairros, que provocavam incêndios em prédios de luxo. Viaturas da polícia e ambulâncias banhavam as ruas com luzes vermelhas piscantes. O tráfego estava travado devido aos veículos em chamas.

O plano da câmera captou a Rua 122 East e passou gradualmente ao Harlem River Drive, aos poucos chegando ao Bronx. Muito acima da malha das ruas, o helicóptero se precipitou para desviar de um míssil ou foguete que veio como um jato em sua direção. A arma parecia ter o tamanho de um projétil de bazuca. Ela soltou chamas e formou um arco de fumaça negra. Outro projétil veio contra o helicóptero, e o piloto mergulhou para desviar.

Na TV, o céu da cidade era cortado por ogivas em fogo. Onde quer que caíssem, estouros pareciam bombas incendiárias que queimavam prédios, carros e árvores. Manhattan tornara-se uma zona de guerra. Seguindo o arco negro de cada projétil, Penny conseguia encontrar sua origem na coluna de fumaça negra.

A fumaça vinha do Yankee Stadium. Lá dentro, um incêndio descomunal parecia devorar o centro do campo.

A CNN passou da vista aérea para uma equipe de reportagem em solo no campo de beisebol. Era um cenário de caos, com multidões festejando a confusão. Todos os presentes eram homens, e a maioria usava camisetas do grupo Pagadores de Promessa. Penny conseguiu ver longas filas de homens. As filas serpenteavam ao redor de uma grande fogueira, espalhando-se pelo estádio numa roda. Eram versões masculinas das filas de consumidoras que serpenteavam à frente de todos os pontos de revenda Beautiful You pelo mundo.

Os homens frenéticos cantavam uma música que lembrava a infância de Penny. Era o hino religioso "Kumbaya". Os movimentos cadenciados, feito um grupo de prisioneiros, sincronizavam-se com o ritmo da melodia enquanto passavam os objetos de mão em mão. Quando chegava perto do fogo, cada objeto era jogado nas chamas.

As câmeras se aproximaram mais, e Penny testemunhou o que seria a visão do inferno para qualquer homem. Montanhas de pênis decepados contorciam-se nas labaredas. Falos torcidos pelo calor intenso, formando bolhas e retorcendo-se como em um tormento prolongado. Ardendo, alguns pintos sofridos arrastavam-se do fogo feito lagartas, como se tentassem chegar a um lugar seguro. Iam e voltavam, saltavam e se debatiam. Pareciam agonizantes. Eram pegos pelos homens em volta e sumariamente devolvidos a seu destino. Outros estouravam no calor, cuspindo lava derretida cor-de-rosa.

Penny os reconheceu: eram produtos Beautiful You. As figuras que brincavam e cantavam como selvagens ao redor daquele inferno eram homens sacrificando seus rivais. Assim como gerações anteriores haviam queimado livros e discos, esses homens urravam em desapego catártico, passando lanças e varas do amor de homem para homem até estarem empilhados nas chamas intempestivas e borbulhantes. O fedor e a fumaça negra da pira pairavam sobre as ruas, acres como o vapor venenoso de um incêndio infinito de pneus.

Entre os falos, explodiam também libélulas e duchas. Nenhum produto ficava de fora. As pilhas estouravam com guinchos altos, como um massacre de filhotes de coelho.

Outros falos eram disparados como mísseis, direto da fogueira. Eram essas coisas, essas tochas voadoras, que quase haviam derrubado o helicóptero da CNN. Como mísseis, os objetos faziam chover fogo sobre os cidadãos da metrópole.

O repórter da CNN explicou que os brinquedos de prazer haviam sido comprados, emprestados ou roubados. Independentemente de como haviam chegado ao Yankee Stadium, nenhum deles sairia dali intacto. Segundo o repórter, em todos os estádios do mundo, de imensos coliseus a gramados ralos de campos de futebol, hordas de homens raivosos atiçavam as chamas de piras semelhantes de apetrechos do amor.

De repente, a câmera mudou o foco. Ela se desviou do repórter da CNN. Alguém, um bandido fora de quadro, havia tomado o controle e forçado a lente a focar um único homem encardido. Seu rosto estava sujo da fuligem de látex. Uma barba esparsa escondia seu rosto, com exceção dos olhos injetados. Foi só quando ele falou que Penny reconheceu.

Era Yuri.

– Penelope Harrigan – urrou ele na tela plana de sua luxuosa sala de cinema –, em breve vamos arrastá-la do tribunal até aqui para queimá-la no fogo como a bruxa que você é!

A Manhattan à qual Penny retornara era uma paisagem urbana de homens. Só se viam homens a rondar as calçadas. Só homens dirigiam carros, caminhões ou andavam de metrô. Todo assento de todo restaurante estava ocupado por nádegas masculinas. Obviamente, ao caminhar entre eles, Penny chamava muita atenção. Sua dieta de fungos orgânicos, à beira da inanição, e as longas horas de autoprazer vigoroso haviam esculpido seu corpo. Cada músculo saltava sob a pele fina e lisa enquanto ela caminhava pelas ruas, confiante.

Para não ser reconhecida, ela colocara óculos escuros enormes e um boné de beisebol virado para trás. Os óculos eram da Fetch, com uma armação estilosa que criava um equilíbrio perfeito entre "olha pra mim" e "se manda". Ela abdicou do enorme pingente de rubi, que se tornara o acessório típico da "Cinderela do Nerd". Apesar de irreconhecível, era fácil até demais para ela imaginar uma enchente de vigilantes caindo dos arranha-céus. Homens como Yuri. Um mundo de pênis raivosos. Os mesmos homens que haviam sacrificado galinhas a sua porta, que dominavam as calçadas. Imaginava-os carregando cordas e tochas. Se soubessem quem ela era, a multidão linchadora de machos a perseguiria como se fosse o Frankenstein.

A fumaça do Yankee Stadium pairava sobre Nova York como uma mortalha. Consolos ardentes riscavam o céu, e as cinzas caíam como flocos de neve negros. A fuligem fazia os olhos e a garganta de Penny arderem com seu odor acre. A indecência pingava e prendia-se nas laterais rosadas do prédio da Beautiful You. Encobria-o. Tornava a torre nada menos do que uma paródia do paraíso nevado que havia tão pouco tempo Penny deixara para trás.

Os cartazes de mulheres desaparecidas continuavam a cobrir cada superfície pública ainda visível. Subiam por postes de telefone e muros como se fossem trepadeiras. A luz severa do sol começara a esmaecer as fotos e sorrisos de esposas amadas e mães adoradas. Diretoras e presidentas de sucesso cujas conquistas profissionais eram varridas pela chuva. Os nomes começavam a desaparecer. Já estavam quase esquecidas.

Com elas, o progresso político e social de todo o sexo feminino, conquistado a duras penas, parecia estar corroído. Em extinção.

Na esquina da Broadway com a Rua 47, Penny avistou um rosto conhecido. Uma mulher caída na calçada, encostada à base de um poste. Chegando mais perto, Penny viu que a estranha aflita usava um broche Paloma Picasso, dourado e com diamantes, da Tiffany. Seu cabelo tinha luzes feitas por especialistas, embora caísse em filamentos rançosos sobre seu rosto sujo, que uma vez já fora maquiado. Ela usava os restos esfarrapados do que já fora um tailleur Chanel; a parte de cima estava aberta, com os seios à mostra para os passantes. A saia estava puxada para cima, em volta da cintura, enquanto ela apunhalava a si mesma com um dos apetrechos Beautiful You. Com as pernas encardidas, ela agarrava o brinquedo com as duas mãos. Tinha as unhas cobertas de sujeira e mexia a ferramenta manchada de indecência em círculos, enfiando e tirando. Como uma interna de um hospício vitoriano, ela ria e balbuciava consigo mesma, indiferente às multidões que passavam e evitando seus olhares.

Ao aproximar-se do espetáculo, Penny tentou a sorte:

– Brenda? Você se chama Brenda?

Sem diminuir o ritmo da maquinação carnal, a mulher olhou para Penny com um fraco reflexo de compreensão.

– Você é noiva de Yuri, lembra? – Penny estendeu as mãos abertas como se assim pudesse devolver a vida antiga à mulher. – Você era Diretora Financeira da Allied Chemical Corp. – Penny reconheceu que o apetrecho de prazer era o produto Beautiful You nº 2.788, a Sonda Êxtase Já. Seu revestimento de silicone e látex estava gasto, manchado, quase irreconhecível. Até Yuri teria dificuldade para identificar o presente de aniversário especial que oferecera de maneira tão inocente. Penny logo descobriu o número de Yuri no histórico do celular dela. Ligou e ouviu o telefone tocar do outro lado.

Ao mesmo tempo, tentou ajudar Brenda, puxando os trapos do blazer na tentativa de cobrir seu peito nu. Desesperada para salvar a dignidade da outra, Penny puxou a bainha da saia pelas pernas da indigente com insistência enquanto tentava acalmá-la. Ninguém parou para ajudar. Todos passavam com pressa. Eram todos homens que davam olhares furtivos, ficavam aflitos com a cena e seguiam seu rumo. O telefone de Yuri continuou tocando.

– Alguém pode ligar para o 911? – Penny implorou enquanto tentava encaixar os botões nas casas. – Por favor! – Ela não conseguiu deixar de notar que a criatura maníaca e besuntada usava um colar duplo de pérolas, uma combinação belíssima. Depois de seus 136 dias entre os *glitterati*, ela conseguia reconhecer que os brincos do tamanho de cubos de gelo que cintilavam nas orelhas da estranha eram impecáveis diamantes de dois quilates.

A reação de Brenda foi agarrar-se com força ao falo e levar os joelhos ao peito, fechando-se como uma bola para proteger seu prêmio. Mostrou os dentes e rosnou feroz.

– Ajude-me! – Penny implorou a um empresário em terno risca de giz. O homem fitou a cena com horror e mudou de rumo depressa. Ela estava tentando tirar os dedos da mulher de sua tarefa com delicadeza quando sentiu uma ferroada na lateral da mão. A insana havia enfiado os dentes perfeitamente recobertos por jaquetas na pele da pretensa salvadora. Com as bochechas manchadas de sangue, ela mordeu a carne tenra perto do dedão de Penny como um animal raivoso.

Um mensageiro de bicicleta parou por perto.

– Moça, espero que esteja em dia com a vacina de tétano... – disse ele antes de sair correndo.

Chocada e com dor, Penny soltou o celular, não sem antes ouvir uma voz do outro lado:

– Alô? Brenda? – Era Yuri, mas o telefone estava destruído, na sarjeta, fora de seu alcance.

Penny fez força para fugir, mas os dentes da mulher estavam fincados em sua carne. Ela arfava, o que fazia o sangue escorrer pelos cantos da boca. Foi só quando se inclinou para a frente que Penny conseguiu escapar da mordida da louca. Quando Penny caiu para trás, a lunática pôs-se de pé e bateu em retirada, correndo em zigue-zague. Com o sangue ainda em seu rosto, Brenda saiu cambaleante pela Broadway, com as mãos sujas agarradas ao objeto rosa de sua insaciável obsessão. As multidões masculinas deram licença para ela passar.

As únicas outras mulheres à vista eram as intratáveis zumbis na fila quilométrica que começava na torre rosa afunilada da Quinta Avenida. As infelizes atormentadas pareciam intercambiáveis. Seus cabelos pegajosos caíam e formavam nós. As unhas estavam mordidas até a carne. Todas carregavam a mesma bolsa, calçavam sapatos idênticos, vestiam trajes quase iguais. Não era um visual atraente nem estiloso, Penny percebeu; mas eram todos produtos da DataMicroCom e de suas subsidiárias.

Uma trupe de homens de ombros caídos, usando camisetas do grupo Pagadores de Promessa, armava uma marcha de protesto e vigília perto da entrada da loja. Arrastavam-se como um círculo torto, levando placas que diziam: "Realização pessoal não gera família!" Outras placas declaravam: "Bebês devem vir *antes* de orgasmos!" Eles rondavam e vagavam, sitiados e ignorados.

Para enfrentar a multidão de mulheres em frente à loja, Penny firmou os pés no chão, jogando os ombros para trás e colocando as mãos na cintura.

– Irmãs! – ela gritou. – Me ouçam, por favor! Vocês têm que parar de abusar de si mesmas!

As mulheres olharam de soslaio, observando-a com olhos estreitos e hostis. Agarravam as sacolas cor-de-rosa junto ao corpo como se fossem talismãs. Ninguém dizia uma palavra, mas muitas vaiaram alto.

– Vocês estão em contato com um poder que não entendem – Penny gritou. – Uma prática ancestral de autoestímulo que exige décadas de aprendizado e uso seguro para não resultar em danos permanentes à praticante. – Penny enfrentou com coragem os rostos servis, rosnantes. – A maioria que está aqui também foi infectada por legiões de minirrobôs.

A reação de muitas foi fazer tumulto. Outras cuspiram. Em sua fraqueza uniforme, nenhuma conseguiu fazer um ataque direto e sem rodeios.

– Amanhã levarei a público o esquema atroz com o qual C. Linus Maxwell se apoderou de rituais sexuais do passado para escravizar todo o sexo feminino. – Em resposta às vaias crescentes, Penny continuou: – A Beautiful You desperdiça suas endorfinas. Temos que boicotar todos os produtos da DataMicroCom. Vou ensiná-las a produzir apetrechos seguros e rudimentares, a partir da matéria-prima que a natureza nos dá. Tenho aqui bálsamos para aliviar suas vulvas inflamadas e sobrecarregadas!

Em vez de unir-se a Penny ou atacá-la, a multidão virou de costas. A zombaria diminuiu até virar um resmungo geral. O golpe não havia surtido efeito.

Penny obviamente havia julgado mal a multidão. O único interesse das mulheres era voltar à nave-mãe e adquirir mais e mais produtos. Reavaliando sua estratégia, Penny repensou sua ofensiva.

– Irmãs! – ela berrou. – O prazer é uma prerrogativa humana! Temos de atacar os bastiões do prazer e tomar aquilo que é nosso por direito! – Ela ergueu um punho ao céu, ainda com as marcas de dente visíveis na mão suja do próprio sangue seco.

A reação foi positiva. Muitas mulheres na multidão vibraram.

– Não fiquem esperando como ovelhinhas passivas que seus mestres corporativos distribuam o êxtase em conta-gotas! – reclamou. – Peguem tudo! Derrubem essas portas e tomem tudo para si!

Assim, Penny conclamou a fila desordenada a tornar-se um exército revoltoso. Fez a fome delas se transformar em ira frenética. Milhares de mulheres em desespero atacaram com tudo, chocando-se contra a fachada de espelho rosa, martelando o vidro com os saltos deselegantes de seus sapatos feios. Empunhavam suas armas eróticas e gastas como se fossem cassetetes. Bateram com os punhos até rachaduras ominosas começarem a correr por todos os lados e as janelas e portas se arquearem para dentro, prontas para vir abaixo.

Sem ser notada, uma limusine negra havia parado na esquina perto de Penny. Uma janela do carro se abaixou, revelando as maçãs de um rosto pálido e quase reptiliano. Era Maxwell. Dirigindo-se apenas a Penny, ele disse:

– Entre.

– Rá! – Ela riu, apontando para a multidão. A fachada destruída da loja já havia sido esmagada pelos pés das revoltosas, que entravam para saquear prateleiras e mostruários. – Você não vai controlar todas nós, Max! – Vitoriosa, Penny gabou-se: – Vamos tomar tudo que é nosso!

A reação da figura na limusine foi erguer um aparelhinho escuro. Era quadrado e podia ser confundido com um celular ou videogame portátil. Era o aparelho que ele estava dedilhando na plateia na noite da morte de Alouette. Maxwell apertou alguns botões como se escrevesse um SMS. Depois, outros.

– Pode vir! – Penny o desafiou. – Chame a polícia. Chame seus brutamontes. Nem eles vão impedir essa revolução!

– Entre, sua vaca – Max repetiu. – É a última vez que vou pedir *com carinho.*

– Vai se foder! – Penny gritou.

– Não – Max disse categoricamente. – Vou foder *você*, minha cara. – Com isso, ele apertou um botão, e todas as usurpadoras repensaram suas atitudes.

Algumas, incluindo Penny, se encolheram. No caso da maioria, os joelhos cederam, e elas caíram, agarrando as virilhas com as duas mãos. Todas começaram a debater-se no chão ao som de desejo voraz, sem dignidade alguma. O exército revolucionário desfez suas fileiras e entregou-se ao contorcer hedonista. No lugar de valentes rebeldes, via-se um carpete ondulante de corpos humanos. Os gritos de vitória viraram um coro de gemidos sensuais em sincronia com impulsos violentos da pélvis em direção ao céu.

Ao pressionar mais um botão, as mulheres começaram a babar e contorcer-se em convulsões espasmódicas. Estavam prestes a morrer da mesma forma que Alouette, de parada cardíaca ou aneurismas cerebrais causados por excesso de estímulo erótico.

Mesmo com os espasmos paralisantes de prazer em seu corpo, Penny suplicou:

– Liberte-as! – Ela começou a rastejar em direção ao carro. Dentro de seu corpo, tentava conter a força erótica, bloqueá-la ou redirecioná-la contra Maxwell. Seu assoalho pélvico tentou formar um punho cerrado e raivoso. Meditou conforme Baba havia lhe ensinado. Tentou todos os métodos tântricos, mas nenhum funcionou. Arrastando-se pela calçada de concreto, ela chegou ao lado do carro. Derrotada, sussurrou:

– Liberte-as, Maxwell. Poupe essas vidas e irei com você.

A porta do carro se abriu e Max disse:

– Entre. Caso contrário, aperto outro botão e todas morrem.

Arrastando-se para dentro do carro, Penny viu seu rosto refletido no sapato engraxado de Max. *Rebata o poder dele*, disse a si mesma, mas nada aconteceu. Assim que ela se viu totalmente incapacitada, tremendo e exausta, caída no carpete do carro, Max fechou a porta e fez sinal para o motorista dar a volta no Central Park lentamente.

Aos poucos, o prazer insuportável diminuiu. Era Max quem o determinava com seu controle remoto. Para outros, ele parecia estar jogando um videogame. Não mais sujeita à força dos estímulos, Penny se sentou ao lado dele. Ele serviu uma taça de champanhe e ofereceu a ela. Champanhe rosê. Ela dirigiu-lhe um olhar de apreensão.

– Não se preocupe, minha menina – ele murmurou. – Não preciso drogá-la. Já tenho controle total sobre seu corpo.

Penny aceitou a taça. Depois das várias xícaras do saudável chá de liquens e da carne de rato, o espumante tinha um sabor alienígena. Suas paredes vaginais relaxaram, exauridas.

– Eu sei sobre os nanorrobôs – ela arfou. – Sei que eles vinham dentro da libélula.

– Garota esperta – disse Max. – Será uma excelente presidenta da DataMicroCom.

– Não vou ser sua marionete – Penny jurou.

– Pobre Clarissa – disse Max. – Ela nunca quis ser presidenta. Eu a obriguei.

Ele explicou que conheceu Clarissa quando era uma simples vendedora da Avon que oferecia batons de porta em porta. Ela não era nada para ele. Só um número. Mas ele percebeu que, tendo o poder da vida e da morte, podia obrigá-la a tornar-se qualquer coisa. Depois de seus 136 dias de romance, já era tarde demais. Ela estava implantada. Sua única opção era ser o que ele quisesse ou morrer. Ela nunca quis ser senadora, muito menos presidenta, mas, caso se recusasse – ou se fosse um fracasso na corrida eleitoral –, Max a teria assassinado e iniciado o mesmo processo com outra mulher.

– Foi a mesma coisa com Alouette – ele disse em tom saudoso. – Ela era um rostinho bonito, feliz sendo apenas uma simples modelo...

Depois de implantada com batalhões de nanorrobôs, ela não teve opção. Se não tivesse performances estupendas, Max a punia com níveis debilitantes de prazer. Ele a alçava às raias da loucura dinamitando seu clitóris durante dias, de forma que ela não pudesse comer nem dormir. O fracasso deixou de ser opção, e Alouette passou a ter medo da própria genitália.

– Para sobreviverem, as duas mulheres tornaram-se aquilo que decretei. Se alguma falasse sobre o poder que eu tinha sobre ela, eu a matava.

– Foi por isso que você assassinou Alouette? – perguntou Penny.

– Ela ia revelar tudo a você – confirmou Max.

O chofer de Max conduzia-os em uma volta infinita pela paisagem enfumaçada e devastada pela guerra. Parecia fazer séculos desde o romântico passeio de carruagem com Tad pela mesma rota arborizada.

Pelas janelas fumês da limusine, ela enxergava o parque. Os bandos de crianças sem supervisão ainda vagavam por lá, abandonados pelas babás rebeldes. Os idosos em cadeiras de rodas ainda estavam estacionados como esquimós abandonados à morte nos icebergs do gelo ártico. Entre eles, estava Yuri, o noivo abandonado pela noiva obcecada por prazer. Barbudo, só em sua ira, com as roupas desgrenhadas, ele continuava a entregar folhetos verde-claros aos passantes. A foto de Brenda, da mesma forma que a lembrança que tinha dela, era mais tênue a cada lote de cópias. Penny teve vontade de saltar do carro e correr até ele. Sonhava em mostrar as marcas de dente em sua mão como prova de que a amada ainda estava viva. As cicatrizes instilariam nele uma esperança renovada.

Max percebeu que ela olhava para o homem derrotado. Indiferente, balançou a cabeça.

– Não deixarei que um lunático a assassine. – Ele fez um gesto com a mão que pareceu englobar toda a cidade. Talvez todo o mundo. – Onde quer que você tenha andado... em todo momento de sua vida desde o nascimento... meus seguranças estavam sempre de olho em você. Foram meus guardas que impediram que os rufiões incendiassem sua casa e que já salvaram você de um tornado. – Menos carinhoso, ele acrescentou: – Você me pertence. Se alguém matar você, serei eu.

Penny deu um suspiro de resignação.

– E qual é minha função dentro de seus grandes propósitos?

Max sorriu com um estranho misto de afeto e pena.

– Você será a presidenta vitalícia da DataMicroCom. Todo dia, pelo resto da vida, você vestirá meia-calça e carregará uma pasta. Seu penteado será um elmo de laquê, sua alimentação será composta basicamente por salada. Vai ter que aguentar reuniões tão tediosas que testarão sua sanidade.

Max a fitou com um sorriso presunçoso.

– Toda mulher no mundo sonha em ser minha esposa.

– Está me cantando? – Penny perguntou, surpresa.

– Não seja boba. Estou *pedindo sua mão.* – Ele deu de ombros, como se quisesse evitar uma discussão. – Você será uma cônjuge esplêndida. Não há motivo para passarmos a vida sós se podemos ficar juntos.

A rainha da Inglaterra, a baronesa da mídia chinesa, a magnata do aço, todas as suas conquistas prévias tinham vidas igualmente castas de submissão a ele e somente ele. A rede de mulheres poderosas dava a Maxwell domínio sobre toda a raça humana.

– Através da Beautiful You – disse Max com orgulho –, implantei com sucesso nanorrobôs em 98,7% das mulheres adultas do mundo industrializado.

Era assim que ele controlava seus hábitos de consumo. Durante os comerciais de TV de alguns produtos, aqueles produzidos pela DataMicroCom, ele transmitia um sinal que ativava sensações eróticas. Fosse um sapato, um filme ou um livro sobre vampiros, as mulheres imediatamente associavam os estímulos a sua reação excitada e corriam às compras.

– As mulheres são os novos mestres do mundo, mas agora eu sou o mestre das mulheres.

Penny sabia que ele estava dizendo a verdade. Pelo menos era verdade para ele mesmo.

– Não pense que isso é uma disputa de colégio – Max avisou. – Não se trata de menino contra menina. Trata-se de poder. Vivemos em uma era em que as mulheres detêm a maior parte do poder. No governo e nas decisões de consumo, as mulheres comandam o mundo, e sua expectativa de vida mais prolongada dá a elas controle da maior riqueza.

Ele estava maravilhado com o controle preto que tinha nas mãos. Começou a girar o aparelho para observá-lo melhor. A superfície era um mosaico de botões negros, cada um com uma letra ou número. Um teclado.

– Você imagina o que aconteceria se esse controle caísse nas mãos de um garoto de 13 anos?

Seca, Penny respondeu:

– Já caiu.

Os dedos de Max estremeceram sobre os botões, e ela berrou em um espasmo de excitação elétrica que atravessou seu clitóris.

Controlando o orgasmo, Penny disse:

– Você tem uma forma bastante eficiente de impedir que as pessoas tenham bebês. – Ela estava pensando nas lesões causadas em todos que tentavam penetrá-la.

Maxwell deu um sorriso enigmático.

– Se sua mão de obra me agradar, talvez eu permita que você se reproduza. Os seres humanos são incapazes de controlar seu número, por isso devo cumprir essa tarefa. Na minha utopia, apenas as fêmeas mais inteligentes e produtivas terão permissão para ter filhos.

Ao ouvir aquilo, Penny conseguiu entender por que a presidenta havia se matado. Maxwell planejava controlar a taxa de natalidade de todo o mundo industrializado.

– Superpopulação – disse Penny. – Foi por isso que você colocou um *dobermann* para vigiar o jardim?

Ele concordou com orgulho evidente.

– Você se refere à proteção. Alguns nanorrobôs podem dar um impulso de energia plasmática causticante. Foi inventado para destruir células cancerígenas, mas descobri que também funciona contra a ereção masculina.

Irônica, Penny disse:

– Você vai ficar feliz em saber que também funciona nos dedos de feiticeiras do Himalaia.

Max ergueu uma sobrancelha.

– Ah, você foi atrás de Baba Barba-Cinza. – Ele deu um sorriso irônico e perguntou: – Como anda minha velhinha?

– Ela despreza você! – Penny retrucou. Apesar de ele tentar esconder, ela viu que a notícia entristecera Maxwell. Para aproveitar sua vantagem, ela emendou: – Baba abomina você por ter roubado os segredos dos ancestrais e usado-os em proveito próprio.

Sem dizer uma palavra, Max mexeu um botão de seu controle, fazendo Penny sentir uma pontada de desejo impetuoso tremular por seu ser.

Ela vacilou, mas rapidamente recobrou a compostura. Estreitou o olhar.

– Tendo a orientação dela, talvez seja mais difícil dominar a mim do que as suas antigas escravas.

Max a observou fechar e abrir as mãos com raiva.

– Você não é mais a criança fraca que adestrei nos caminhos do prazer... Sinto que sob a orientação da Baba você se tornou algo perigoso. Uma mulher. – Seus olhos cintilavam com algo que parecia admiração. – Se pensa em me ferir, tenha em mente que me matar traria consequências muito além de sua imaginação mais desvairada!

– Depois de amanhã, o mundo inteiro vai abominar você. – Ela provou de sua taça de champanhe. – Durante os argumentos iniciais de meu julgamento pelas patentes, pretendo expor toda a sua sujeira!

Max apertou os controles.

Penny sentiu um calafrio de prazer no ânus. Apenas um alerta. Ignorou-o.

Max brincou com mais um botão, e ela sentiu os mamilos incharem.

– Tenho certeza de que você consegue mais que isso.

– E prometo que vou conseguir – jurou Maxwell. – Se você tentar me expor no tribunal, vou fazer você rastejar e latir como uma cadela louca no cio. Deixarei você insana de tesão. E então vou matá-la.

Naquela noite, Penny construiu um altar aos deuses tântricos do passado. Fez uma oferenda com chá preparado com um punhado de areia que trouxera da caverna de Baba Barba-Cinza. Com uma compressa gelada de líquen úmido, refrescou a testa febril de sua melhor amiga e colega de casa. Aquela podia ser a última noite de Penny na Terra, mas até a morte era melhor do que viver como escrava de Maxwell. Imaginou os nanorrobôs formando um enxame para atacar seu cérebro e virilha. Telefonou para o pai em Omaha. A condição da mãe não havia melhorado, mas também não havia piorado. Ela estava fortemente sedada e, para manter-se viva, era alimentada à força por uma sonda.

Parecia que só Tad acreditava nela. Em resposta a uma ligação, ele correu à sua casa levando o resumo da ação para revisarem. Ela contou sobre sua viagem ao Nepal enquanto comiam pizza na cozinha. Penny falou do guardião que vivia dentro de milhões de mulheres. Aquela pulsação paralisante de energia plásmica perfuradora e maligna.

Penny explicou tudo. Somente agora eles poderiam consumar seu romance com verdade e sinceridade. Tomando xícaras do chá de areia sagrada de Baba, eles estavam à mesa da cozinha e discutiam como levar o relacionamento a outro nível.

Tad olhou para ela enquanto a pizza esquecida esfriava entre os dois. Ele parecia um menininho assustado e confuso. Os olhos estavam arregalados de terror. Fazia meses que ele via Brillstein mancando pelos corredores em agonia prolongada. Ele engoliu seu nervosismo em seco. Não parecia disposto a ter a mesma sina.

– Achei que você... não podia fazer sexo vaginal.

Como Baba lhe disse, a vagina de Penny não era sua única forma de acesso ao poder. Não importava mais se ela era bonita ou feia, magra ou gorda, jovem ou velha. Já estava treinada como uma feiticeira do sexo completa. Eram suas habilidades repassadas através de mil gerações de especialistas do sexo. Ela carregava a incrível magia carnal nas mãos e na boca. O conhecimento já estava impregnado em cada músculo de Penny. Só seu reto já conhecia inúmeros métodos de dar prazer.

Penny não se vangloriou de nenhum desses talentos com Tad. Em vez disso, apenas apontou para a geladeira.

– Tem uma garrafa de champanhe gelando. – Com a voz aveludada de insinuações, ela continuou: – Por que você não o abre enquanto eu subo para vestir uma coisinha mais sensual?

No quarto, Penny reencontrou a camisola de penas de marabu tingidas de roxo. Muitas penas estavam duras, com o sangue coagulado de Brillstein, mas o roxo camuflava perfeitamente a pista sanguinolenta da noite em que ela seduzira e interrogara o maligno chefe. Vestindo a plumagem, ela calçou os saltos Prada mais altos que tinha e conferiu o resultado no espelho do closet. A lembrança do idoso alojado dentro dela, choramingando de dor, provocava risos. A visão de sua vulva magnífica e imberbe convocou uma memória agridoce do belíssimo rosto de Alouette no banheiro do restaurante parisiense.

Do andar de baixo, Tad chamou:

– O champanhe está pronto.

– Só mais um minuto – Penny respondeu. Ela correu ao quarto de Monique. Lá, a colega dormia profundamente, exaurida demais para ouvir Penny reunir um monte de produtos Beautiful You, todos bastante usados. Ela os levou depressa a seu próprio banheiro e jogou no boxe.

Tad chamou de novo:

– Você tá pronta? Vou levar o champanhe.

– Estou no quarto – Penny gritou. Com o chuveirinho do banheiro, ela lavava os resíduos de lubrificante e fluidos ressequidos nos diversos apetrechos sexuais que tomara emprestados. Agora que conhecia os segredos do design dos produtos de Max, ela reconhecia facilmente a versão plástica da clavícula humana. Outro era evidentemente uma cópia da escápula, mas em fibra de vidro e borracha. Enxugou cada um com a toalha de mão e jogou-os na cama. Ouvindo os passos de Tad na escada, Penny mal teve tempo de curvar os cílios, depilar as pernas e colocar perfume atrás das orelhas.

Enquanto fazia isso, ela esquadrinhava sua memória atrás de detalhes da anatomia sexual masculina. Max lhe havia ensinado um pouquinho. Baba Barba-Cinza lhe ensinara muito mais, mas Penny não colocara nada desse aprendizado em prática. Sua mente ficou atordoada com o esforço de imaginar o nervo retal inferior de Tad e sua túnica vaginal.

Como toque final, Penny caminhou lentamente em um círculo amplo, perfumando sua câmara do amor. Baba ensinara-lhe muito bem como usar os potentes feromônios que se acumulam na glândula de Howard, e, ao fazê-lo, preencheu o lugar romântico com um inegável aroma hormonal.

Nesse momento, Tad já estava parado na porta do quarto, segurando a garrafa de champanhe e duas taças Baccarat. Uma combinação de excitação e vulnerabilidade enchia seus olhos. Com um adejo das penas de marabu, ela conduziu-o à cama e rapidamente despiu-o, revisando veladamente sua anatomia. Algumas carícias localizaram o ligamento puboprostático. Com uma delicada exploração, os dedos de Penny abriram caminho devagar e cada vez mais fundo no reto de Tad. Ela traçou o canal inguinal até as glândulas bulbouretrais e o duto ejaculatório. Se ele tinha alguma objeção às liberdades que ela tomava, não falou. Pelo contrário: o advogado viril e convencido contorceu-se de apreensão enquanto via Penny combinar o champanhe rosê com a mistura de ingredientes secretos patenteados da Beautiful You. Com seu toque, sua pele juvenil estremeceu de medo e expectativa.

Sem que ele soubesse, o sangue do pretenso amante que fora frustrado ainda manchava o colchão em que eles encenavam as artes do amor. Por sorte, Penny teve a ideia de virá-lo ao contrário.

Penny saboreou os arrepios dele. Era assim que Max se sentia quando controlava seu êxtase. Aquilo era ter poder. As prolixas declarações de amor do jovem de sangue azul desapareceram. Para ele, não existia nada além das sensações eróticas que experimentava pela primeira vez. Tad estremeceu com uma paixão que não pôde esconder quando ela invadiu seu tenso esfíncter com o bico da seringa e começou a liberar o espumante rosê adulterado, que dilatava e invadia sua corrente sanguínea. Penny estava persuadindo o corpo dele a se realizar de uma maneira que prejudicaria seu entendimento da realidade.

Se a própria Penny sentia alguma excitação, era no nível intelectual. Os grunhidos e contorções de Tad eram prova de que ela alcançara o domínio dos centros de prazer humano. Já vira muitas mulheres sob aquela influência. Manipuladas de forma rude. Era maravilhoso ver que ela era capaz de conseguir o mesmo efeito sobre um homem. Max tinha razão em uma coisa: não se tratava de uma briga entre menino e menina. Tratava-se de como o conhecimento do próprio corpo traz poder sobre os outros. Penny já fora a cobaia abjeta e babona. Esta noite ela seria a mestra. Ela estava no controle.

Com sua habilidade, ela comprimiu os túbulos seminíferos para suprimir a espermatogênese. Penny Harrigan não era mais o bloco de mármore aguardando para ser esculpido. Apesar de sua plumagem tingida de roxo, ela era a incomparável lâmia do sexo. A cada uma de suas carícias, monitorava a pulsação e a temperatura do jovem advogado. Ele ficou ofegante. Seu ritmo cardíaco estava em 197 batimentos por minuto. O assoalho pélvico de Tad cedeu, e ela habilmente inseriu um falo cor-de-rosa escolhido entre o acervo considerável de Monique. De posse do produto nº 371, a Varinha Margarida, ela girou e revolveu a mistura intoxicante nas entranhas do namorado. Essas técnicas o levaram rapidamente ao coma erótico: sua temperatura central baixou a 27 °C, suas pupilas ficaram fixas e dilatadas. Penny foi impelida a ressuscitá-lo com seu próprio fôlego. Assim como Max a havia estimulado quase a ponto de morrer e depois a trouxera de volta à vida, Penny reanimou Tad e lhe disse:

– Não morra. Agora que você sabe da alegria que seu corpo pode sentir, agarre-se à sua vida...

Aquilo não era o sexo que Tad conhecia, que os Sigma Chi conheciam. Ele não ejaculou. O toque tântrico e cuidadoso de Penny pressionava sua artéria espermática. Em vez da emissão total de seu jorro quente, apenas um pingo transparente de líquido seminal pendia da ponta de sua ereção tão exausta quanto modesta. Foi aquela gotinha que Penny reuniu graciosamente com a ponta do dedo e levou à boca. Tinha a doçura comum dos líquidos seminais produzidos pelas glândulas de Cowper, mas por trás daquilo escondiam-se nuances de sabor mais sutis.

Como já havia visto Baba fazer, Penny chupou e lambeu a amostra. Ali ela podia ler o afeto adolescente que Tad nutria por ela. Podia discernir os sonhos de casamento e de criarem uma grande e tumultuosa ninhada de filhos. Naquela única gota de secreção glandular, ela sentiu o gosto de casa espaçosa no subúrbio, de um *setter* irlandês com pedigree, de uma minivan para sete passageiros. Ele estava encurralado em seus sonhos pequenos tanto quanto ela já estivera. Oculto por trás de todos esses detalhes havia algo mais fugidio. Ela estalou os lábios, saboreando os últimos toques. Por fim, suas papilas gustativas reconheceram o componente-chave no sabor. Vergonha.

Exausto, Tad esparramou-se pela cama desarrumada e a olhou com temor. As mãos de Penny já aplicavam delicadamente um unguento calmante de líquen na pele em carne viva de seu escroto.

A verdade naquele líquido deixou Penny chocada, mas era inegável. Sorrindo para ele, encabulada, ela disse:

– Sei dos seus segredos mais ocultos. Não há mais por que se esconder. – Enquanto dizia aquelas palavras, Tad fechou os olhos, aflito.

– Eu não conto pra ninguém, mas você não estudou em Yale, né?

Ao ouvir aquilo, o jovem e ambicioso advogado desmanchou-se em lágrimas.

Sob juramento, Penny falaria a verdade por aquelas que não podiam, por Alouette e Clarissa. Falaria pelas hordas esfarrapadas em fila na Quinta Avenida. Ao adentrar o tribunal, ela inspecionou o lugar e entrou em pânico. Não havia mulher alguma no júri. Não havia mulher alguma entre os repórteres ou espectadores na galeria. Todos os presentes eram homens. Ser a única mulher ali era ao mesmo tempo empolgante e assustador. Ela ficou congelada na porta, por um instante a mais do que deveria, tempo suficiente para que cada olho na sala a encontrasse. Todas as vozes caíram no silêncio. Ela sabia que estava deslumbrante, cada músculo de seu corpo tonificado. Ergueu a mão delicada e passou os dedos pelo cabelo lustroso, voltando a cabeça levemente de um lado para outro para que as longas e grossas madeixas saltassem e refletissem a luz. Todos os homens olhavam para ela, e ela não olhava para ninguém.

Permitiu-se dar um passo. Os olhos a seguiram. O ódio era como uma névoa de fúria que envolveu seus braços e pernas até ela chegar à mesa da acusação.

Brillstein veio mancando até o tribunal. Lesões como aquelas eram de recuperação difícil entre os mais velhos. Sua agonia era evidente. Estremecendo, ele se abaixou devagar até seu assento, próximo a Penny, com os olhos vermelhos a fitá-la em fúria. Apenas Tad estava entre os dois. A firma aceitara que o jovem interrogasse Penny quando ela fosse chamada a depor. A lista de testemunhas que podiam ser convocadas era curta, pois Tad planejava tornar públicas as cadernetas de Maxwell.

Berros ecoaram no corredor. As cabeças do tribunal voltaram-se na direção do tumulto. Vozes masculinas gritaram:

– Maxwell, você ainda amava Alouette? Como você está depois do suicídio de Clarissa? – Era quase uma repetição da cena que Penny testemunhara no lobby do prédio da BB&B quando Alouette D'Ambrosia saiu do elevador. Agora eram dezenas de jornalistas e blogueiros brigando pela atenção de Max. Todos erguiam seus celulares para capturar um vídeo dele adentrando o tribunal.

Penny não conseguia vê-lo. Max estava muito protegido dentro de sua barreira de guarda-costas em terno azul, mas viu as telas das minicâmeras que o retratavam de diversos ângulos. Ele vestia um terno Ralph Lauren discreto, apropriado para casamentos e funerais. Suas mãos pálidas estavam vazias; não havia sinal do controle com o qual ele podia atormentar qualquer implantada com os malignos nanorrobôs Beautiful You. Um sorriso de satisfação perpassou seus lábios pálidos.

De sua parte, Penny vestira um conjunto de calça e blazer Jill Sander, que era estiloso e confiável. Não podia arriscar uma saia ou vestido. Não tinha interesse em repetir o striptease trágico e fatal que Alouette fora obrigada a executar no palco do Oscar. Chegara a pensar em levar uma arma em sua bolsinha Prada, como a presidenta Hind, mas era tarde demais para matar Max. Os seguranças do tribunal estariam muito atentos.

O tagarelar dos jornalistas acompanhou Max até seu lugar na mesa do réu. Ali, um membro de sua equipe de defesa puxou uma cadeira, e Max a aceitou sem nem olhar na direção de Penny. Mesmo a distância, ela sabia que seu comportamento seria tão frio quanto suas mãos. Aquela companhia do jantar, tão sorridente e atenciosa, que a incentivara a discutir todas as suas preocupações, havia sumido. Era estranho vê-lo sem uma caneta e um caderno.

Fiel a sua palavra, C. Linus Maxwell havia cortado o acesso às parcelas de seu fundo de cinquenta milhões de dólares. Caso passasse por necessidade, Penny venderia o rubi pesado que pendia da correntinha de ouro em seu pescoço. Usaria até o último centavo para vê-lo cair.

Todos ficaram em pé quando o juiz entrou. Ele bateu com o martelo para iniciar a sessão.

Tad ficou de pé.

– Como advogado da autora da ação – ele anunciou –, chamo Penny Harrigan como minha primeira depoente.

Todos os olhos estavam voltados para ela. Ter sido inspecionada constantemente pelos ricos e famosos do mundo tornara Penny imune a exposições públicas como aquela. Um milhar de estranhos julgava seu corpo, seu cabelo, até mesmo seu caráter. Nada daquilo era importante. Ela caminhava como uma rainha em direção à guilhotina. Levou uma mão à Bíblia que lhe ofereceram. Só então permitiu que seus olhos encontrassem Maxwell. Ele retribuiu com um olhar tranquilo e indiferente. Uma expressão de tédio absoluto. Seus olhos semicerrados sugeriam que ele tentava conter um bocejo.

Quando Penny se posicionou atrás do microfone e disse seu nome para registro, ele colocou uma das mãos claras dentro do casaco do paletó e retirou um pequeno objeto preto. Manteve-o na palma da mão e começou a manipulá-lo como se estivesse escrevendo uma mensagem de texto.

Não era uma mensagem de texto, Penny pensou. Estava mais para *massagem de texto.*

Penny não sabia dizer se o efeito era psicossomático ou não, mas uma onda de calor reconfortante inundou seus seios. O efeito era tão apaixonante, tão estimulante, que Penny achou que fosse sua imaginação. Não era nada perto dos ataques sexuais grosseiros com os quais ele a ameaçara antes. Aquela leve sensação de carícia entre as pernas lembrava mais o toque de Baba Barba-Cinza. Penny contorceu-se levemente. Talvez fossem essas as sensações que Max usava para levar as mulheres a comprar certos livros e sapatos. Era assim que ele podia persuadir as eleitoras femininas a votar em seus candidatos. Dava uma leve coceira. O efeito lembrava a expressão que sua mãe costumava usar: "roxa de vontade".

Levantando-se da cadeira, Tad aproximou-se.

– Senhorita Harrigan – ele iniciou –, você é virgem?

Penny não se chocou. Conhecia todo o questionário que ele utilizaria. A estratégia era fazê-la parecer uma brilhante cocriadora, não uma jovem deflorada.

– Não – ela respondeu. – Não sou virgem.

– A senhorita era virgem quando conheceu o sr. Maxwell?

Penny negou com a cabeça.

– Não, não era. – As sensações de prazer continuavam a perpassá-la. Seu coração começara a bater tão forte que ela quase sentia o pingente de rubi balançando no peito.

Tad a fitou com um olhar sério.

– A senhorita teve relações sexuais com o Sr. Maxwell?

Os dedos de Max pairaram como se ele aguardasse a traição.

Penny fez que sim.

O juiz interveio:

– Fica registrado que a testemunha respondeu afirmativamente.

Tad prosseguiu:

– A senhorita envolveu-se por livre e espontânea vontade no uso de apetrechos voltados ao incremento da experiência erótica?

A satisfação por controle remoto cessou de forma abrupta. O zumbido quente em seus mamilos e virilha, porém, não fora sua imaginação. Era um aviso. Em reação à última pergunta de Tad, Penny disse:

– Sim, eu autorizei o Sr. Maxwell a testar muitas de suas ideias em mim.

Sem tirar os olhos dela, Max tocou ligeiramente uma série de botões.

Penny sentiu as axilas ficarem úmidas. Parecia que suas roupas estavam ardendo, prestes a pegar fogo. Um filete de suor desceu pela fenda entre suas nádegas. Um gemido longo e sensual ergueu-se por sua garganta, mas ela o conteve.

Tad perguntou:

– A senhorita foi compensada pelo serviço que executou para o Sr. Maxwell?

Com a palavra *serviço,* Max riu sem fazer som, grudando o queixo ao peito.

Enraivecida, Penny respondeu:

– Não. Ele me deu presentes, roupas caras, por exemplo, mas não fui compensada formalmente nem reconhecida como sua colega e pesquisadora.

Max a fitou. Era fácil ler a ira em seu rosto. Como ela ousava presumir que estava em igualdade com ele? Ele apertou diversos controles na caixinha.

No mesmo instante, Penny ofegou. Seu coração vacilou. O corpo fez força para libertar-se dos trajes apertados. Cada centímetro de sua pele estava tão sensível que até sua calcinha de seda a envolvia como arame farpado. Seus dedos fizeram força para abrir sutilmente botões e zíperes, para encontrar algum alívio sem trair sua excitação. Ela não podia dar essa satisfação a Max. Além disso, serpentear como uma *pole dancer* turbinada dificilmente atrairia a simpatia do júri masculino.

Tad parecia não notar.

– A senhorita está ciente da alcunha do réu, "CliMax"?

Penny domou uma nova onda de frenesi e girou os quadris contra a cadeira de uma forma que não parecesse evidente.

– Os tabloides o chamam assim. Mas ele é *dono* de *todos* esses tabloides!

Tad prosseguiu:

– Na sua opinião, senhorita Harrigan, qual é a principal fonte da vasta experiência sexual do Sr. Maxwell?

Ali estava a oportunidade de denunciá-lo. Penny engoliu a saliva quente que inundou sua boca. Ela discretamente levantou um lenço para enxugar as gotinhas de suor que brotavam na testa. Com o mundo inteiro a ouvindo, ela explicaria a jornada de Maxwell ao Nepal e o aprendizado que tivera aos pés de Baba. Descreveria como seu trágico casamento havia lhe dado motivação. E Penny declararia para o registro público que os produtos da Beautiful You tinham seus moldes baseados em ossos ressequidos de peregrinos desvairados que buscavam o prazer até a morte. O mundo logo ficaria sabendo como Maxwell havia descoberto os segredos sensuais de toda a história humana para escravizar as clientes e controlar seus hábitos de consumo. As moças degradadas eram dominadas por um poder erótico muito além de sua compreensão, e Penny ia resgatá-las. Max seria desmascarado.

Mesmo com as palavras já formadas nos lábios, a respiração de Penny começou a ficar arrastada. Suas coxas estavam balançando para se livrar das calcinhas encharcadas. Seus pés chutaram os sapatos, que pareciam ter virado armadilhas. Em uma reação subconsciente, os espectadores homens avançaram, ávidos, em seus assentos. Os olhos cobiçosos a devoravam.

– Diga-nos – Tad a incitou. Ele estava uma delícia naquela fantasia de advogado. Penny mal podia esperar para eles se casarem assim que essa provação ficasse para trás. O sexo na lua de mel ia ser fantástico.

Ela estava apenas vagamente ciente de que Max apertava botões, frenético para impedir seu depoimento com uma onda ainda maior de êxtase. Ele podia inclusive tentar matá-la com um AVC ou um ataque cardíaco induzido por excitação. Max fustigava os botões sem tirar os olhos das reações que provocava.

Os nanorrobôs que estavam no sistema nervoso de Penny provavelmente transmitiam todos os seus sinais vitais a Max. A caixinha preta na mão dele devia revelar ritmo cardíaco, pressão arterial, níveis hormonais, tudo.

Os poderes dele iam muito além do que ela previra. Max apertou um botão, e na mesma hora ela sentiu um gosto de chocolate. Era o chocolate amargo mais gostoso que ela já havia provado na vida; o sabor preencheu sua boca. Max apertou outro botão, e Penny sentiu o perfume inebriante de um jardim de rosas. Os nanorrobôs que ele depositara através da infame libélula marcharam para estimular todos os sentidos dela. Vastas sinfonias de violino tocaram em seu ouvido. Os efeitos sensacionais da ducha de champanhe rosê pareciam avolumar-se outra vez dentro dela.

Ainda assim, Penny tentava falar. Suas mãos passearam involuntariamente pelo cabelo. Suas costas se arquearam para projetar os seios.

– Ele está controlando o mundo... – disse ela, com a voz falha. Apontou o dedo, que tremia. – Vejam! Com o telefone!

Ao notar o tormento, Tad interveio.

– Meritíssimo, parece que a testemunha está sofrendo um mal-estar.

– Por favor, detenham-no! – Penny implorou. – Ele está controlando minha mente! – Suas mãos, involuntariamente, começaram a rasgar a blusa. Seu esfregar e seu rebolar violentos fizeram suas calças saracotearem e se amontoarem junto aos tornozelos. Uma cacofonia de sabores – foie gras, Grand Marnier e bala toffee – atiçava seu paladar. Árias ensurdecedoras de Mozart ribombavam em seus ouvidos. Seus seios da face estavam inflamados pelos doces odores de jasmim e de filhotinhos de cachorro. O mundo achava que ele estava jogando Tetris, mas Maxwell estava estimulando todas essas sensações intensas enquanto seus dedos tocavam as teclas como um virtuose do piano.

Indefesa, Penny sentia seu corpo reagir a um oponente invisível. Seus orifícios ardiam como se estivesse sendo violada por centenas de pênis eretos. Suas pernas e lábios eram forçados a se abrir. Ela sentia o gosto de uma multidão de línguas invisíveis invadindo-a, dedos que mordiscavam seus mamilos, um hálito quente no pescoço.

Ela gritou, mas ninguém veio salvá-la. O estenógrafo registrou sua súplica. O desenhista a retratou debatendo-se.

Tad ficou olhando, incrédulo, chocado. Ela não era mais uma feiticeira experiente. Assim como antes, ela era um pedaço suado de carne sob o controle erótico de outro homem.

Os paramédicos chegaram e colocaram-na em uma maca. Perguntaram-lhe o ano e quem era o presidente. Perguntaram seu nome e tiveram o prazer de reconhecê-la: a "Cinderela do Nerd".

Durante todo o caminho até o hospital psiquiátrico, um dos paramédicos continuava admirado:

– Você deveria ter se casado com o cara...

Apesar do aguaceiro gelado e constante, uma fila desgrenhada de consumidoras se estendia pela Quinta Avenida. Os pingos encharcavam os cabelos até caírem sobre o rosto, escondendo os olhos lânguidos e vidrados. Seus sapatos encharcados permaneciam dentro das poças. Em intervalos de poucos minutos, os espantalhos trágicos arriscavam um passo à frente. Uma ponta da fila sumia pelas portas de espelho rosado da loja. A outra extremidade se estendia no horizonte. Aqui e ali, havia uma compradora caída, mas mesmo essas mulheres fracas se arrastavam usando mãos e joelhos.

Poucas, se é que alguma, olharam para longa limusine que conduzia um grupo até a entrada da Catedral de São Patrício para um casamento. Ali, um toldo protegia a chegada dos convidados. Entre eles estavam estadistas de todo o mundo, a rainha da Inglaterra, a baronesa chinesa da mídia, artistas premiadas de todo tipo. Legiões de jornalistas lotavam a calçada. Era a manchete da década. O homem mais rico e mais poderoso do mundo ia se casar.

A caminho das núpcias, a noiva passou pelos quilômetros e quilômetros de compradoras desfiguradas. Ela mantinha o véu sobre o rosto, torcendo para que não a reconhecessem. Ela, Penny Harrigan, não conseguira salvar ninguém e, por isso, ia pagar o maior dos preços. Não seria ela a estabelecer um novo marco para a nova geração de mulheres. Não seria ela a inaugurar uma nova fronteira do feminismo. Adornada com um voluptuoso vestido Priscilla of Boston, ela se preparou para cruzar a nave da igreja e jurar lealdade a C. Linus Maxwell.

Em cada esquina, bancas de jornal exibiam as manchetes de tabloides reforçadas para o dia: "Rei Nerd casa-se com sua rainha malvada". "Um salve à rainha Penny." Outros anunciavam "CliMax planeja domínio mundial" e "Corny Maxwell está construindo robôs do sexo". Penny era a única que percebia a estratégia de Maxwell. Ele plantara essas histórias para transformar a verdade em uma piada. Estava minando a credibilidade da descoberta dela. Agora ninguém ia acreditar em Penny.

Seu vestido retrô era devidamente incômodo. Ela arrastava o peso de anáguas e babados. Era apropriado para a mitologia. Para todas as outras pessoas, era como um final de livro infantil: Cinderela se casa com o Príncipe Encantado. Max precisava disso para reforçar a ilusão que sustentara durante tantos anos.

A fumaça negra de látex queimado encobria a cidade. Consolos flamejantes ainda caíam torrencialmente, causando vítimas aleatórias.

As andarilhas da Beautiful You caminhavam com dificuldade, como um exército em retirada constante de um campo de batalha longínquo. Feridas e desalentadas. Com suas roupas ensopadas caindo pelo corpo, elas não tinham ideia de que eram marionetes em uma farsa mundial. Penny não só havia fracassado em ajudá-las, mas fora cúmplice em sua derrota. Fora na cama dela que as armas da derrocada tinham sido aprimoradas. As reações de Penny haviam aperfeiçoado os apetrechos que agora devastavam todo seu gênero. Era simplesmente apropriado que ela se juntasse a Max.

As mulheres mais inteligentes, talentosas e determinadas do mundo estavam sujeitas aos caprichos dele. Ao pressionar de um botão, Max podia levar gostos indizíveis às suas bocas. Podia fazê-las ouvir as músicas divinas. Controlava a realidade que elas sentiam. Aquele dia marcava o princípio de uma era das trevas para todas as mulheres, e Penny só podia torcer para que durasse apenas uma geração. Assim que a verdade fosse conhecida, quem sabe ninguém mais comprasse os produtos Beautiful You.

Contudo, pensou Penny, se os nanorrobôs se autorreplicavam, cada mãe podia passar seus minimestres às filhas. Quem sabe também aos filhos. Dentro de uma geração, todo o mundo industrializado pertenceria a Max. O maligno Max.

Se ele realmente tinha feito uma vasectomia, como dissera, não haveria ninguém para herdar seu legado. Conhecendo-o, Penny previa que as rédeas do poder acabariam sendo entregues a um supercomputador totalmente automático. Em breve, um software iria dizer a todos o que sentir e distribuir orgasmos artificiais e música doce, falsa, através dos robôs, no sistema nervoso de todos os humanos.

Penny percebeu que até o gosto das coisas deixaria de ter importância. A DataMicroCom poderia colocar qualquer ingrediente nos alimentos que vendia. O sabor e a sensação reais dos alimentos na boca não teriam importância, pois os nanorrobôs iriam controlar como os consumidores perceberiam cada produto.

Penny se lembrou do trajeto de táxi para seu primeiro jantar no Chez Romaine. Em contraste com seu caminhar anônimo pelo tapete vermelho na primeira vez, nessa manhã um muro de repórteres enchia as calçadas, competindo para conseguir uma fotografia dela em seus paramentos matrimoniais. Grupos de lacaios de Max carregavam a cauda de seu vestido e seguravam guarda-chuvas para impedir que uma mísera gota de chuva arruinasse a noiva. Uma barreira de guarda-costas de ternos azuis a escoltava pela multidão.

Enquanto se apressava nos degraus da catedral, Penny sentiu um gosto de costeletas no molho picante. Ouviu o gorjear de passarinhos. Sabia que nada daquilo era real. Max estava apenas colocando percepções em sua mente para confortá-la. Sua mente nunca mais seria sua.

Ao adentrar o vestíbulo da igreja, ela vislumbrou três rostos familiares, mas classificou-os como alucinações programadas por Max. Eles sorriram. Ela sorriu de volta e perguntou:

– Vocês são reais?

Eram seus pais e sua colega de casa. Sua mãe e Monique estavam frágeis, abatidas, mas Max aparentemente lhes dera força suficiente para estarem lá naquele dia. As duas mulheres eram menos convidadas e mais reféns levadas até lá para garantir que a cerimônia transcorresse sem percalços. Penny podia tentar mais um ato de rebeldia, mas não faria isso se as pessoas que amava estivessem em perigo constante.

Era irônico que não muito tempo antes sua mãe e Monique tivessem atazanado Penny para que jogasse fora o anticoncepcional e armasse uma arapuca para se casar com Max. Agora era ela que se via encurralada. E, nessa manhã, elas pareciam estar num velório. Os quatro abraçaram-se com ardor.

Enquanto os recepcionistas preparavam-se para levar seus pais aos devidos lugares, a mãe de Penny sussurrou:

– Pegue isso aqui. – Ela apertou uma coisa contra a mão da filha. – Leia.

Penny percebeu horrorizada que os pulsos da mãe estavam marcados pelas cordas. Seus braços nus estavam inchados, e cicatrizes vermelhas denunciavam marcas de injeção. Ela lhe oferecera um pedacinho de papel dobrado. Ao alisá-lo, Penny descobriu que era uma página amarelada de uma edição do *National Enquirer* de muitos anos atrás. Nervosa, ela perguntou a um guarda-costas onde havia um banheiro.

Penny percebeu que fazia semanas que nenhuma das devotas faxineiras da paróquia aparecia para o serviço. Manobrar sua dantesca saia no cubículo imundo exigiu muito trabalho. Cada movimento fazia o elegante cetim tocar na água suja do assoalho fedendo a urina. Penny ouviu as primeiras notas da marcha nupcial enquanto seus olhos vistoriavam a página de jornal em fúria. O título da matéria era: "DataMicroCom aposta alto em clones". Segundo o texto, a empresa de Max tinha investido pesado para criar um embrião humano viável e cloná-

-lo. A pesquisa acontecera na mesma época da criação dos nanorrobôs. Segundo o jornalista de ciências do *National Enquirer*, o objetivo de longo prazo era gerar um clone microscópico. O clone seria mantido em um estado de vida suspensa. Poderia ser implantado para gestação em um útero de aluguel.

Penny leu e releu a matéria antes de jogar o papel no vaso e puxar a descarga.

Se Max conseguia inserir nanorrobôs nas mulheres, por que não introduziria clandestinamente um clone embriônico suspenso? Inclusive nela! Não restava dúvida de que seria um clone dele. Esse, *esse* era seu plano magistral. Controlar o crescimento da população mundial... Perpetuar seu poder corporativo planetário... Como um parasita, ele planejava reproduzir milhares, quem sabe milhões de Maxs, todos idênticos, nos úteros de mulheres que não desconfiavam de nada. Esse era seu plano para levar a paz à humanidade. Seu mundo perfeito seria habitado por um bilhão de versões dele mesmo!

Maxwell estava parado no altar. Os pais de Penny estavam sentados no banco da frente, aguardando junto a centenas de dignitários e celebridades que a noiva atravessasse o corredor.

Todas as mulheres na igreja sorriam, enlevadas. Era evidente que Max bombardeava seus sentidos com cada sensação imaginável. A mãe de Penny suspirou como se estivesse arrebatada por brownies recém-saídos do forno. Os olhos de Monique fecharam-se devagar, como se ela fosse transportada por um tapete mágico de valsa. Penny era a única excluída dos prazeres que Max usava para manter as outras mulheres dóceis conforme a cerimônia progredia.

Logo, ela seria a sra. Maxwell. Tinha encontrado seu destino, ou vice-versa. Dali em diante, ela estaria no controle da maior corporação do mundo. Seria a esposa do homem mais rico do planeta. Penny tomou o lugar a seu lado. De véu. Implantada. Para amar, honrar, respeitar e, o mais importante, obedecer.

O bispo perguntou:

– Se alguém se opõe a essa união no sagrado matrimônio, que fale agora ou cale-se para sempre.

Ouviu-se um burburinho ao fundo da igreja. A multidão de pescoços chiques girou para observar uma figura recurvada arrastar-se lentamente pelo corredor central. Seus esparsos cachos grisalhos estavam molhados de chuva. Seu corpo carcomido se arrastava, desnudo. Uma trilha abundante de pelos pubianos grisalhos varria o carpete. A julgar pela expressão de surpresa e medo, Max reconheceu a aparição sem convite. A velha, cada vez mais próxima, ergueu os olhos cegos e brancos na direção dele. Com seu nariz encarquilhado a farejar tudo, berrou:

– Maxwell, sinto o cheiro de seu medo! – A voz era um grasnar enferrujado. A boca sem dentes deu a ordem: – Parem com esse... ultraje!

Cuidadoso, Maxwell enfiou uma das mãos no casaco do smoking e tirou a caixinha negra. Seus toques podiam torturar ou matar milhões.

A bruxa usurpadora ordenou:

– Conte a ela, Maxwell! – A bruxa apontou o dedo nodoso. – Se pode casar com a menina, conte a ela! Conte à sua noiva a verdade sobre sua existência!

Os olhos de Max se encheram de terror.

Na metade do corredor, a mulher-cadáver esfarrapada ordenou outra vez:

– Conte o segredo que eu não pude contar. Isso só pode vir de você. Conte!

Penny estava paralisada, confusa, olhando da delatora andrajosa para o homem prestes a se tornar seu marido.

Óbvio que era Baba, vinda desde o Nepal até Nova York. Seus lábios se abriram e ela falou:

– Conte por que você dedicou a vida a dar prazer às mulheres!

Max ergueu seu controlador para que todos vissem.

– Mais um passo, sua velha, e a morte de bilhões de mulheres será culpa sua!

Baba abrandou seu avanço.

Foi quando Penny interveio.

– Baba – ela gritou com toda audácia. – Eu sei por que Maxwell roubou os segredos dos ancestrais. Sei por que ele investiu sua vida em ter acesso às melhores vaginas do mundo!

As mulheres continuavam a se extasiar em seus devaneios de prazer. Os homens pareciam surpresos, e positivamente, com a interrupção inesperada de um casamento que tinha tudo para ser um tédio. Se estavam cientes do prazer das mulheres, ignoravam deliberadamente. Esses homens, na maioria, pareciam ser os libertinos indecentes e especuladores que exploravam o efeito mercado negro no Beautiful You.

Enquanto o dedo de Max pairava sobre os botões que causariam um massacre global, Penny proclamou:

– Eu sei sobre a pesquisa de clones. Sei que Max implantou embriões clonados de si próprio em toda usuária de produtos Beautiful You e que vai ativar a gestação de todos. – Ela tinha conquistado a atenção de toda a catedral e gritou:

– Os mesmos nanorrobôs que dão prazer e dor às escravas de Max vão suprimir a função imune que poderia rejeitar esses fetos. Esse exército de robôs microscópicos vai proteger e defender esses fetos até que centenas de milhões de mulheres férteis deem à luz cópias perfeitas de Cornelius Linus Maxwell!

Ao fim do curto discurso, Penny berrava. Agitava loucamente seu buquê de noiva. Quando caiu no silêncio, a multidão a observava, descrente. Penny, em seu vestido fofo e cheio de babados, aguardava a reação ao seu ultraje. Preparou-se para que Max começasse a atormentá-la com seu controle. Isso não aconteceu.

Baba voltou seus olhos nebulosos para ela. A idosa balançou a cabeça, zombeteira, e disse:

– Do que você está falando, minha cara? Não é nada disso.

Em algum ponto da cavernosa igreja, alguém riu.

– Mais uma palavra – ameaçou Max – e vou causar mais sofrimento do que vocês possam imaginar!

Sem lhe dar ouvidos, Baba Barba-Cinza confrontou-o:

– O vestido que você está usando, Penny Harrigan, é o mesmo que *ela* usou há vinte e cinco anos. O vestido que a falecida esposa de Max usou quando tinha exatamente a sua idade! – Suas palavras ecoaram pela enorme catedral. – Pergunte a seu noivo por que serviu tão bem!

O vestido servira perfeitamente. Desde a primeira vez que Penny o provara, o vestido parecia feito para ela.

Antes que ela pudesse ponderar por mais um instante sobre aquele milagre, Max apertou os botões de seu aparelho. Um satélite invisível retransmitiu o sinal, e Penny sentiu um solavanco de dor cruzar seu corpo. Ao mesmo tempo, todas as convidadas do casamento gritaram e caíram. Apenas Baba permanecia de pé, com um olhar desafiador diante dos olhos ultrajados de Max.

– Diga à menina – ela sibilou. – Ela precisa saber do destino que nasceu para cumprir.

– Nunca – Max gritou.

Penny tinha uma vaga noção de que Baba havia se aproximado de Maxwell. Os dois adversários deram voltas um em torno do outro, o dândi de smoking e o esqueleto macilento. Maxwell enfiou a caixa de controle no bolso de seu casaco e ergueu as duas mãos vazias em um gesto de ameaça, pronto para atacar assim que a bruxa falasse.

O bispo estava em frente a Penny, corando furioso enquanto ela se contorcia a seus pés, torcendo-se de agonia e prazer sensual, quase enlouquecida, com um lamento gutural e lunático a sair de sua boca.

– Você, pequena Penny – berrou Baba –, você precisa rebater essa energia maléfica. Você não conheceu Maxwell por acidente. Só você pode detê-lo!

Tão logo ela proferiu essas palavras, Max pulou à frente, pegou Baba Barba-Cinza pela garganta ressequida e disse:

– Morra, bruxa perversa!

Mesmo arfando para respirar, Baba disse:

– Confira! Confira na caderneta, nove meses antes de você nascer, Penny! – Com a voz reduzida a um sussurro, ela continuou: – Veja quem ele seduziu...

Penny começou a rolar na fofura de seu vasto vestido de noiva. Sentia os nanorrobôs correndo pelas veias. Tinha vontade de rasgar as artérias para limpar seu sangue. Os robôs nunca a deixariam em paz. Nunca se livraria deles. Os pequenos sentinelas de Maxwell estavam vivos e causavam dor de dentro para fora.

Com o pescoço esmagado nas mãos frias de Max, Baba morria. Depois de dois séculos ensinando a iluminação sexual a peregrinos, a gentil iogue perdia a vida nas mãos de seu maior pupilo. Mesmo enquanto as mãos estrangulavam sua traqueia, ela grasnou:

– Criança, você deve rechaçar a energia dele. Canalize-a através de si e devolva com toda a força! – Ela sussurrou: – Nenhum espelho é queimado pelos mais fortes raios de sol!

Para se livrar do ataque de falso prazer, Penny concentrou-se em sua família unida e em sua simples fé luterana. Saboreou a amizade verdadeira que se formara entre ela e Monique. A mente de Penny abraçou tudo o que ela amava no mundo. Sorvete de creme crocante. Ron Howard. Richard Thomas. Meditando firmemente, a consciência de Penny começou a desviar os sinais da caixa de controle de Max. Os nanorrobôs fervilhantes aos poucos escoaram, unindo-se em sua pélvis.

Ao mesmo tempo, um assobio estridente tomou conta da igreja. De início fraco, o som começou a ganhar força. O silvo cresceu até virar uma sirene, um gemido com a intensidade de um alerta de ataque aéreo. A sirene cresceu até virar um estrondo, tão alta que ameaçava embaralhar os cérebros de todos os presentes. Os convidados, o bispo, cada pessoa na cavernosa igreja tapou os ouvidos com as mãos e encolheu-se de dor.

A fonte de tudo aquilo era Penny. Abafado apenas pelas saias e anáguas, o som era emitido pelo meio de suas pernas e ecoava pelas paredes da construção. As enormes janelas de vitrais tremiam. Assim como as trombetas haviam derrubado as muralhas de Jericó, rachaduras começaram a se abrir entre as pedras da catedral. Pó de argamassa começou a cair. Enquanto aumentava até se tornar quase um trovão, o som explodiu pelo cetim e pelo forro, espalhando lantejoulas e pérolas como estilhaços de bomba. Renda rasgada voou como flocos infinitos de confete branco, expondo o local de poder da noiva.

Penny pensou no amor que tinha pela grande Baba, e os lábios de sua vagina se abriram, soltando um estrondo. O ruído retumbou como um canhão sônico. A rajada apagou as velas do santuário.

Sem aviso, o grande vitral da catedral explodiu. Não para fora. A janela estourou *para dentro*, lançando sobre os convidados fragmentos afiados de vidro vermelho, azul e verde, destruídos por alguma coisa que surgiu como uma bala vinda da direção do Yankee Stadium.

Como um raio, uma bola de fogo, uma massa flamejante de látex e pilhas atravessou toda a extensão do grande santuário. Com a força de um tiro, o foguete assassino atingiu Max no meio das pernas de seu traje a rigor. O morteiro abrasador de produtos incandescentes atingiu as partes íntimas do homem, dobrando-o ao meio e fazendo-o cair para trás.

Depois de séculos de existência, a lâmia estava morta.

Maxwell foi ferido mortalmente por uma arma de seu próprio arsenal de apetrechos de prazer da era espacial: um falo imolador que se projetara da fogueira dos Pagadores de Promessa! O sangue fluía sem parar da virilha rasgada de seu smoking. Penny nem precisou olhar melhor para saber que sua genitália estava aniquilada. Como o personagem de um livro de Ernest Hemingway que ela fora obrigada a ler no colégio, suas partes haviam sido explodidas. Baba Barba-Cinza estava morta e Max estava morrendo.

Os nanorrobôs dentro de Penny cessaram. Aos poucos, Penny e as outras mulheres na igreja conseguiram levantar-se, piscando, estupefatas. Balançaram os cabelos desgrenhados para tirá-los do rosto e abriram as bolsas para dar início à longa e árdua tarefa de consertar a maquiagem. E a vida.

Os dedos frígidos de uma mão moribunda fecharam-se sobre o tornozelo de Penny. Era Max, fitando-a com olhos pidões. Seu rosto, que já era pálido antes, parecia uma folha de papel. Seus lábios mal formavam as palavras.

– Aqui – ele disse. – Veja. – Ele levou a mão livre ao bolso de seu casaco e retirou um pedaço de jornal amassado. – Para você – disse ele, estendendo o papel para ela pegar.

Penny ajoelhou-se e aceitou o presente. Era um recorte de jornal com data de exatos trinta anos antes. Do *National Enquirer.* Em destaque, via-se uma fotografia em preto e branco. Ela estava granulada, esmaecida pelos anos, mas era como olhar num espelho. Era seu rosto, com o mesmo véu e vestido que ela usava agora. Um anúncio de casamento. Cornelius Linus Maxwell ia se casar com Phoebe Bradshaw. Uma segunda matéria estava grampeada ao jornal: um obituário com data de exatos 136 dias depois. A jovem sra. Corny Maxwell havia morrido de reação alérgica a crustáceos.

O medo obscureceu o coração de Penny. Ela também era alérgica a crustáceos. No primeiro jantar no Chez Romaine, quando ela quase pediu sushi de vieira, Max a deteve. De alguma forma, Max já sabia de sua forte alergia.

– Minha esposa – ele disse. Onde antes ficavam seu pênis e testículos, Penny viu apenas uma grande ferida da qual o sangue transbordava. A mesma mão moribunda que havia apresentado as matérias agora oferecia seu caderno aberto em uma página. Ele disse: – "Voluntária nº 18, Myrtle Harrigan, vinte e quatro de março, ano 19--. Local: Shippee, Nebraska..."

A mãe de Penny chorou baixinho enquanto Maxwell lia, em voz alta, os detalhes do caso entre os dois. Vinte e cinco anos antes, ela era uma recém-casada em uma cidadezinha, participando de um festival de tortas no salão da granja local. Em termos mais dignos que o normal, Max registrara:

– "A voluntária pareceu desolada ao me confiar sua incapacidade de gerar crianças. Estranho na cidade, posso ter parecido uma pessoa segura a quem abrir seu coração." – Uma geração atrás, essa jovem mulher do Nebraska havia confiado seus temores ocultos a Max assim como Penny faria no primeiro encontro no Chez Romaine. – "A mulher tinha 168 centímetros de altura, aproximadamente 54 quilos de peso—"

A certa distância do ponto onde Max segurava seu caderno, recontando o passado, a mãe chorosa de Penny ergueu o rosto de um punhado de lenços e o interrompeu:

– Eu tinha só 51!

Morrendo, Max prosseguiu:

– "Em meu interior, eu sabia que podia fazer mais pela pobre estéril do que levá-la a um orgasmo devastador. Estava dentro de minhas capacidades dar-lhe o bebê que tanto queria."

Ele descreveu como seduzira sua mais recente cobaia com uma fatia de torta de abóbora. Seu marido não estava, pois fora participar de um retiro do grupo Pagadores de Promessa no final de semana. Não foi preciso muito charme para persuadir a solitária dona de casa. Max consumou o ato no banco de trás de seu Ford Explorer alugado.

– "Quando a frequência cardíaca dela chegou a 163 batimentos por minuto" – Max pronunciou sem mudar o tom –, "implantei um zigoto clonado e a última geração de nanorrobôs necessários para garantir sua sobrevivência."

Aos soluços, a mãe de Penny insistiu:

– Nunca pesei mais de 54 quilos, nem depois que você me engravidou!

Nove meses depois, Penny nasceu. Aparentemente, um milagre.

Pela expressão de angústia do pai, Penny entendeu que ele nunca imaginara aquilo. Nenhum dos pais suspeitara que eles haviam participado do plano de Max para clonar sua falecida esposa. Inocentes, eles fomentaram o experimento de um ser perverso. Ele poderia ter implantado esse embrião em qualquer uma das diversas mulheres que seduzira. Poderia ter implantado em todas.

O mais desnorteador para Penny era a possibilidade real de não ser ela mesma. Já era bem ruim que impulsos fossem transmitidos a ela, causando o estímulo de seus centros de prazer. Agora seu próprio DNA era de segunda mão, herança de um gênio insano que ansiava reencontrar sua amada. Ela, Penny Harrigan, era a ressurreição genética de Phoebe Maxwell.

Naquele momento de choque, quebrando o silêncio, uma voz se pronunciou. Espirituosa como sempre, Monique gritou:

– Ai, Omaha! Que nojo!

Mais distante na igreja, Esperanza, voltando à sua petulância latina, berrou:

– *Ay, caramba!*

– Meus agentes protegeram você o tempo todo – sussurrou Max enquanto o sangue fluía do golpe escabroso entre as pernas. A igreja estava tão silenciosa que todos os presentes ouviam sua confissão. Penny só precisava ver a fotografia esmaecida no obituário para saber que era verdade.

Seus anjos da guarda, percebeu ela, não eram prestativos agentes da Segurança Interna. Esses sentinelas de terno e óculos escuros, que a haviam protegido desde a infância, estavam a serviço de Max. Não permitiram que nada acontecesse com ela até que pudesse amadurecer e tornar-se substituta da falecida esposa.

– Você é a prova de que minha tecnologia clônica funciona – prosseguiu Max. – Passei minha vida inteira buscando o acesso a todos os úteros do mundo civilizado.

Em termos de demonstração amorosa, mesmo para Penny, era um gesto tocante. Maxwell *realmente* a amara. Amara o bastante para ressuscitá-la dos mortos.

Maxwell gralhou:

– Você e sua vagina perfeita, minha menina, você será meu presente a todos os homens!

O cadáver surrado de Baba estava ao lado dele, tão próximo que o sangue dele se esvaía sobre ela. Quando o fluxo de fluidos vitais diminuiu, os olhos de Max tremularam e fecharam-se. Seus pulmões exalaram o último suspiro.

– Oh, Phoebe... Tantos anos de saudade... – E Max se foi.

Sozinha em sua caverna no Himalaia – nua, é claro –, Penny salpicou temperos em um caldo de picadinho de lagarto. Mexeu a panela fervilhante e levou uma colher fumegante à boca. O gosto a encheu de nostalgia e tristeza pela falecida Baba. Menos de uma hora após a lâmia e Max terem morrido no chão da Catedral de São Patrício, Penny embarcara em um jatinho particular a caminho do Nepal. Escalou os desfiladeiros escarpados do monte Everest ainda vestindo os trapos de seu vestido de casamento. Não contara a ninguém sobre seu destino.

Os pais de Penny estavam a salvo. Monique estava livre de sua obsessão por pilhas. A julgar pelas mensagens de texto que apitavam a cada hora, Monique estava noiva de Tad. Ela continuava a residir na casa no Upper East Side *e* a contar com a adoração de um belo cônjuge.

Penny imaginou que possivelmente, no devido tempo, uma modesta torrente de alunos a encontraria ali, atraídos pela antiga lenda de uma bruxa do sexo que podia perpetuar o legado erótico dos séculos. Um fluxo constante de espécimes fisicamente perfeitos, empenhados em buscar educação erótica, viria até ela para serem seus aprendizes. Penny era a herdeira dos conhecimentos tântricos de todos os tempos, não era? Ela, Penelope Anne Harrigan, aceitaria a tocha que lhe fora passada por mulheres como Baba Barba-Cinza e Bella Abzug. Ela libertaria as mulheres de ter que recorrer aos homens para a realização. Esse legado – sem roupas, sem joias, sem a advocacia – era o destino que ela buscara por tanto tempo. Seu poder baseava-se no prazer carnal. Seu reino estava além da política interpessoal.

Penny aprendera o que era importante. Família era importante. Amor era indispensável.

Ela mexia o caldo aos poucos. Elaborada segundo a receita predileta de Baba, a superfície da sopa estava guarnecida com flocos de guano picante. De cócoras ao lado da panela, Penny aproveitava o calor delicado das chamas. Na posição de lutador de sumô, embora continuasse apática, ela tocava-se com um pedacinho serrilhado de uma coisa que lembrava madeira úmida. Era o dedo mais comprido de Baba, o mesmo dedo com o qual a sábia anciã havia lido todos os segredos de Penny. Assim como a velha havia cortado um dedo de sua mãe falecida, Penny havia decepado esse suvenir do cadáver gelado da mentora. Ainda assim, o presente, mesmo lubrificado com sebo de coelho moído, estava longe de acalmar a melancolia crescente de Penny.

O termo "dependência de estímulo" pairava em sua mente, mas ela o escorraçou.

Enquanto mergulhava a colher para uma segunda prova, ficou preocupada com os milhões de mulheres em todo o mundo que estariam igualmente agachadas, lutando para alcançar uma nova autorrealização. Após a provação opressiva da Beautiful You, era possível que elas nunca mais alcançassem níveis comparáveis de prazer.

Os apetrechos rudimentares criados por Baba... eram bons. Mas sem o estímulo vaginal *high-tech* dos híbridos de Max, sem falar na atenção salivante da mídia, Penny sentia-se a última dos mortais. De repente, os especialistas tinham razão. Assim como os adolescentes agarravam-se a seus videogames e filmes pornô, Penny sentia falta dos apetrechos cor-de-rosa. Quem sabe o vício em excitação fosse verdade. Seu cérebro límbico estava com sede de dopamina. Seu hipotálamo estava totalmente selvagem! Ela estava sofrendo abstinência do efeito Beautiful You. Redobrou os esforços com o dedo ressequido, mas sentiu uma recompensa mínima.

Deixando o fogo de lado, ela bamboleou pelo chão bagunçado da caverna à procura de alguma coisa. Deixou os tendões velhos e as bolsas Prada de lado em sua busca frenética. Enfim, encontrou o objeto que buscava com tanto fervor.

Era uma caixinha preta, não maior que um Game Boy. O controlador de Max. Ela jogara-o no bolso nos momentos finais das desastrosas núpcias. Depois de Max ser fatalmente atingido por um projétil flamejante, ela também pegara seus preciosos cadernos. Desde então, passara as horas invernais a decifrar os registros em código de sua pesquisa sensual. O mosaico de botões negros era um enigma, mas ela aprendeu quais combinações apertar para atingir o melhor resultado.

Ela começaria dando jeito nos ventos de nevascas na entrada da caverna. Dia e noite eles sopravam, um incômodo constante. Penny rapidamente utilizou o controle para ajustar sua percepção.

Ela ativou o primeiro código, e o resultado via satélite foi quase instantâneo. Sentiu uma inundação de sabor de bolo *red velvet* com cobertura de chocolate e granulado colorido descendo pela garganta. Nem um relojoeiro suíço conseguiria descobrir os códigos com mais destreza e precisão. Para distrair-se ainda mais, Penny fez mais uma combinação de códigos e provou o delicioso sorvete de creme crocante. Mesmo assim, seus dedos ainda não estavam satisfeitos. Agindo rápido, ela induziu os nanorrobôs em seu cérebro e corrente sanguínea a criarem o prazer abundante de Tom Berenger e Richard Thomas dando beijos molhados em seus lábios e seios.

No instante seguinte, aconteceu uma coisa chocante. Um som. Alguém falou, e os beijos cessaram. Era uma voz conhecida. Uma voz feminina. Os olhos de Penny vasculharam a caverna imunda, mas não encontraram explicação. As palavras descarnadas eram vagas como um sonho, mas não havia erro: era Baba Barba-Cinza. No ar gelado, pairava o odor de gema de ovo fermentada, o aroma inconfundível do arfar sexual da bruxa.

Penny podia ter esperança? Poderia o fantasma da grande feiticeira retornar para fazer amor mágico com ela durante o sono? Uma possibilidade mais obscura era que os nanorrobôs ainda estivessem a moldar sua percepção. Débil como um pensamento, Baba deu a ordem:

– Destrua isso! – Em palavras fracas como o eco de um eco de um eco, o espírito alertou: – Pequena, tal poder vai corrompê-la assim como corrompeu Maxwell… – O espírito insistiu: – Destrua o controle demoníaco entre duas pedras antes que ele a *seduza!*

Respeitosamente, Penny sussurrou:

– Baba, você está aí?

Ela aguardou, atenta, ouvindo apenas o vento forte. Sentada, contemplou um futuro de solidão tendo apenas os antigos implementos de amor feitos de ossos e tendões. Contou até cem de cinco em cinco. Conferiu o estado deplorável de suas cutículas. Depois disso, contou até mil de vinte em vinte. O fantasma parou de falar. A jovem aprendiz do sexo pensava em que atitude tomar.

A inspiração bateu imediatamente. O satélite da DataMicroCom ainda estava em órbita. Por que ela não poderia transmitir alívio às legiões de meninas em todo o mundo que compartilhavam da mesma abstinência de orgasmos Beautiful You?

Altruísta, ela continuou digitando até as sensações maravilhosas bombardearem todas as mulheres implantadas pela Beautiful You. A mãe em Omaha. A atrevida Monique. Até Brenda – agora recém-casada com Yuri e *também* Diretora Financeira da Allied Chemical Corp. Kwan Qxi e Esperanza! Onde quer que estivessem, todas saboreariam sobremesas encorpadas e o gozo celestial de beijos de estrelas de cinema.

Ela preencheu impulsivamente as narinas longínquas com brisas cheirando a manga. Que todas as suas irmãs se regozijassem, Penny disse a si. Era através dela que alcançariam a solidariedade.

Embora suas circunstâncias atuais pudessem ser de pobreza e ignorância opressiva, ela depositou nas mulheres um rica realidade forjada. Entregava a suas papilas gustativas um banquete infinito de iguarias. Um repasto sem fim, e sem nenhuma caloria! Substituiria os pensamentos mundanos de todas por pedacinhos de poesia inspiradora lida pelo sofisticado aparato vocal de Meryl Streep.

Alguns toques nas teclas certas, e ela as bombardearia com autoestima, resolvendo de uma vez por todas qualquer problema de autoimagem.

Ela agarrou seus seios e ergueu-os, inspecionando os mamilos com admiração crescente. Eram estupendos. Seu coração ou, melhor, cada célula de si inflava-se de glória e beleza. Na sequência, mulheres do mundo inteiro – altas, aleijadas, gordas, velhas, jovens e magricelas – se redescobririam. Onde quer que estivessem nesse momento da vida – fazendo piquenique ou andando de ônibus ou executando uma complexa neurocirurgia –, fariam uma pausa para olhar seus corpos com uma nova e potente consideração. As mulheres sem peito, com pernas tortas, corcundas, calvas: Penny imporia a todas o reconhecimento de sua beleza inata. À sua incitação via satélite, todas as mulheres começariam a se acariciar, rejubilando-se com a qualidade da própria pele. O impulso eletrônico de Penny seria o ímpeto que as faria celebrar seus corpos com autoprazer e vigor.

Esse era o poder verdadeiro. Ela, Penelope Harrigan, governaria o mundo todo. Uma ditadora benevolente que concederia o merecido prazer às multidões. Ela superaria até o poder que tinham suas heroínas Clarissa Hind e Alouette D'Ambrosia. Para redimir a tecnologia perversa de Max, ela traria sozinha a paz e a ordem mundiais. Recompensaria o bom comportamento e castigaria o mau.

Às gerações de mulheres há tanto tempo instruídas a aceitar ofensas e injustiças, Penny atacaria com júbilo, e as conduziria a aceitar a felicidade. Um final feliz. Com a manipulação furtiva e sutil de seus centros de prazer, ela as intimidaria delicadamente a alcançar todo seu potencial erótico. Ativistas políticas podiam brigar quanto a estratégias, ideologias e propósitos, mas Penny venceria o drama com tsunamis de emoção física.

Um antigo ditado incontestável decretava: "Autoaperfeiçoamento quer dizer masturbação...". Enfim, o inverso também seria verdade.

– Baba – gritou ela –, descanse, guardiã! Não deixarei que o poder me domine!

Essa, Penny sussurrou consigo, *essa será a melhor época na história para ser mulher.*

Ela daria às mulheres a suprema trepada sem culpa. Erica Jong ficaria orgulhosa. Isso – a arte sexual, a prática da magia carnal – seria a nova fronteira para a nova geração de jovens.

Dentro de seu impulso de generosidade, Penny apertou os botões para dar um abraço amoroso, fraternal e distante em Gloria Steinem.

Feito isso, apressou-se em voltar à panela para os lagartos não chamuscarem.

Inebriada de satisfação, fraquejando de júbilo, mais uma vez ela buscou os códigos nos cadernos de Max. Por mais perfeito que fosse o momento – o dedo querido alojado dentro de si, os répteis ensopados e deliciosos, as chamas a aquecer seu corpo nu e absolutamente lindo –, até mesmo essa cena podia ficar melhor.

Com os dedos cansados e trêmulos, ela apertou mais botões no controle.

O que aconteceu foi apenas uma alucinação induzida por nanorrobôs, mas Penny conseguia enxergar, cheirar, sentir.

Uma figura robusta, sólida, emergiu da nevasca. Estava na entrada da caverna, descaradamente despido. Seus olhos azuis vinham carregados de luxúria. Sua imponente e sardenta masculinidade pendia forte entre as pernas. Um belo Ron Howard vinha ereto em sua direção.

O autor gostaria de agradecer a esses visionários pela fé inabalável e pelo apoio às artes. Que os deuses tântricos nos visitem durante o sono com episódios frequentes, frenéticos e suados de libertação total.

Mallory Moss
Katie Dodd
William Klayer
Rebecca D.
Kasey Bossert
Ian W. Arsenault
Halle Kasper
Megan McCrary
Mandy Boles
Kyle Becker
Adam Stratton
Donald Hugo III
Chuck Crittenden
Peter Wollesen
Stephanie Jean Ray
Nicole Doro

Valeriya Kulchikhina
Meghan Sherar
Angelena Bigham
Zachary Glenn Harbaugh
Andrew G. Gahol
Peter Osborn
Christopher Seevers
Kerstynn Lane
Michael John Silvin
Mandy Marez
Joe Wilson
Wessly Ford
Stephanie Wiley
Patrick D. O'Connor
Henry S. Rosenthal
Brian Manning
Parker Cross
Margaret Dennison
Sharon Leong
Kevin Stevulak
Charlotte O'Neil Golden
Michael Anderson-McGee
Katie McCartney
Jacquelyn Nicole Tawney
Gary Eaton
Mike Parkinson
Dustin Schultz
Gina Chernoby
Michele McDaniel
Jake Richard
Ryan O'Neill
George Washington Anderson III
Aysha Martinez
Trev Pierce

John Hardenstine
Bettina Holbrook
Michael Bowhay
Mark V. Paulis
Kevin Sharp
Patricia Scott
Petey Wells
Mike Hardin
Thomas Wayne Harvey
Andrew Greenblatt
Elizabeth C. Nichols
Brian Foster
Bryce Haynes
Tatianna Abastoflor
Ronald Green Jr.
Alisha Ohl
Cody Maasen
Bryan Kraig Ward
Jessica Dugan
Matthew A. Eller
Meredith Alder
Tiffany Joy Atencio
Kyle Adamski
John Michel
Quentin R. Voglund
James Bendos
Gabriel Cesana
Jason W. Bohrer
Shane Gollihue
Scott Trulock
Aaron Blake Flynn
Brett Kerns
Juliet Walker
Kristina Valencia

James P. Giacopelli
Karen Zacconi
Sean K. Smith
Rita Su
Will Tupper
Michael Pedrosa
Russ Robertson
Tag
Samantha Jade Schnee
Rubyann Baybo
Yassaman Tarazkar
Shereen Lombardi
Ashley Blaike Ralph
Mike Dyson
Lorne Sherman
Patti Vanty-McKinley
Shaun Sharma
Christine Strileckis

1ª edição Junho 2015
papel de miolo Pólen Soft 70 g/m²
papel de capa Supremo 250 g/m²
tipografia Berling LT Std
gráfica Edigráfica